삼국지 7

망촉(望蜀)

삼국지 7
망촉(望蜀)

1판 1쇄 펴냄 2020년 2월 26일

원 작	나관중
편 저	요시카와 에이지
번 역	바른번역
출 간	하진석
출판사	코너스톤
주 소	서울시 마포구 독막로3길 51
전 화	02 - 518 - 3919
ISBN	979-11-87011-87-3 04830

천 하 패 권 을 다 투 는 영 웅 들

삼국지

7

망촉

차례

◆◆◆

항복선

1

"이 큰 기회를 놓쳐서야 되겠습니까?"

노숙의 간언에 용기를 얻은 주유가 명령했다.

"우선 감녕을 불러오라."

영중 참모부에 갑자기 활기가 돌았다.

"감녕이옵니다."

"왔는가?"

"결정하셨습니까?"

"그렇다. 그대에게 명한다."

주유는 엄숙하게 군령을 내렸다.

"전부터 계획한 것처럼 아군에 잠입한 채중(蔡仲)과 채화(蔡和) 두 사람을 미끼로 삼아, 역이용하여 적의 대세를 뒤집는다. 이 점은 확실히 명심하였겠지?"

"명심하였습니다."

"그대는 채중을 안내인으로 삼아 조조에게 항복하는 척하면서, 배를 적진 북쪽 기슭에 대고 오림(烏林)에 상륙하라. 그러고 나서 채중의 깃발을 내걸고 위군 군량 창고로 가 종횡무진 불을 붙여라. 불길이 거세지면 그때 적진으로 나아가 측면에서 교란하라."

"알겠습니다. 그러면 채화는 어찌하시겠습니까?"

"채화는 따로 쓸 데가 있으니 남겨두고 가라."

감녕이 물러나자 주유는 이어서 태사자(太史慈)를 찾았다.

"태사자는 3000여 기를 거느리고 황주(黃州) 경계로 진출하여 합비(合肥)에 있는 조조 군에게 일격을 가한 후, 곧장 적의 본진으로 달려들어 불을 붙여라. 그리고 나서 홍색 깃발을 보거든 우리 주군 오후(吳侯) 휘하인 줄 알아라."

그다음으로 여몽(呂蒙)을 불러들였다.

"병사 3000명을 거느리고 오림으로 건너가, 감녕과 합세하여 싸움을 도와라."

능통에게는 병사 3000명을 내주며 명했다.

"이릉(夷陵) 경계에 있다가, 오림에서 불길이 치솟는 걸 보거든 득달같이 쳐들어가라."

동습(董襲)에게는 한양(漢陽)에서 한천(漢川) 방면으로 행동하게 하고, 반장(潘璋)에게도 병사 3000명을 내주며 한천 방면으로 돌격하라고 명했다.

선봉 여섯 부대는 백기를 표식으로 삼고 서둘러 출발했다. 수군도 각각 분주한 움직임을 보였는데, 전부터 이번 반간지계(反間之計, 아군을 적군에 보내어 거짓 정보를 퍼트리거나 적군을 이용하여 거짓 정보를 유포하게 만드는 계책 - 옮긴이)를 단단히 벼르고 기다리던 황개(黃蓋)는 즉시 조조에게 사람을 보냈다.

"드디어 때가 왔습니다. 오늘 밤 이경(二更)에 오나라 군량과 군수품을 되도록 많이 빼내어 병선에 가득 싣고, 예전에 약속한 대로 귀군에 항복하러 가겠습니다. 그러니 돛대에 청룡 아기(牙旗)가 내걸린 배를 보시거든 오나라를 탈출하여 귀군으로 향하는 항복선인 것으로 아십시오."

황개는 은밀하면서도 그럴듯하게 꾸며낸 말을 조조에게 흘리는 한편, 그날 밤 준비를 착착 진행했다. 화선(火船) 20척을 선두에 배치하고, 그다음에 병선 4척을 두었다. 이어서 제1선대(船隊)는 영병군관(領兵軍官) 한당(韓當)을 두고, 제2선대는 주태(周泰), 제3선대는 장흠(蔣欽), 제4선대는 진무(陳武) 등 크고 작은 배 300여 척이 뱃머리를 나란히 하여 밤을 기다렸다.

이미 땅거미가 지고 강 위에는 끊임없이 격한 바람과 파도가 일었다. 오늘 새벽부터 불던 동남풍은 낮이 지나고서도 여전히 거세게 불었다.

공기가 어딘지 모르게 뜨뜻미지근했다. 계절답지 않게 몹시 나른한 밤이다.

강 일대에는 안개가 자욱이 끼었다. 좋은 징조라 여긴 황개는 일제히 배를 매둔 밧줄을 풀어 출항하라고 명했다.

몽동(艨艟) 300여 척은 힘차게 흰 파도를 가르며 북쪽 기슭을 향해 전진했다. 그 뒤를 이어 주유와 정보(程普)가 탄 거대한 기함도 바람에 돛을 펄럭이며 움직였다.

후진으로 뒤를 따르는 선열(船列) 오른편은 정봉, 왼편은 서성(徐盛) 선대다.

노숙과 방통(龐統)은 이날 밤 후방에 남아서 본진을 지켰다.

2

그날 저녁.

오후 손권 본대는 휘하 세력과 함께 전진하여 이미 황주 경계를 넘었다.

병부(兵符, 인장印章 - 옮긴이)를 받고 본대가 출발했음을 안 주유는 즉시 부대를 파견하여 남병산(南屏山) 꼭대기에 큰 깃발을 걸고, 먼저 선봉대 대장 육손(陸遜)을 맞이한 다음 손권에게도 사람을 보냈다.

"이제 오로지 밤을 기다릴 뿐입니다."

그때 시시각각 하늘에 어둠이 짙어졌다. 장강(長江)에 부딪는 파도 소리도 범상치 않았으며 따뜻한 바람이 끊임없이 북쪽을 향해 불어왔고 바람에 구름이 밀려와 천지는 으스스한 형상을 드러냈다.

유비는 이곳 하구(夏口)에서 공명이 돌아오기만을 일일천추(一日千秋)로 애타게 기다리던 중, 갑자기 계절에 맞지 않은 동남풍이 불기 시작하자 예전에 공명이 한 말이 떠올라 즉시 조운을 불러 명했다.

"공명을 마중하고 와라."

하여 어젯밤에 배는 출발했다. 이날도 현덕은 아침부터 망루에 올라 이제나저제나 하고 강을 말끄러미 바라보았다.

이때 작은 배 하나가 홀로 궐어(鱖魚, 쏘가리 – 옮긴이)처럼 강을 거슬러 올라왔다.

다가가 보니 강하(江夏)의 유기(劉琦)다.

유비는 유기를 망루 위로 맞이하여 물었다.

"어인 일로 소식도 없이 이리 급하게 오셨소?"

"어젯밤부터 척후병들이 하류에서 잇달아 돌아와 이르기를, 동남풍이 불자 오(吳)나라 병선과 육군이 요란한 움직임을 보였으며 이 바람이 그치기 전에 반드시 한 차례 싸움이 있을 것이라 했습니다. 황숙께서는 아직 아무런 정보도 전해 듣지 못하셨습니까?"

"어젯밤부터 빈번하게 상황을 보고받았으나, 어찌하려 해도 오나라에 간 군사(軍師) 제갈량이 돌아오지 않으면…."

이리 대화가 오가는데 보초 하나가 헐레벌떡 뛰어 올라와 큰 소리로 알렸다.

"지금 번구(樊口) 쪽에서 작은 배가 돛을 활짝 펴고 이쪽을 향해 오는 모양입니다! 뱃머리에 나부끼는 건 조운 장군 깃발로 보입니다!"

"돌아왔구나!"

유비는 유기와 함께 망루에서 부리나케 내려와 나루터로 달려가 배를 기다렸다.

역시 공명을 태운 조운의 배다.

현덕이 얼마나 기뻐했는지 입이 귀까지 찢어졌다. 서로 무사함을 축하하고 함께 하구성(夏口城) 위로 올라갔다.

그러고 나서 오군과 위군(魏軍)에서 돌아가는 상황을 묻자 공명은 시원스레 답했다.

"이미 사태가 급박합니다. 지금은 헤어진 이후에 있었던 일을 소상히 말씀드릴 겨를도 없습니다. 아군은 빈틈없이 준비를 해놓았습니까?"

"때가 되면 언제든 싸움에 나설 수 있도록 수군과 육군 각각 군세를 갖추어 군사가 돌아오기만을 기다리던 참이었소."

"즉시 장수들에게 적합한 임무를 내려서 요충지로 파병해야 합니다. 주군께서 이의가 없으시다면 그 일부터 먼저 처리하고 싶습니다."

"군사가 가진 권한과 책략으로 즉각 지휘하시오."

"주제넘은 태도를 용서해주십시오."

공명은 단에 올라 조운부터 불러 명했다.

"그대는 병사 2000명을 이끌고 강을 건너 오림의 좁은 길에 은밀하게 숨어서, 오늘 밤 사경(四更)쯤에 조조가 도망쳐 오면 앞서 오는 자는 그냥 보내고 가운데를 힘껏 공격하시오. 다만 적을 남김없이 잡으려 하지 않아도 되오. 도망치는 자도 쫓지 마시오. 적당한 때에 불을 지르고, 어디까지나 적의 중핵을 분쇄하도록 유념하시오."

조운은 명령을 듣고 나서 물러나려던 참에 다시 발길을 돌려 공명에게 물었다.

"오림에는 두 갈래 길이 있습니다. 한쪽은 남군(南郡)으로 통하며, 다른 한쪽은 형주(荊州)로 통합니다. 조조는 어느 쪽 길을 택하겠습니까?"

"반드시 형주로 향한 다음에 허도(許都)로 돌아가려 할 것이오. 그리 알면 되겠소."

공명은 마치 모두 내다본다는 듯이 말했다.

3

다음으로 장비를 불러들여 명했다.

"귀공은 3000기를 이끌고 강을 건너 이릉(夷陵) 길목을 막으시오."

그러면서 덧붙여 자세히 설명했다.

"그곳 호로곡(葫蘆谷)에 병사를 매복시켜두고 기다리면 조조는 반드시 남이릉(南夷陵) 길을 피하고 북이릉(北夷陵)으로 도망칠 터. 내일 비가 갠 다음 조조군 패잔병이 그 부근에서 허리에 찬 군량으로 밥을 지을 것이오. 그 밥 짓는 연기를 보거든 단번에 쳐들어가시오."

"알겠습니다."

장비는 공명이 너무나도 상세하게 예언하자 의심스러워하면서도 명령대로 즉시 출발했다.

그다음으로 미축, 미방, 유봉(劉封) 세 사람을 불러 명했다.

"그대들 셋은 배를 모아서 강가를 순회하다가, 위군이 무너졌다고 생각되면 군수품과 군량 등을 모조리 앗아 배에 실으시오. 이곳저곳에서 도망가는 자들이 가진 물건과 마구(馬具) 등도 남김없이 노획해야 하오."

유기에게 하는 지시 사항은 이랬다.

"무창(武昌)은 매우 중요한 땅이니 그대는 움직이지 마시오. 오로지 강변을 지키다가 도망쳐 오는 적이 있으면 사로잡아 아군으로 삼으시오."

마지막으로 현덕을 바라보았다.

"이제 주군과 저는 번구에 있는 고지에 올라 오늘 밤 주유가 지휘하는 큰 싸움을 구경하겠습니다. 채비하시지요."

"그토록 전기(戰機)가 무르익었단 말인가. 나도 이러고 있을 수만은 없겠구나."

공명이 재촉하자 유비는 서둘러 갑주를 갖추고 공명과 함께 번구에 있는 망루로 이동하려 발걸음을 떼는 순간.

그때까지 아무 명령도 받지 못하고 초연히 한쪽에 서 있는 대장이 있었다.

"이보시오, 군사."

그 대장이 처음으로 입을 열었다.

보아하니 그곳에 혼자 남아 있던 이는 관우다.

그 사실을 아는지 모르는지 공명은 태연하게 뒤돌아보았다.

"오, 관 장군. 무슨 일이오?"

관우는 미간에 불만스런 기색을 드러내며 눈가에 눈물을 머금은 채 따지고 들었다.

"아까부터 목이 빠지도록 명이 떨어지기만을 기다렸는데, 아직도 명령 한마디 없는 이유는 대체 무어란 말이오? 소생은 형님을 따라 수십 차례 전투를 겪는 동안 한번도 선봉을 맡지 않은 적이 없는데, 이번 대전에서 본인만 등용하지 않는 숨은 뜻이라도 있소?"

공명은 냉정하게 답해주었다.

"그렇소. 귀공을 기용하고 싶으나 공교롭게도 지장이 있소이다. 해서 일부러 귀공에게는 본진을 지키게끔 배려했소."

"뭐라? 지장이 있다니. 분명하게 이유를 밝히시오. 내 충절과 의리를 의심한단 말이오?"

"그대가 가진 충의를 의심하는 자가 어딨겠소? 하지만 이전에 귀공은 조조에게 후한 대접을 받았고 도읍을 떠날 때 조조가 베푼 인정과 의리에 끌린 나머지, 훗날 반드시 그 은혜에 보답하겠다고 맹세한 적이 있잖소. 이제 조조는 오림에서 패하고 화용도(華容道)를 통해 도망쳐 올 터. 그대를 보내서 조조 목을 베는 일은 누워서 떡 먹기나 다름없소. 다만 제 걱정은 방금 말한 바와 같소이다. 평소 그대 성격을 봤을 때, 예전 은혜에 마음이 동하고 딱한 처지를 동정한 나머지 분명 조조를 놓아줄 것이오."

"무어라! 군사가 지나치게 걱정하는 것이오. 예전에 조조에게 받은 은혜는 이미 다 갚았소. 과거에 조조 진영에서 안량(顔良)과 문추(文醜)를 베고 백마(白馬)에서 엄중한 포위를 흩뜨려 조조 군이 처한 위기를 구하는 등 은혜를 갚기 위해 이미 많은 일을 했단 말이오. 어째서 오늘 다시 조조를 놓아줄 수 있겠소? 부디 보내주시오. 만일 사사로운 정에 흔들리는 일이 있다면 깨끗이 군법에 따라 처벌 받겠소이다."

4

관우가 절실하게 말하니 옆에서 듣던 현덕은 관우를 딱히 여기고 공명에게 부탁했다.

"이보시오. 군사가 걱정하는 바도 이유가 없는 건 아니나, 이번 대전에서 관우만 한 장수가 아무 명도 받지 못한 채 자리를 지켰다는 사실이 알려지면 세간에도 우리 군 내부에도 면목이 서지 않을 터. 관우에게도 한 무리 군사를 맡겨 싸울 장소를 마련해주는 게 어떻겠소이까?"

공명은 마뜩잖은 표정을 지었다.

"그렇다면 만에 하나라도 군령을 어기는 일이 생기면 어떠한 벌이라도 달게 받겠다는 서약서를 쓰시오."

관우는 즉시 서약서를 작성하여 군사에게 건넸으나, 여전히 불만스러운 안색을 남기며 공명에게 언질을 요구했다.

"지시대로 맹세하였으나, 만약 군사 말씀과는 달리 조조가 화용도로 도망쳐 오지 않으면 어찌하시겠소?"

공명은 빙그레 미소를 지으며 약속했다.

"조조가 만약 화용도가 아닌 다른 길로 도망친다면, 그땐 내가 반드시 벌을 받겠소."

그러고는 관우에게 명했다.

"화용산(華容山)에 들어가 고개 쪽에서 불을 붙이고 잡목을 태워 일부러 연기를 피운 다음 조조 퇴로에 매복하시오. 조조는 죽을 운명을 피하지 못할 터."

"아뢰기 송구스러우나…."

관우는 공명이 하는 말을 가로막으며 물었다.

"고개에서 연기를 피우면 기껏 도망쳐 온 조조가 적이 있음을 알고 방향을 바꿔 도망치지 않겠소이까?"

"그렇지 않소."

공명은 씽긋 웃으며 답했다.

"병법에는 겉과 속이 있고 허와 실이 있소이다. 조조는 허실의 이치를 누구보다 잘 아는 자요. 조조가 앞쪽 산길에서 연기가 피어오르는 걸 보면 사람이 있는 것으로 꾸미려 하는 적의 계책이라 여기고 도리어 그 방향으로 나아갈 것이오. 적을 속이기 위해서는 먼저 적의 지능을 헤아려야 한다는 말이 있소이다. 바로 이때 써야 하는 말이오. 의심하지 마시오. 관 장군, 어서 출발하시오."

"과연!"

관우는 탄복하며 자리에서 물러났다. 양자 관평(關平)과 심복 주창(周倉) 등과 함께 수하 500여 기를 이끌고 곧장 화용도로 달려갔다.

그 후에 현덕은 되레 공명보다 더 걱정스러운 표정을 지었다.

"관우는 남들보다 정이 두텁고 의리가 강한 성격이지. 저렇게 자신 있게 말하며 나서기는 했으나, 막상 실제로 조조와 대면하면 살려줄지도 모르는 일. 아, 역시 군사가 생각한 대로 자리를 지키게끔 명하는 편이 나았을지도 모르겠군."

공명은 그 말에 동의하지 않았다.

"꼭 그게 상책이라는 법은 없습니다. 오히려 관우를 보내는 편이 더 자연스러울 것입니다."

현덕이 미심쩍은 표정을 짓자 공명은 이유를 덧붙였다.

"제가 천문(天文)을 점쳐보니 이번 싸움에서 조조 기세와 군세는 반드시 약해질 것이나, 조조의 목숨은 아직 다하지 않을 운명이라 나왔습니다. 조조는 수명이 좀 남아 있습니다. 해서 관우 마음속에 옛 은혜를 갚고 싶은 정이 남아 있다면 이번 기회에 청산하는 것도 좋잖겠습니까?"

"선생, 아니 군사. 그대는 거기까지 다 꿰뚫어보면서 관우를 전장으로 보냈단 말이오?"

"무릇 그 정도도 파악하지 못한다면 군사를 다루고 요소요소에 적절한 인재를 배치할 수 없는 법입니다."

공명은 이제 하류 쪽에서 화염이 하늘을 태울 때가 머지않았다고 현덕을 재촉하며 번구 산꼭대기로 올라갔다.

5

동남풍이 분다. 동남풍이 분다.

미적지근하고 기묘한 바람이 분다.

어제부터 보이던 현상이다. 동남풍이 불어오는 동안 조조는 어떻게 지내며, 위군 진영은 어떻게 움직였을까?

"불길한 천변(天變)입니다. 우리 군에게 좋지 못한 일이 일어날 것입니다."

조조에게 진언한 사람은 정욱(程昱)이다. 그렇다고 지식을 뽐내지는 않았다.

"승상께서 부디 현찰(賢察)해주십시오."

"어째서 이 바람이 아군에게 불길하단 말인가? 지금은 동지다. 만물이 쇠하고 음의 기운이 절정에 달하여, 일양내복(一陽來復)할 때가 아닌가. 이때 동남풍이 분다. 무얼 수상히 여겨야겠는가?"

그러던 참에 강남(江南) 방향에서 배 1척이 쏜살같이 다가왔다. 파도와 바람이 이곳 북쪽 기슭을 향해 맹렬하게 밀려오니 그 작은 배도 마치 하늘을 나는 듯 느껴졌다.

"황개가 보낸 사자입니다."

작은 배는 밀서만 남기고는 유유히 그 자리를 떠났다.

"뭐라, 황개?"

오랫동안 기다렸던 모양이다. 조조는 손수 밀서를 뜯어보았다. 읽어 내려가는 눈동자도 바쁘게 굴러갔다.

예전에 말씀드린 일입니다. 주유가 내린 군령이 엄하여 경솔하게 움직이기 어려워 기회를 기다리던 중 드디어 때가 왔습니다. 이번에 파양호(鄱陽湖)에 비축해둔 군량미와 기타 수많은 군수 물자를 강변 전선(前線)으로 회송하는데, 운 좋게도 제가 그 일을 담당하게 되었습니다. 하늘이 내린 절호의 기회를 놓쳐서는 안 됩니다. 이미 모든 준비는 철두철미하게 끝났습니다. 이전에 연락드린 것처럼 오늘 밤 이경 무렵에 제가 강남 무장의 목을 베고 수많은 군수품과 군량미를 들고 귀군에 투항하겠습니다. 모든 항복선에는 돛대 꼭대기에 청룡 아기가 바람에 힘차게 휘날릴 것입니다. 부디 승상 수하가 오인하는 일이 없기를 바랍니다.

건안(建安) 13년 겨울 11월 21일

"어떻게 되었나 걱정하였는데 과연 노련한 황개로다. 좋은 기회를 잡았구나. 지금 같은 풍향이면 오군을 탈출하기 쉬울 터. 각자 철저하게 준비하라."

조조는 입이 귀에 걸리도록 기뻐하며 각 부대 대장들에게 이 사실을 전했다. 그러고는 수많은 부하와 함께 수채(水寨)로 가서, 기함에 올라탔다.

이날 석양은 납빛 구름에 가려졌고 해가 지면서 바람은 더욱 거세게 불었다. 강 일대에는 파도가 높이 쳐 마치 수많은 황룡이 날뛰는 듯했다.

이제 어둠이 밀려왔고 오군 진영에도 심상치 않은 분위기가 감돌았다.

이미 황개와 감녕은 진지를 떠났고 채화 혼자만 덩그러니 남았다.

갑자기 병사 한 무리가 다가오더니 다짜고짜 채화를 둘러싸고 포박해버렸다.

"주 도독께서 부르신다. 따라와라."

채화는 화들짝 놀라며 외쳤다.

"내게 무슨 죄가 있느냐!"

병사들은 가차 없이 끌고 갔다.

"연유는 모른다. 사정은 도독 앞에서 고하라."

주유는 기다리고 있다가 채화를 보자마자 날렵하게 검을 빼 들었다.

"그대는 조조가 보낸 세작이렷다. 출진 전에 군신(軍神)께 바칠 재물로 손색이 없는 목이다. 오늘을 생각하며 네 몸에 붙여 놓았으나, 이제 때가 왔도다. 네 목으로 제사를 지내마."

채화는 애절하게 울부짖으며 소리쳤다.

"감녕과 감택도 한패인데 저만 베는 건 너무합니다."

"음하하. 모두 내가 꾸민 모략이다."

그러고는 채화의 하소연을 무시한 채 단칼에 목을 그었다.

적벽 대전

1

이미 초경(初更)에 가까운 때다.

채화의 수급을 바치며 수신(水神)과 화신(火神)에게 기도를 올리고, 피를 뿌린 깃발로 제례를 올린 다음 주유는 마지막 수군에게 출항을 명했다.

"자, 가라!"

이때 선발대 제1선대, 제2선대, 제3선대 등은 이미 뱃머리를 나란히 하고 강 위를 미끄러지듯 나아갔다.

황개가 탄 기함에는 특별히 '황(黃)'이라고 쓰인 큰 깃발을 달았고, 그 밖의 크고 작은 배에도 청룡 아기를 달았다.

밤이 이슥해지면서 바람은 차차 잔잔해졌으나, 방향은 변함없이 동남풍이었다. 여전히 파도는 하늘에 닿을 듯 거칠었고, 희미한 달빛도 먹구름 사이로 고개를 비쭉 내미는가 하면, 어떨 때는 환하게 밝았다가도 어떨 때는 검푸른 어둠이 깔리면서 처참한 기운이 시시각각 짙어갔다.

삼강(三江)의 물과 하늘, 밤은 더욱더 깊고

　수많은 은빛 뱀이 날뛰는 듯하네

　전장의 북소리 그치고, 배마다 노래하는

　수많은 꿈속 넋이 수채에 맺히네

위군 북쪽 기슭에 있는 진 안에서 누군가가 시를 읊었다.

기함에 있던 조조가 우연히 이 시를 듣고 정욱에게 물었다.

"지금 노래하는 자는 누구인가?"

"함미(艦尾)에서 보초를 서는 초병입니다. 승상이 시인이니 자연히 말단 병사까지 시정(詩情)을 느끼는 듯합니다."

"하하하. 시는 서투르나 마음은 훌륭하구나. 그 초병을 불러와라. 상으로 술 한잔을 내리마."

부하 하나가 자리에서 벌떡 일어나 함미로 막 뛰어가려 했으나, 거의 동시에 돛대 위 전망대에서 힘찬 외침이 들렸다.

"어? 배가 보인다. 수많은 배가 남쪽에서 올라온다!"

"뭐라, 배가?"

대장들과 부하들은 일제히 일어서서 갑판에 있는 무기 창고로 올라가거나 이물로 뛰어나갔다.

앞을 바라보니 거친 날씨 속에 높은 파도를 헤치며 줄줄이 다가오는 돛들이 보였다. 잠시간 달빛이 비추어 선체가 선명하게 보이는 것 싶더니, 순식간에 구름이 달을 가리면서 다시 어둠에 휩싸였다.

"깃발은? 청룡 아기가 달리지 않았느냐?"

갑판에 서 있던 조조가 물었다.

선루 위에서 대장들이 입을 모아 답했다.

"보입니다. 용설기입니다."

"모든 배 돛대에 달려 있습니다!"

"청룡 같습니다. 분명 청룡 아기입니다!"

조조의 얼굴에 희색이 가득했다.

"그렇군! 좋아!"

고개를 주억거리며 조조도 뱃머리를 향해 희망차게 걸음을 옮기려는 순간.

한 대장이 알려왔다.

"멀리 후방에 있는 선단 중 가장 큰 배에는 '황'이라 쓰인 커다란 깃발이 펄럭입니다."

조조는 무릎을 탁 치며 응했다.

"옳거니! 바로 그 배야말로 황개가 탄 기함이다. 역시 약속을 어기지 않았군. 지금 황개가 우리 진영으로 넘어오는 길이니 이는 곧 하늘이 우리를 돕는 증거로다."

조조는 주변에 모여든 막료 장수들에게 너스레를 떨었다.

"모두 기뻐해라. 이미 오나라는 패했다. 이미 오나라는 내 손 안에 들어온 거나 다름없구나."

동남풍을 받으며 오니 배가 다가오는 속도는 전광석화처럼 빨랐다. 이미 수많은 몽동은 눈앞에 다가와 있는 게 아닌가. 이때 정욱이 의아하다는 듯이 소리쳤다.

"어, 어? 수상하군. 방심하면 안 되겠다."

주변 장수들에게 경고했다.

조조는 이 말을 들었는지 불쾌하다는 듯이 뒤돌아보았다.

"정욱, 뭐가 수상하다는 말이냐?"

2

정욱은 한 치의 망설임 없이 바로 답했다.

"군량과 무기를 가득 실은 배라면 분명 수면에 깊이 잠겨 있어야 할 텐데, 지금 눈앞에 보이는 배들은 하나같이 얕게 잠긴 걸로 보아 그리 많은 짐을 싣지 않은 듯합니다. 거짓 항복이라는 증거가 아니겠습니까?"

과연 조조다. 이 말을 듣자 단번에 모든 사실을 알아챈 듯했으니 말이다.

"으음!"

조조는 감탄하며 바람이 부는 가운데 눈을 반짝이다가 입을 딱 벌리며 외쳤다.

"아뿔싸! 바람이 거세게 부는 데 적이 만약 화공(火攻)을 쓴다면 막을 방법이 없을 터. 누가 가서 저 배들을 수채에 들어오지 못하게 막아라."

지금은 대책을 세우기보다는 일단 급한 불부터 끄는 게 급선무다.

"예!"

조조 명령에 대답하는 이가 있었다.

"주군, 제가 황개를 막는 사이에 계책을 마련하십시오."

기함에서 작은 배로 옮겨 탄 이는 문빙이다.

문빙은 가까이 있던 병선 7~8척과 소정(小艇) 10여 척을 이끌고 파도를 쏜살같이 헤치고 나아가 금세 대선단 앞길을 가로막았다.

"멈추시오! 멈추시오!"

이물에 서서 목청껏 외쳤다.

"조 승상께서 내린 명령이오. 지금 오는 배는 수채 밖에서 닻을 내리고 노를 멈추며 돛을 내리시오!"

대답 대신 파도를 뚫고 질주해 온 배에서 갑자기 핑! 화살 1대가 날아와 문빙 왼쪽 팔꿈치에 정확히 꽂혔다.

문빙은 갑판에 쓰러지면서 외쳤다.

"역시! 거짓 항복이다."

양 진영에 자리한 배에서 서로 화살을 소나기처럼 쏘아댔다.

이때 오나라 기습 함대 한가운데 있던 황개가 탄 기함은 거침없이 물보라를 헤치고 나아가 금세 수채 안으로 진입했다.

황개는 선루에 올라 큰 소리를 지르며 진두지휘했다. 허리에서 칼을 뽑아 높이 흔들며 아군 배를 독려하는 모습은 무서울 정도였다.

"지금이다, 바로 지금이다! 오늘 밤 조조가 자랑하는 거함대선(巨艦大船)이 눈앞에서 습격을 기다린다. 봐라, 적은 혼비백산하여 어쩔 줄을 모른다. 가라, 돌격하라! 돌진하여 종횡무진 날뛰어라!"

미리 교묘히 위장하여 선두에 세워둔 폭화선대(爆火船隊) 한 무리는 화약, 기름, 나무 등을 가득 싣고 기름 먹인 천막으로 덮어서 숨겨둔 쾌속선과 병선을 단번에 거대한 화염에 휩싸인 채로 쿵! 하며 거함대선에 차례차례 돌격했다.

불인지 파도인지 바람인지 알 수 없는 쾅 하는 굉음이 한순간에 삼강 수륙을 뒤덮었다.

소정은 불새처럼 물위를 달려서 적선의 거대한 몸에 들러붙은 채 악착같이 떨어지지 않았다. 나중에 밝혀진 사실이지만 소정 이물에는 창 같은 못이 박힌 모습이었다. 적선 측면에 배가 깊이 박힌 걸 확인한 오군 병사들은 나뭇잎같이 소정을 타고 줄행랑을 놓았다.

어찌 버티겠는가. 아무리 거대하다 해도 목조선 아니면 피혁선일 뿐. 금세 산 같은 불덩이가 되어 하나둘 큰 파도 속에 가라앉았다.

게다가 배 사이를 서로 쇠사슬로 묶어둔 연환계(連環計)가 가장 큰 골칫거리였다. 이 연환계로 배 1척이 불타면 다른 1척도 불탔고, 배 1척이 가라앉으면 다른 1척도 함께 가라앉았다. 싸움이 일어날 새도 없이 배가 불타고 가라앉기를 반복하여 오림만(烏林灣) 수면은 발광한 것처럼 불이 활활 타올랐고 새빨간 소용돌이가 마구마구 일었다.

3

무엇이 작렬했는지 폭연(爆煙)이 피어오를 때마다 폭죽처럼 불꽃이 하늘을 내달렸다. 거선(巨船)은 잇달아 기울어지고 마치 불타는 바퀴처럼 빙글빙글 돌다가 이윽고 수척이나 되는 물보라를 일으키며 강바닥에 푹 가라앉았다.

이 맹렬하게 타오르는 불꽃 해일과 불티 폭풍은 강뿐만이 아니라 육지에 있는 진지까지 옮겨붙었다.

오림과 적벽 양 기슭에서는 바위와 숲이 불타 들어갔으며 진영 내 건물부터 군량 창고, 책문, 마구간까지 눈에 보이는 것들은 전부 다 훨훨 타오르며 불꽃 고리를 이루어 장관이었다.

"화공지계(火攻之計)는 성공했다. 이 기회를 놓치지 말고 북군을 섬멸하라!"

이날 밤 방화선이 돌입한 후에 오나라 수군 도독 주유는 당당히 수많은 배를 이끌고 오림과 적벽 사이로 진군했고 아군이 유리하다고 판단하자 육지로 다가가 수군과 육군을 격려했다.

우세한 주유 군과는 반대로 조조가 지휘하던 북군 기함과 그 앞뒤에 집결해 있던 중군 선대는 처참한 혼란에 빠졌다.

"작은 배를 대라. 우현에 작은 배를⋯."

검은 연기 속에서 이렇게 외치던 자는 정욱일까, 장료(張遼)일까, 아니면 서황(徐晃)?

분명 조조를 보호하며 불길 속에서 도망치려는 장수였겠지만, 그게 누구인지조차 분명하지 않았다.

"빨리, 빨리!"

우현에 내린 작은 배에 탄 사람이 불꽃 아래서 절규했다. 출렁이는 집채만 한 파도는 끓어오를 듯 뜨거웠고 새빨간 열풍은 배도 사람도 순식간에 태워버리려 입을 쩍쩍 벌렸다.

"얍!"

"이얏! 승상도 어서!"

장수들은 제각각 작은 배로 뛰어내렸다. 조조도 예외 없이 뛰어내렸다. 다들 겨우 제 몸 하나 옮기기에 바빴다.

"조조를 사로잡아라!"

"적의 대장을 놓치지 마라!"

　수뇌부를 찾아낸 오나라 쾌속선과 병선은 사방에서 물마루를 타고 쫓아왔다.

　강 위에는 불에 탄 시신과 말 사체와 타다 남은 배 파편 등이 둥둥 떠다녔다. 조조가 탄 배는 그 사이에서 파도 속에 숨고 물보라에 휩싸이며 온 힘을 다해 도망 다녔다.

　그러자 오늘 밤 기습 선대를 이끈 투장 오나라 황개가 지금 이 바로 조조 목을 벨 기회라며 몸소 몽충(蒙衝) 1척에 옮겨 타더니 조조를 뒤쫓아 왔다.

　"볼썽사납게 도망치다니, 대승상 조조 이름이 울겠구나. 게 서라, 조조!"

　황개는 갈퀴를 들고 이물에 서서 아군 배 여러 척을 진두지휘하면서 사납게 쫓아왔다.

　"무례한 놈!"

　조조 곁에 있던 장료가 일어서서 철궁으로 화살 1대를 날렸다. 화살은 핑 하며 황개 어깨를 정확하게 꿰뚫었고, 으악 하는 소리와 함께 황개는 파도 사이로 처연하게 떨어졌다.

　당황한 오군 병사가 물에 빠진 황개를 구하는 사이 가까스로 조조는 오림 기슭으로 도망칠 수 있었다. 그곳 역시 온통 불바다였고 어디를 둘러봐도 얼굴을 내밀기 힘든, 숨조차 내쉬기 쉽지 않은 열풍이 불어닥쳤다.

한때는 그친 줄 알았던 바람도 다시 무섭게 불기 시작하여 넓은 지역에 걸친 맹렬한 불길을 부채질했다. 돌이 휘날리고 물이 갈라질 정도였다.

"꿈은 아니겠지?"

뒤돌아보며 조조는 멍하니 중얼거렸다. 그도 그럴 것이다. 조금 전에 보던 천지와는 너무나 다른 모습이다.

강 건너 적벽, 북쪽 기슭 오림, 서쪽 하수(夏水)에는 적병과 시뻘건 불길이 가득했다. 위군 측 크고 작은 배들은 대개 침몰하거나 맹렬하게 타올랐다.

"꿈이 아니다! 아앗…."

조조는 하늘을 향해 외마디 비명을 내지르고 도망치는 말을 잡아탔다.

역사에 기록된 적벽(赤壁) 대전, 후세에 널리 전해진 삼강수전(三江水戰)이란 바로 이날 밤 조조가 맛본 쓰라린 패배 그 자체다. 무대가 된 전장은 오늘날 양자강(揚子江) 유역 호북성(湖北省) 가어현(嘉魚縣) 남쪽과 북쪽 기슭으로, 강과 육지가 뒤얽힌 복잡한 지형이다.

산골짜기에서 웃다

1

80만이 넘었던 조조 군세는 이번 패전으로 하룻밤 사이에 3분의 1 이하로 줄었다.

익사한 자, 타 죽은 자, 화살을 맞고 쓰러진 자, 말에 치여 죽은 자, 창에 찔려 죽은 자…. 산더미 같은 시체를 남기고 삼강 요새는 괴멸되었다.

오군 쪽에도 당연히 희생자는 많았다.

"도와다오! 도와다오!"

난전이 벌어지던 중 파도 사이에서 흘러나오는 목소리를 듣고 한당이 갈퀴로 끌어올려 보니, 이번 싸움에서 혁혁한 공을 세운 황개다.

어깨에 화살이 박혀 있는 게 아닌가.

한당은 이를 악물고 화살촉을 뽑아내고 깃발을 찢어 상처를 감싼 다음 즉시 황개를 후방으로 후송했다.

감녕, 여몽, 태사자는 재빠르게 적군 요새 중심부로 돌입하여 수십 군데에 불을 질렀다.

그 밖에 능통, 동습, 반장도 종횡무진 위력을 떨쳤다.

이들 중 누군가가 채중을 베어 죽이고 수급을 창끝에 꽂아 들고 다녔다.

이런 상황이니 위군은 단 한 부대도 싸움다운 싸움을 해보지도 못했다. 쓰러진 아군을 짓밟으며 도망 다니기 바빴다. 하물며 적에게 따라잡혀서 나무 꼭대기로 도망친 병사도 눈에 띄었다. 안타깝게도 금세 나무째 불타고 말았지만 말이다.

"승상, 승상. 전포 소매에 불이 붙었습니다."

뒤따라 달려온 장료가 말 위에서 다급하게 외쳤다. 도망치던 조조는 당황하며 소매를 털어 불을 부리나케 껐다.

달리고 또 달려도 눈에 보이는 건 불타는 숲속이다. 산도 불 탔고 물도 부글부글 끓어올랐다. 끊임없이 이편저편에서 시커먼 재가 비처럼 떨어지니 안 그래도 난폭한 말이 더욱 미쳐 날 뛰었다.

"여보게, 장료가 아닌가. 어이!"

뒤에서 10기 정도가 쫓아왔다. 아군 모개다. 아까 심한 상처를 입은 문빙도 부축을 받으며 함께 달려오는 게 아닌가.

"이곳은 어디쯤이냐?"

숨을 몰아쉬며 조조는 뒤돌아봤다.

장료가 냅다 답했다.

"이 부근도 오림입니다."

"아직도 오림인가?"

"숲이 이어지는 한 계속 평지입니다. 분명 적군도 금방 쫓아올 것입니다. 쉴 여유는 없습니다."

다 합쳐서 불과 20여 기뿐이다. 조조는 이 무리를 둘러보자 암담한 마음을 금할 수 없었다.

오직 말의 튼튼한 네 다리만을 믿어야 했다. 줄기차게 말을 채찍질하며 앞만 보고 내달렸다.

숲길 한편에서 불빛이 보이더니 누가 깃발을 흔들며 외쳤다.

"조조 네 이놈! 도망치지 마라."

오나라 여몽과 휘하 병사들이다.

"후방은 제가 막겠습니다. 빨리 가십시오."

장료가 그 자리에 멈춰 섰다.

그러나 1리쯤 가니 또 다른 군세와 맞닥뜨렸다.

"오나라 능통이 여기 있도다. 조조 이놈, 당장 말에서 내려 항복하라!"

조조는 간담이 서늘해져 옆으로 피해 달려 나갔지만, 그곳에도 병마 한 무리가 숨어 있었다.

"아뿔싸."

조조는 말 머리를 돌려 어디로든 도망치려 애썼다.

"승상, 승상. 두려워하지 마십시오. 서황이옵니다. 이곳에서 기다리고 있었습니다."

"오! 서황인가."

조조는 한숨을 내쉬며 안도하는 표정을 지었다.

"장료가 고전 중일 것이다. 도와주고 와라."

서황은 수하를 이끌고 달려 나가 금세 여몽과 능통이 친 포위를 흩뜨리며 장료를 구하고 돌아왔다.

2

조조와 수하들은 다시 한 무리가 되어 줄기차게 동북쪽으로 발걸음을 바삐 놀렸다.

헌데 저기 멀리 산에서 군마 한 무리가 기다리는 게 아닌가.

"적인가?"

서황, 장료 등이 다시 고전을 각오하며 척후병을 보내 적의 동정을 알아보니, 그 무리는 원소 부하였다가 조조에게 항복하여 북쪽 지방에서 조용히 살던 마연(馬延)과 장의(張顗)다.

두 사람은 조조 앞으로 와서 충성을 맹세했다.

"승상을 돕고자 저희 둘이서 북쪽 지방 병사 1000여 명을 모아 오림에 있는 진으로 향하던 길이었습니다. 어젯밤부터 거센 바람이 불고 하늘 가득 불빛이 보여, 잠시 행군을 멈추고 이곳에 대기하며 만일에 벌어질 사태에 대비하였습니다."

조조는 천군만마를 얻은 것보다 기뻤다. 마연과 장의에게 혈로를 열도록 부탁하고 그중 500기를 후진으로 삼으며 이제는 조금 편한 마음으로 길을 서둘렀다.

10리쯤 가자 아군의 두 배나 되는 군세가 앞길을 새까맣게 가로막았고, 대장 하나가 말을 타고 나와서 뭐라고 소리를 질러댔다. 마연은 그 군세도 자신과 같은 아군인 줄 착각하고 기세 좋게 앞으로 다가가서 물었다.

"누구냐?"

그러자 상대는 큰 소리로 답했다.

"나는 오군의 감녕이다. 내 칼을 받아라."

감녕은 말이 채 끝나기도 전에 말을 내달려 마연을 단칼에 베어버렸다.

뒤에 있던 장의는 흠칫 놀랐다.

"이제 보니 오나라 대장이로구나."

장의는 창을 휘두르며 돌진했으나, 장의도 감녕이 대적할 적수가 아니다.

눈앞에서 장의와 마연이 전사하는 모습을 본 조조는 감녕이 휘두르는 용맹함에 덜덜 떨면서 이제 막 접어들던 남이릉 길을 피하고 급하게 서쪽으로 돌아 도망쳤다.

도중에 다행히 조조를 찾아 헤매던 패잔병과 만나자, 조조는 말에 채찍질을 세차게 휘두르면서 명했다.

"뒤쫓아 오는 적을 물샐틈없이 막아라."

그러고는 채찍이 부러져라 달려 나갔다.

밤이 깊어 이미 오경(五更) 무렵이다. 뒤돌아보니 적벽에서 피어오르는 붉은 불빛도 이제는 멀리 흐릿하게 보였다. 조조는 다소 안도한 표정을 짓고는 뒤늦게 쫓아오는 부하를 기다리며 주변 사람에게 물었다.

"이곳은 어딘가?"

형주 무사였던 수하 하나가 답했다.

"오림 서쪽, 의도(宜都) 북쪽입니다."

"의도 북쪽이라…. 음, 그쪽으로 왔단 말이지."

조조는 말 위에서 끊임없이 바뀌어가는 주변 산의 모습과 지형을 둘러보았다. 산천이 험준하고 숲이 울창하며 길도 험했다.

"음하하, 음하하."

갑자기 조조가 소리 내어 웃기 시작하여 주변 대장들은 이상하다는 듯 서로 얼굴을 마주 보다가, 이윽고 조조에게 물었다.

"승상, 왜 웃으십니까?"

"별일은 아니다. 지금 이 주변 지형을 살펴보니 한눈에 주유의 무능함과 공명의 미숙함이 보여 그만 웃음을 터뜨렸구나. 만약 내가 주유나 공명이었다면 이곳에 복병을 두어 도망치는 적을 섬멸했을 터. 이렇게 보니 적벽에서 치렀던 일전(一戰)은 우연히 오군이 승리했을 뿐임을 알겠다. 이런 땅의 이점을 이용하지 않다니 아직 주유와 공명도 갈 길이 멀었구나."

싸움에 패한 장수는 병법을 논하지 않는다는 말이 있으나 조조는 말 위에서 주변 지형을 가리키며 수하에게 병법 강의를 시작했다.

그 강의가 채 끝나기도 전에 좌우 수풀에서 순식간에 한 무리 군마가 뛰어나와 앞뒤 길을 착착 둘러쌌다.

"상산(常山)의 조자룡이 여기 있다. 조조! 게 서라."

이 소리를 들은 조조는 놀란 나머지 하마터면 낙마할 뻔했다.

3

패주에 패주를 거듭한 조조와 패잔병들은 이곳에서도 호되게 혼이 났다. 그나마 장료와 서황이 선전한 덕분에 조조는 가까스로 위기를 모면했다.

"아! 비가 내린다."

하늘도 무정했다. 작정하고 패잔병을 괴롭히려는 듯 비까지 추적추적 내리기 시작했다. 그것도 억수로 쏟아지는 듯 내리는 큰비다.

빗물은 갑옷과 투구 사이로 스며들어 살갗을 적셨다. 이미 11월이라 날씨는 춥고 길은 질퍽했다. 아직 날이 밝지 않아 조조와 부하들이 느끼는 피로는 극에 달했다.

"저기 마을이 있다."

겨우 밤하늘이 밝아질 무렵 일행은 초라해 보이는 산골 마을에 다다랐다.

그 마을에 도착하자마자 한심하게도 승상 조조부터 말머리를 열어 하는 말이라니.

"불은 없느냐. 뭔가 먹을 건 없느냐."

부하들은 앞다투어 주변 농가로 뛰어 들어갔다. 아마 약탈을 시작한 듯했다. 곧 절인 채소 단지와 밥통, 닭, 말린 채소, 장항아리 등을 각자 들고 부산스럽게 나왔다.

하지만 불을 때고 식량을 입에 집어넣을 시간도 없었다. 마을 뒤쪽 산에서 갑자기 불길이 솟아올랐고 이를 본 병사들은 도망치기에 급급했다.

"앗, 적이다!"

"적이 아니다, 우리는 적이 아니다!"

새로 나타난 군사들은 외치면서 달려왔다. 가까이 가보니 다름 아닌 아군 대장 이전과 허저와 패잔병 100여 명이다. 이 무리는 산을 넘어 도망쳐 왔다고 했다.

"오, 무사했구나, 허저. 이전도 있구나."

조조는 마치 불난 자리에서 타고 남은 구슬을 주운 것처럼 기뻐했다. 곧이어 일행은 나란히 길을 서둘렀다. 해는 높이 떴고 간밤부터 내리던 비도 개었으며 얄궂게도 동남풍마저 점점 그쳐갔다. 문득 조조는 말을 멈추고 눈앞에 있는 두 갈래 길에 대해 물었다.

"아뢰옵니다. 한쪽은 남이릉 큰길이며, 다른 한쪽은 북이릉 산길입니다."

"허도로 가려면 어느 쪽이 더 가까운가?"

"남이릉입니다. 도중에 호로곡을 넘어가면 거리가 아주 짧습니다."

"남이릉으로 가자."

조조는 그 길을 택했다.

정오가 지난 무렵 일행은 호로곡에 들어섰다. 이미 체력은 한계에 다다랐다. 말도 병사도 굶주리고 지쳐 더는 꼼짝할 수 없었다. 조조도 심신이 혼미했다.

"잠시 쉬어라! 쉬자."

명령을 내리자마자 조조는 말에서 털썩 내렸다. 병사들은 아까 마을에서 약탈한 식량을 한군데 모으고 나뭇가지를 주워 모아 모닥불을 피운 다음 투구나 징을 솥 삼아 밥을 짓고 닭을 굽기 시작했다.

"아아, 이제야 좀 살 것 같구나."

장수들은 어젯밤부터 물에 빠진 생쥐처럼 함빡 젖은 채로 내버려 두었던 속옷과 전포를 불에 말렸다. 조조도 불을 쬐다가 힘없이 수풀로 가서 앉았다.

조조는 한껏 낙심한 채 멍하니 하늘을 쳐다보다가 무슨 생각을 했는지 혼자 웃기 시작했다.

"하하하, 하하하."

장수들은 무슨 일인가 하고 놀라며 조조에게 물었다.

"아까 승상께서 호탕하게 웃으셨을 때, 그 때문일 리는 없겠으나 조자룡 부대가 나타났습니다. 이번에는 왜 그리 웃으십니까?"

조조는 계속 웃어대다 입을 뗐다.

"공명과 주유 둘 다 대장 재능은 있으나, 아직 지략이 부족함을 알고 웃은 것이다. 만약 내가 적이라면 이곳에 '한 무리 복병을 숨겨두고 지치기를 기다린다'는 이일대로(以逸待勞) 계책을 꾸몄을 텐데…. 정말 허술하기 짝이 없구나."

그 말이 채 끝나기도 전에 우렁찬 함성과 함께 징 소리와 북소리가 전후좌우로 메아리쳤고 주변 나무숲이 병마가 된 것처럼 사방팔방에 적의 모습이 하나둘 보이기 시작했다.

그중에 이런 소리가 들려왔다.

"조조, 잘 왔다. 연인(燕人) 장비가 기다렸다. 게 서라!"

헉하고 놀라는 사이에 장팔사모(丈八蛇矛), 다갈색 명마, 눈부시게 빛나는 갑옷과 투구가 유성처럼 이쪽으로 날아왔다.

4

"장비다!"

이름을 듣기만 해도 장수들은 간담이 서늘해졌다. 다들 갑옷과 속옷을 불에 말리던 중이라 손발을 둘 데가 없었고 혼비백산하여 벌거벗은 채로 도망치는 자도 있었다.

"승상이 위험하다. 적을 막아야 한다."

허저는 허둥지둥 안장도 없는 말에 올라타고 맹렬하게 달려오는 장비 앞을 막아서며 잠시 막아냈다.

"이키!"

그사이에 장료와 서황 등은 가까스로 갑옷을 챙겨 입고 조조를 먼저 보낸 다음 말을 걸터타고 장비를 향해 내달렸다.

아쉽게도 장비가 휘두르는 장팔사모를 당해내지 못했다. 장비를 쓰러뜨리기는커녕 그 맹렬한 돌진을 가까스로 잠시 막아냈을 뿐이다.

조조는 귀를 닫고 눈을 감으며 그저 줄행랑을 놓았다. 몇 리길을 가는 동안 조조는 사는 게 사는 것 같지가 않았다. 곧 뿔뿔이 흩어진 아군이 조조를 쫓아왔지만, 그중에 몸이 성한 자는 눈을 씻고 찾아볼 수 없었다.

"또 갈림길이다. 이 두 갈래 길 중에서 어느 쪽으로 가야 하느냐?"

조조가 묻자 지리에 밝은 자가 답했다.

"둘 다 남군으로 통합니다만, 폭이 넓은 대로로 가면 50리 이상 더 걸립니다."

조조는 그 말을 듣자 주억거리고는 주변을 정찰하라고 산 위로 부하를 보냈다. 부하는 되돌아와서 득달같이 보고했다.

"산길을 살펴보니 저쪽 고개와 골짜기 곳곳에서 희미하게 연기가 피어오릅니다. 분명 적의 복병입니다."

"그렇군."

조조는 표정을 다잡고 눈을 동그랗게 떴다.

"산길로 가자. 다들 산을 넘어서 간다."

조조는 앞에 선 병사들에게 지시했다.

장수들은 놀라 의아해하며 물었다.

"산길이 험준한데다 복병까지 있는데, 무슨 이유로 지친 존체와 병사를 이끌고 산을 넘으려 하십니까?"

조조는 쓴웃음을 지었다.

"이 화용도는 근방에서 모르는 사람이 없는 험준한 길이다. 해서 부러 산을 넘으려 하는 것이다."

"적이 피운 불길이 보이는데도 일부러 화용도로 향하다니 경솔하지 않습니까?"

"그렇지 않다. 그대들도 알아둬라. 병법에 이런 말이 있다. '허즉실(虛卽實)이며 실즉허(實卽虛)라.' 공명은 계략에 능하다. 아마 고개와 골짜기에 병사를 약간 두고 연기를 피우게 하여 일부러 복병이 있는 것처럼 보인 것이다. 공명은 아마 큰길 쪽에 복병을 심어두고 나를 큰길로 유도하여 목을 칠 셈이겠지. 봐라, 저 연기에서 진정한 살기는 느껴지지 않는다. 공명이 꾸민 모략이다. 연기가 오르는 쪽을 피해서 큰길로 가면 순식간에 적에게 포위당하여 한 사람도 살아남지 못할 터. 정말로 위태롭기 그지없다. 자, 산길로 가자."

조조가 의중을 설명하고 말을 몰아 앞으로 나가니 다들 감탄해 마지않았다.

"과연 승상께서는 사려가 깊으시다."

이 와중에도 패잔병이 끊임없이 일행을 따라잡아서 이제는 한 무리 패군을 이루었다.

"어서 빨리 형주에 도착했으면 좋겠다. 형주까지 가면 어떻게든 되겠지, 뭐."

패잔병들은 형주를 머릿속에 그리며 터덜터덜 고갯길로 들어섰다.

아무리 마음이 급하다 한들 이미 말은 지쳤고 부상자를 두고 갈 수도 없는 노릇이다. 해서 1리 올라가서 쉬고 2리 올라가면 쉬는 식으로 산길 10리를 헐떡이며 올라가다 보니 선진 부대가 내딛는 걸음이 아주 느려졌다. 때마침 산속에서는 차가운 눈까지 펑펑 쏟아졌다.

공이 없는 관우

1

　험한 길로 들어서니 조조 군세는 앞으로 나아가기 어려워진 데다 눈까지 하염없이 내리자 조조는 조바심을 내며 말 위에서 호통을 쳤다.

　"선봉대는 어찌 된 것이냐?"

　선진 부대에 선 장병들은 눈바람 속에서 울 것 같은 표정을 지으며 답했다.

　"간밤에 내린 비로 곳곳에서 산사태가 나는 바람에 길이 막혔고 이곳저곳에 계류(溪流)가 생겨나 말을 타고도 건너기가 쉽지 않습니다."

　조조는 짜증을 벌컥 냈다.

　"산을 만나면 길을 만들고 물을 만나면 다리를 놓는 것도 전쟁의 일부다. 이를 두고 싸우기 곤란하다며 울상을 짓는 군사가 대체 어딨느냐!"

　그러고 나서 직접 명령을 내렸다. 부상병과 노병은 후진으로 빼고 건장한 장정들을 선두로 재배치했다. 나무를 베어 다리를 놓았고 잡목과 풀을 뽑아 길을 만들었으며 진흙탕을 메꿔가며 한 발 한 발 전진했다.

"추위에 움츠리지 마라. 추우면 땀이 날 때까지 움직여야 한다. 목숨이 아깝다면 게으름 피우지 마라. 나태한 자는 바로 저승으로 보내주마."

조조는 검을 빼 들고 토목 공사를 하나하나 감독했다. 병사들은 진흙과 싸우고 냇물과 격투하며 목재와 맞붙었다. 수많은 군졸이 논밭에서 일하는 물소처럼 꾸역꾸역 노역하다가 추위와 굶주림에 시달려 하나둘 쓰러져갔다.

"슬프구나. 화살이나 돌에 맞아서 죽는다면 그래도 의미가 있겠건만…"

하늘을 원망하고 가혹한 명령에 울부짖는 소리가 전군에 울려 퍼졌으나, 조조는 아랑곳하지 않고 되레 역정을 냈다.

"삶과 죽음은 하늘이 정하는 일. 무얼 한탄한단 말이냐. 우는 소리를 하는 자는 그 즉시 죽음을 각오하라!"

엄청난 노력과 질타 덕분에 가까스로 첫 난관은 넘겼으나, 남은 병사 수를 세어보니 300기도 채 되지 못했다.

이제는 다들 무기나 장비도 들 여력도 없었고 마치 땅속에서 발굴한 병사모양 토우(土偶)나 목마(木馬)처럼 보일 지경이다.

"거의 다 왔다. 목적지인 형주까지는 이제 난관도 없다."

조조는 채찍을 들고 앞을 가리키며 지친 장병들 마음을 애써 격려했다.

"조금만 더 가면 된다, 조금만 더. 형주로 가서 푹 쉬자. 조금만 더 힘내라."

고개를 넘어 5~6리쯤을 쫓기듯이 가다가 조조는 다시 말안장을 치며 혼자 호탕하게 웃었다.

의아한 장수들은 조조에게 물었다.

"승상, 왜 웃으십니까?"

조조는 하늘을 바라보고 연방 웃으며 답했다.

"주유의 어리석음과 공명의 우둔함을 지금 이곳에서 다시금 깨달았다. 그 둘은 우연히 적벽에서 나를 이기고 만방에 세력을 떨쳤으나, 활쏘기가 서툰 자라도 우연히 과녁을 맞힐 때가 있는 것과 같다. 만약 내가 적벽에서 도망친 패장을 추격한다면 이 부근에는 반드시 '매병잠진지계(埋兵潛陣之計)'에 따라 복병을 두어 단번에 모든 적을 생포했으리라. 그저 무익한 연기만 곳곳에 피워서 나를 평탄한 큰길로 유인하며 산길을 피하게끔 하다니, 정말로 빤히 들여다보이는 수준 낮은 계책이로다."

기염을 토하더니 어깨를 들썩이며 웃어젖혔다.

"이를 두고 웃지 않을 수 있겠느냐. 으하하, 하하하."

아뿔싸! 웃음소리가 채 끝나기도 전에 철포 소리 1발이 앞쪽 숲에서 울려 퍼졌다. 순식간에 눈인지 사람인지 구분하기 쉽지 않은 철갑진(鐵甲陣)이 전면과 후방으로 나뉘어 몰려왔다. 맨 앞에서 달려오는 사람은 청룡언월도를 꼬나들고 명마 적토마에 탄 미염(美髥) 장군 관우다!

2

"끝났다. 이젠 끝장이다!"

조조는 외마디를 지르며 절규했고 이제 다 포기했는지 망연자실하여 싸울 의지도 잃었다.

조조뿐만이 아니라 수하 장병들도 마찬가지다.

"관우다. 관우가 온다!"

다들 두려움에 덜덜 떨었고, 남은 건 죽음뿐이라며 생기를 잃어도 어쩔 수 없는 상황이다. 정욱만이 희망을 잃지 않았다.

"굳이 죽음을 서두를 것까지 있겠습니까? 어떤 절망의 구렁텅이에 빠지더라도 마지막 한순간까지 희망을 품고 필사적으로 저항해야 합니다. 저는 관우가 허도에 있을 때 아침저녁으로 보았으므로 대략 어떤 성품을 지녔는지 압니다. 관우는 의협심이 강하고 오만한 자에게는 엄격하나 약한 자에게는 자비롭습니다. 의리를 위해 몸을 던지고 은혜를 잊는 법이 없으며 굳은 절의는 이미 천하에 정평이 나 있습니다. 예전에 현덕의 두 부인과 함께 오랫동안 허도에 머물렀을 당시에 승상께서는 적임에도 관우의 사람됨을 총애하시고, 처음부터 끝까지 은혜를 베풀었다는 사실은 만인이 다 아는 일. 하물며 관우도 잊지 않았을 겁니다."

"…"

조조는 살포시 눈을 감았다. 추억이 새록새록 되살아났다.

'그래…!'

한 줄기 희망이 떠올랐다는 듯 두 눈을 번쩍 떴을 때, 이미 눈

속에서 들려오는 함성은 사방을 뒤덮었고 맨 앞에서 관우가 달려오는 모습이 조조 눈에 또렷이 비쳤다.

"오…! 관 장군인가."

느닷없이 조조가 먼저 큰 소리로 말을 걸었다.

그뿐만 아니라 말을 달려 관우 앞으로 스스럼없이 다가갔다.

"오랜만이네. 정말 반갑군그래. 장군, 헤어진 이래로 잘 지냈는가?"

그때까지 관우는 마치 천마(天魔)의 권속을 거느리는 아수라왕 같았지만, 조조가 부드럽게 다가오자 청룡언월도를 뒤로 빼더니 말고삐를 잽싸게 끌었다.

"오, 승상이신가."

관우는 말 위에서 공손하게 인사했다.

"정말로 생각지도 못한 곳에서 만났소. 오랜만에 만났으니 서로 이야기라도 나눠야겠지만, 지금은 주군 현덕이 내린 명을 받고 승상을 맞이하는 처지니 담소를 즐길 수는 없겠소이다. 내가 듣기로 영웅이 죽을 때는 천지도 통곡한다 했소. 어서 미련 없이 내게 그 목을 내놓으시오."

조조는 위아래 이를 맞물고 복잡하고도 미묘한 미소를 만면에 지었다.

"이보게, 관우. 영웅도 때로는 비참하게 패배하면 참담한 모습이 된다오. 지금 이 몸은 싸움에 패해 험준하고 눈 덮인 산속에서 얼마 안 되는 부상자를 이끌고 진퇴양난에 빠졌소이다. 내 한 몸 죽는 건 아깝지 않으나, 영웅이 이뤄낼 대업이 이곳에서 끊기는 일이 원통하기 그지없소. 만약 그대가 내가 옛날에 한 말을 아직 기억한다면 이번만 내 위기를 눈감아주지 않겠소?"

"비겁한 소리! 말씀하신 대로 내가 예전에 허도에서 머물렀을 때 승상에게 큰 은혜를 입었으나, 백마에서 헌신적으로 싸움을 돕고 승상이 처한 위기에서 구함으로써 그 은혜를 갚았소. 오늘은 그런 사사로운 감정에 사로잡혀 승상을 그냥 보낼수는 없겠소이다."

"어찌 보면 과거 얘기만 하는 것 같지만, 당시 주군 현덕의 행방을 모르던 때 장군이 적중(敵中)에서 주군의 두 부인을 지켜낸 건 결코 내 덕이 아니오. 오로지 그대가 품은 충의가 해낸일. 내가 부족하게나마 도움을 준 이유는 그 충의에 감동해서였소. 이를 누가 사사로운 감정이라 하겠소. 장군은《춘추》에도밝다고 들었소. 유공(庾公)이 자탁(子濯)을 뒤쫓던 고사를 떠올려보시오. 대장부는 신의를 중시하는 법. 인생에 신(信)도 없고의(義)도 없고 미(美)도 없다면, 인간이란 천박한 존재가 아니겠소."

조조는 열과 성을 다해 설득했고, 관우는 듣는 중에 어느새머리를 숙이며 눈앞에 있는 조조를 죽일지 살릴지 지성과 정념사이에서 갈등했다.

3

문득 고개를 들어 전방을 보니 조조 뒤에는 불쌍한 패잔병들이 다들 말에서 내려 땅 위에 무릎을 꿇고 눈물을 뚝뚝 흘리며 관우를 향해 엎드려 빌었다.

"가엾구나, 주종의 정…. 어찌 이자들을 벨 수 있겠는가."

결국, 관우는 '정'에 지고 말았다.

아무 말 없이 말 머리를 돌려 아군 곁으로 되돌아가서 조조가 들으라는 듯 뭐라고 목청껏 명령했다.

조조는 문득 정신을 차렸다.

"이 틈에 도망치라는 뜻이렷다."

조조는 수하들과 함께 서둘러 고갯길을 뛰어 내려갔다.

조조 무리가 산기슭으로 도망치고 난 뒤에야 관우는 명했다.

"자, 길을 막아라."

관우는 일부러 골짜기 길로 멀리 돌아서 쫓아갔다.

그러다 도중에 비참한 부대와 마주쳤다.

보아하니 조조 뒤를 따라가던 장료 부대다. 적은 무기도 들지 않은 채 말과 함께 상처를 입지 않은 병사가 없는 지경이었다.

"아, 참혹하구나…."

관우는 적을 보고 눈물을 줄줄 흘리며 긴 한숨을 내쉰 끝에 이번에도 못 본 척하고 보내주었다.

장료와 관우는 오랜 벗이다. 정이 많은 관우는 슬픈 처지에 놓인 친구를 차마 죽일 수 없었다. 아마 장료도 이를 눈치채고 마음속으로 관우에게 엎드려 절하면서 도망갔으리라.

하여 호랑이 굴을 벗어난 장료는 곧 조조를 따라잡아 합류했으나, 양군을 합쳐도 500명이 채 못 되었고 군기(軍旗)조차 단하나 들 것이 없었다.

"아아, 이토록 비참한 패배를 맞이할 줄이야…."

서로 잠시간 초연해졌다.

이날 해 질 녘에 조조 일행은 기세등등한 군세와 맞닥뜨렸는데, 그네들은 조조를 잡으러 온 복병이 아니라 남군 강릉성(江陵城)을 지키던 조조 일족 조인이 이끄는 군세다.

조인은 조조가 무사한 모습을 보자 울며 기뻐했다.

"적벽에서 겪은 패전을 듣고 득달같이 달려가려 했으나, 남군성을 비울 수는 없어 그저 무사하기만을 빌었습니다."

조인은 조조가 살아 있음을 알자 더없이 기뻐했으며 원망 따위는 전혀 하지 않았다.

조조도 조인을 마주 보며 울먹였다.

"이번만큼은 다시는 이승에서 그대를 보지 못할 줄 알았다."

조조는 조인과 함께 남군성으로 들어가서 사흘 밤낮 동안 쌓인 피로를 풀고 나서야 겨우 살 것 같았다.

조조는 전쟁터에서 쌓인 때를 씻어내고 따뜻한 음식을 먹은 다음 잠을 한숨 푹 자고 일어났다. 이때 조조는 홀연히 하늘을 바라보며 오열하듯이 눈물을 흘리며 통곡했다.

"아아…."

주변 사람들이 의아해하며 조조에게 물었다.

"승상, 어째서 그리 통곡하십니까? 설사 적벽에서 대패하셨다 해도, 남군에는 병사와 말과 무기가 갖추어져 있으니 언젠가 재건을 꾀할 수 있습니다."

조조는 고개를 절절 저었다.

"꿈에 죽은 이가 나왔다. 만약 요동(遼東) 원정에서 전사한 곽가(郭嘉)가 오늘 살아 있었다면…. 나도 넋두리하는 나이가 되어서인지 그 사실도 슬프구나. 나를 보고 비웃어다오."

조조는 가슴을 탁탁 쳤다.

"슬프구나, 곽가. 애처롭구나, 봉효(奉孝)…. 아아, 떠난 이는 다시 돌아오지 않는구나."

조조는 조인을 가까이 불러 타일렀다.

"내가 목숨이 붙어 있는 한 적벽에서 진 원한은 반드시 갚으리라. 지금은 잠시 허도로 돌아가 군비를 갖추어 훗날을 도모하겠다. 그대는 남군을 굳건히 지켜주기 바란다. 적이 쳐들어오더라도 수비에만 치중해라. 성을 나가 싸워서는 안 된다."

4

이곳 형주에서 남군, 양양(襄陽), 합비에 이르는 지역은 이제 조조에게 굉장히 중요한 국방 외곽선이 되었다.

해서 조조는 허도로 돌아가기 전에 조인에게 다시 한번 강조했다.

"이 두루마리에 세세히 계책을 써놓았으니 만약 성을 지키는데 위기가 닥치면 열어보고 내 말처럼 여겨라. 무슨 일이 생기면 두루마리 계책에 따라 농성해야 한다. 알겠느냐?"

양양성 수비는 하후돈에게 맡겼다. 합비는 요지여서 장료에게 맡겼다. 그러고는 악진과 이전을 부관으로 임명했다.

조조는 철저한 대비책을 세운 다음 허도로 떠났다. 좌우 대장도 장병도 거의 다 후방 방어를 위해 남겨두고 와서 조조와 같이 허도로 돌아간 사람은 불과 700기 정도에 불과했다.

그 무렵.

하구성 성루에서는 전승을 축하하는 개선가가 이편저편에서 울려 퍼졌다.

장비와 조운 등의 장수는 전장에서 돌아와 적의 수급과 노획물을 군공장(軍功帳)에 등록하며 서로 공훈을 겨루었다.

전각에서는 현덕과 공명이 전승 축하를 받는 중이었는데, 때마침 관우도 수하와 함께 돌아와 맥없이 인사를 올렸다.

"오, 관 장군. 주군께서도 귀공을 애타게 기다리셨소. 아마도 그대가 조조 수급을 들고 왔을 터."

"…."

"장군, 어찌 그리 어둡게 고개를 숙이고 있소? 훈공장(勳功帳)에 그대가 세운 공을 기록하시오."

"저는 딱히 아무것도 없소이다…."

관우는 고개를 푹 숙인 채로 가만히 서 있었고 말소리조차 여인처럼 작게 들렸다.

공명은 눈살을 찌푸리며 물었다.

"어찌 된 일이오. 아무것도 없다니?"

"사실은…. 제가 이곳에 온 이유는 공을 보고하기 위함이 아니라, 벌을 받기 위함이오. 부디 군법에 따라 처벌해주시오."

"아니, 그렇다면 조조는 끝내 화용도로 도망쳐 오지 않았다는 말이오?"

"군사 예견대로 화용도로 오기는 했으나, 제가 무능한 탓에 놓치고 말았소이다."

"뭐라, 놓쳤다…. 적벽에서 패하여 도망친 조조와 지칠 대로 지친 패잔병들이 관 장군이 통솔하는 정예들과 대등하게 맞서 싸웠다는 뜻이오?"

"그렇지도 않았으나…. 놓치고 말았소."

"조조는 놓쳤다고 하나, 그럼 휘하 대장이나 병사는 얼마나 잡았소?"

"한 사람도 사로잡지 못했소."

"수급은?"

"하나도 없소이다."

"음…, 그런가."

공명은 입을 꾹 다물고 그저 맑은 눈으로 관우를 곧게 응시할 뿐이다.

"관우 장군."

"예."

"설마 그대는 옛날에 조조에게 받은 은혜가 떠올라 고의로 조조를 못 본 척하고 보내주었소?"

"이제 와 아무런 변명도 할 수 없소이다. 그저 미루어 짐작해 주시…."

"그 입 다물라!"

공명은 하얀 얼굴을 붉게 물들이며 목청껏 소리를 질러 꾸짖더니, 주위 무사를 돌아보며 명했다.

"왕법(王法)은 국가 규범이다. 사사로운 정에 이끌려 군령을 무시한 관우가 지은 죄는 용서할 수 없다. 어서 이 유약한 남자의 목을 베어라!"

5

현덕도 공명이 이토록 진심으로 화내는 모습은 처음 보았다.

좀처럼 화를 내지 않는 온순한 사람이 분노할 때가 더 무서운 법. 더군다나 군사 자리에 있으면서 늘 근엄하고 고결한 태도로 언성을 높이는 일이 드물던 공명이 단호하게 목을 베라고 명했으니, 사람들은 두려움에 움츠러들며 사태 추이를 말끄러미 지켜봤다.

"군사."

공명 앞으로 다가가 당장 무릎이라도 꿇을 것 같은 기세로 사정하기 시작한 사람은 당사자인 관우가 아니라 현덕이다.

"본인과 관우는 옛날에 도원에서 의를 맺고 생사를 함께하겠다 맹세했소. 다시 말해 관우의 죽음은 내 죽음을 뜻하오. 오늘 지은 죄는 분명 용서하기 어려우나, 내 얼굴을 봐서 아니, 내게 그 죄를 잠시 맡겨주시오. 훗날 반드시 이 죄를 보상할 만큼 혁혁한 공을 세우게 할 테니…. 군사, 법을 왜곡하자는 말이 아니라 잠시 결단을 늦춰보자는 말이오. 부탁하오."

현덕은 주군이라는 위치에 있으면서 신하 목숨을 위해 공명에게 무릎 꿇어 엎드릴 기세다.

공명이라 해도 어찌 이를 일축할 수 있겠는가. 공명은 약간 얼굴을 돌리더니 이리 말하는 게 아닌가.

"용서할 수는 없습니다. 군기는 엄격해야 하나, 말씀대로 잠시 처단을 유예하겠습니다. 관우가 저지른 죄는 주군께 맡기겠습니다."

포로 수만 명은 적벽에서 오나라로 넘어갔다.

오군은 이 포로들을 아군으로 삼아 단번에 대군을 이루었다. 그런 다음 정비를 증강하여 강북으로 건너갔다.

"현덕이 보낸 사신이 도착했습니다. 가신 손건이라는 자가 공물을 들고 전승 축하를 드리러 왔다고 합니다."

어느 날 중군에 있던 주유에게 소식이 들려왔다. 적벽에서 거둔 대승리로 주유뿐만이 아니라 오나라 전체가 파죽지세를 보였고 병졸까지 무적 오군이라는 긍지로 불타올라 매우 기세등등했다. 이 기세를 몰아 주유는 남군 공략에 나서서 요새 다섯 군데를 분쇄하였고, 이날은 남군성을 코앞에 두고 진을 설치하느라 바쁜 때였다.

"호오, 현덕이 보냈다고…? 그렇군, 들여보내라."

주유의 명령에 따라 사신 손건이 안내를 받으며 들어왔다.

잠시 세상 돌아가는 이야기를 한 다음 주유는 손건에게 질문했다.

"그대 주군 현덕과 공명은 지금 어딨는가?"

"현재 유강구(油江口)에 계십니다."

"뭐라, 유강구?"

깜짝 놀란 표정이다. 그 후로는 대화가 부쩍 활기를 잃어갔지만, 연회가 끝날 때쯤에 주유는 내쫓듯이 손건을 돌려보냈다.

"곧 내가 직접 답례하러 들르겠소. 잘 전해주시구려."

다음 날 노숙이 자못 궁금했는지 어제 일에 대해 물었다.

"도독, 어제는 왜 그렇게 의외라는 표정을 지으셨습니까?"

"으음…. 현덕이 유강구에 있다고 하오. 그냥 듣고 흘려버릴 수 없잖소?"

"왜 그렇습니까?"

"현덕이 유강구로 진을 옮겼다면 이는 명백히 남군을 칠 야심을 품었다는 뜻. 우리 오군이 막대한 군마와 재물과 군량을 소비하여 적벽에서 승리했으나, 아직 얻어낸 성과는 없소이다. 만약 현덕이 먼저 남군을 취하면 우리가 조조와 싸운 의미가 없잖겠소?"

"저도 예전부터 그 점을 걱정했습니다."

"당장 현덕의 진을 방문하여, 분명히 못 박고 와야겠소. 함께 갈 병마와 선물 준비를 서둘러주시오."

"알겠습니다. 동행하겠습니다."

한 번에 세 성을 얻다

1

한편, 손건은 유강구에 있는 아군 진으로 돌아오자마자 현덕에게 보고했다.

"주유가 곧 직접 답례하러 발걸음 한답니다."

현덕은 공명과 얼굴을 마주 보며 말했다.

"고작 이 정도 의례에 주유가 직접 답하러 오다니 이상하군. 무엇 때문이겠소?"

"아마도 남군성이 신경 쓰여서 이쪽 동향을 살피러 오는 것 같습니다."

"만약 병사를 이끌고 오면 어떡하오?"

"걱정하실 것 없습니다. 이번에는 우리 의중을 떠보기만 할 겁니다. 대화를 나누실 때 이렇게 말씀하십시오."

공명은 현덕 귀에다 몇 가지를 속닥였다.

예고한 날이 되자 유강구 기슭에는 병선과 군마와 깃발 든 병사가 정렬한 채로 주유가 도착하기를 기다렸다.

주유는 수행원과 경호를 위한 병사 3000기를 데리고 상륙했다. 보아하니 뭍에도 강변에도 병마와 큰 배가 깃발을 나란히 하여 정연하게 늘어서 있는 게 아닌가.

　'의외로 무시 못 할 병력이군.'

　주유는 속으로 이리 생각하며 이곳저곳을 살피다가, 조운의 마중을 받으며 진문으로 들어갔다.

　현덕, 공명과 그 밖의 장수들은 주유 일행을 기꺼이 맞이하여 대빈(大賓)에 대한 예우를 다하며 연회 상석을 권했다.

　술이 몇 순배 돌았다.

　현덕은 술잔을 들며 빈번히 적벽에서 얻은 대승을 격찬하다가 가볍게 이런 말을 건넸다.

　"지난번 승리에 이어 주 도독이 강북으로 진격한다는 말을 듣고 조금이나마 싸움에 힘을 보태고자 급히 이곳 유강구로 진을 옮겼소. 만약 도독이 남군을 취할 생각이 없다면 제가 점령해도 괜찮겠소이까?"

　그러자 주유도 가볍게 웃으며 농으로 받아쳤다.

　"천만에. 당치도 않는 말씀을 하시는구려. 형주 병합은 오나라 숙원이오. 남군은 이미 오나라 손바닥 위에 있으니 걱정하지 않아도 됩니다."

　"세상 속담 중에는 '손바닥 안에 있는 게 반드시 손에 들어오는 건 아니다'라는 말도 있소이다. 조조가 남겨두고 간 조인은 북쪽 지방에서 소문난 만부부당한 장수요. 아마도 주 도독 손으로는 쉽게 함락하기 어려우리라 염려되오만…"

　주유는 미간에 분연히 노기를 드러냈으나, 바로 빈정거리는 미소를 지었다.

"만약 내가 남군을 취하지 못하면 그때 귀공이 점령하시오."

"그렇소이까. 그렇다면 정말로 감사할 따름이오. 이곳에는 노숙과 공명이라는 산증인도 있으니, 도독이 지금 한 말을 잘 기억해두었으면 하오."

"걱정 마시오. 무슨 증인이 필요하겠소?"

"나중에 후회하지는 않겠소이까?"

"그럴 리가."

주유는 한잔 들이켜며 다시 한번 일소했다.

공명은 곁에서 끊임없이 주유를 추켜세웠다.

"과연 주 도독의 말씀은 오나라가 대국의 관록을 지녔음을 증명하는 훌륭한 공론이오. 형주 땅은 당연히 오군이 먼저 공략해야 도리에 맞소. 만에 하나라도 오군이 취하기 버겁다면 그때 유 황숙이 도전해보면 좋겠소이다."

이윽고 주유는 돌아갔다.

현덕은 울상을 지으며 공명에게 따졌다.

"주유와 얘기할 때 이렇게 말해라, 저렇게 말해라 선생이 내게 알려주어 그대로 응대했소. 헌데 도리어 선생이 주유에게 남군을 취하라고 격려까지 한 이유가 대체 뭐요?"

"이전에 제가 형주를 취하라고 권했으나, 주군께서는 전혀 귀담아듣지 않으셨습니다."

"그간에 사정이 바뀌지 않았소. 지금은 우리 일족과 아군들이 의지할 땅도 없어서 곤궁에 처한 상황이오. 옛일은 묻지 말아주시오."

"걱정하실 것 없습니다. 제게 계책이 있습니다. 가까운 시일 내로 반드시 주군을 남군성에 모시겠습니다."

2

주유는 아군 진으로 돌아오자마자, 남군성을 향해 맹렬하게 행동을 일으켰다.

그 와중에 노숙이 자못 궁금하지 물어왔다.

"어째서 현덕과 만났을 때, 만약 오군이 남군성을 차지하지 못하면 현덕 군이 공략해도 좋다고 말씀하셨습니까?"

"말이 그렇다는 것뿐이오. 인정에 대한 여운을 남겼다고나 할까…. 이미 적벽에서 대승리를 거둔 우리 군 앞에서 남군성 따위는 개수일촉(鎧袖一觸, 갑옷 소매로 한번 건드린다는 뜻으로, 약한 상대편을 간단히 물리침을 이르는 말 - 옮긴이)이나 다름없으니 손바닥 뒤집듯이 쉬 점령할 거요."

장흠이 선봉대로서 병사 5000명을 이끌었고 부장 정봉과 서성이 그 뒤를 따랐으며 주유의 중군도 당당히 성으로 전진했다.

이때까지 조인은 성안에서 조조가 남기고 간 가르침을 철저하게 지켰다.

"나가지 마라. 성을 지켜라."

오직 이 말만을 반복하며 그저 방어를 철저히 하는 데 치중했으나, 부하 우금(牛金)은 끊임없이 나가서 싸우기를 권했다.

"계속 방어만 하면 요새는 버티지 못합니다. 예부터 수비만

하다 함락되지 않은 성은 없었습니다. 이미 오군이 성 밖에 와 있는데, 나가서 싸우지 않으면 성안 병사들 사기는 떨어질 테니 어차피 오래 버티지 못합니다."

"그 말도 일리 있다."

조인은 우금의 간언을 받아들여 병사 500기를 내주며 기회를 봐서 기습하라고 명했다.

우금은 성문에서 나와 적의 선봉 장흠 군을 공격했다. 장흠은 우금에게 일대일 대결을 청했으나, 금세 뒤돌아 달아났다.

우금이 이끄는 수하 500기는 도망치는 장흠을 정신없이 뒤쫓아가다가, 그만 적진 깊숙이 들어가고 말았다. 갑자기 휙 말머리를 돌린 장흠의 군세는 북을 울리고 아군을 규합하여, 쫓아오느라 지친 우금의 군세 500기를 독 안에 든 쥐 꼴로 만들어버렸다.

"전황은 어떤가?"

성루에서 싸움을 바라보던 조인은 우금이 처한 위기를 보고, 몸소 수하를 이끌어 구하러 가려 준비했다.

그러자 장사(長史) 진교(陳矯)가 경솔한 행동을 강하게 나무랐다.

"승상께서 이 성을 맡기며 도읍으로 돌아가셨을 때 뭐라 하셨습니까?"

조인은 그 말에 귀 기울이지 않았다.

"우금은 우리에게 소중한 대장이고 부하 500명은 다들 남군성에서 으뜸으로 꼽는 정예다. 그 부하들을 죽게 내버려 두면 머지않아 이 성도 함락될 터."

조인은 강한 병사 1000여 명을 이끌고 성 밖으로 말을 내달렸다. 진교도 어쩔 수 없이 성루에 뛰어 올라가서 북을 치며 기세를 보탰다.

조인은 오군 한가운데로 달려 들어가서 서성 일각을 무너뜨린 다음 우금과 합류하여 순조롭게 구해냈다.

그러나 어디선가 아직 50~60기가 포위망 안에 남아 있다는 말이 들려왔다.

"알았다! 다시 한번 다녀오마."

조인은 재차 뛰어들더니 한 사람도 남김없이 구해왔다.

이때 오나라 선봉대 대장 장흠이 길을 막으며 조인을 베려 시도했다. 조인이 내뿜는 용맹함은 그런 장애물 따위에 굴하지 않았다. 조인은 사방팔방으로 분투했고 우금도 이를 도왔으며 성에서 나온 조인의 아우 조순(曹純)도 가세하여 몰려드는 적과 맞섰으므로, 결국 이날은 목적대로 적들에게 '조인이 여기 있노라'라는 무게감을 알리는 데 보기 좋게 성공했다.

"첫 싸움에서 보인 조짐이 좋구나."

그날 밤 남군성 안에서는 승리를 축하하며 성대하게 축배를 들었다.

반면, 초전(初戰)에서 패배한 오군 진영에서는 주유가 대장들에게 책임을 물었다.

"적보다 몇 배나 많은 군사를 이끌면서, 심지어 성에서 나온 병사에게 불의의 기습을 당하다니 이런 추태가 다 있느냐?"

장흠과 서성 두 사람은 주유 앞에서 사정없이 매도당했다.

3

"이리된 이상 내가 직접 남군성을 단숨에 점령하겠다."

한참 동안 화내고 나서 주유는 호언장담했다.

최근 연전연승하는 기세를 자랑하던 중인지라 장흠이 저지른 사소한 패배도 주유에게는 오점으로 비친 모양이다.

"경솔하게 싸워서는 안 됩니다."

주유에게 간언한 사람은 감녕이다.

감녕은 주유를 설득하기 시작했다.

"남군은 기각지세(掎角之勢, 사슴을 잡을 때 사슴 뒷발을 잡고 뿔을 잡는다는 뜻으로, 앞뒤에서 적을 몰아침을 비유적으로 이르는 말 – 옮긴이)를 취하였으며 이릉성도 군비를 강화하였습니다. 게다가 이릉은 조인과 가까운 조홍이 지키니, 섣불리 남군만을 신경 쓰다가는 언제 측면을 공격당할지 모를 일입니다."

"그럼, 어찌해야 하겠는가?"

"제가 3000기를 이끌고 나가 이릉성을 치겠습니다."

"좋다. 그 사이에 남군성은 내가 처리하겠다."

계획을 꼼꼼하게 세웠다.

감녕은 강을 건너 이릉성으로 쳐들어갔다.

남군 성루에서 이 모습을 바라보던 조인은 적잖이 놀랐다.

"큰일이군. 적중 일부가 이릉으로 향했다. 이릉은 아직 방비가 온전하지 않으니 조홍이 무척 난처할 것이다."

진교에게 급히 이 일을 상의하자 진교도 당황했다.

"조순을 대장으로, 우금을 부관으로 삼아 즉시 원군을 보내면 어떻겠습니까? 이릉성이 함락된다면 남군성도 위태로워지는 건 자명합니다.”

하여 조순과 우금은 부리나케 이릉을 도우러 발걸음을 옮겼다. 조순은 외부에서 성안에 있는 조홍과 연락을 취하여 계략을 하나 세웠다.

“힘이 아니라 계략으로 적을 속여보자.”

감녕은 적이 세운 계략은 짐작도 하지 못하고 줄기차게 전진하며 패주하는 적병들을 몰아세웠다.

“의외로 약하군.”

감녕은 일거에 성을 공격했다. 조홍도 나와서 분투하다가, 버티기 어려운 척하며 부러 성을 버리고 달아났다.

해 질 무렵에 감녕 군세는 남김없이 성안으로 밀려 들어가서 개선가를 부르며 기뻐했으나, 적이 꾸민 계략일 줄이야. 후방에서 대기하던 조순과 우금 군세가 성을 포위하였고 조홍도 되돌아와 주변 모든 퇴로를 막아버려서, 감녕은 좀 전의 조순과 마찬가지로 성안에 고립되고 말았다.

이 소식이 오군에 전해지자 주유는 거듭 눈살을 찌푸렸다.

“정보, 뭔가 방법이 없겠는가?”

주유는 회의하러 모인 장수들을 죽 둘러보았다.

“감녕은 오나라 충신, 죽게 내버려 둘 수 없습니다. 허나 지금 병력을 나누어 이릉으로 향하면 남군성에 있는 적이 나와서 우리 군을 협공할 것입니다.”

여몽이 이어서 의견을 제시했다.

“이곳 수비를 능통에게 명하시면 누구보다 잘 지켜낼 것입니다. 감녕을 구하는 일이 급선무입니다. 제게 선봉을 명하시고 도독께서 뒤따르신다면 반드시 열흘 이내로 목적을 달성할 수 있습니다만…."

주유는 고개를 끄덕이며 능통에게 다시 한번 확인했다.

"능통, 진정 괜찮겠는가?"

능통은 수락하면서 말을 덧붙였다.

"열흘 버티는 게 고작입니다. 열흘 동안은 반드시 지켜내겠습니다만, 그 이상 시일이 걸린다면 저는 이곳에서 전사할 수밖에 없을 것입니다."

"그리 오랜 시일이 걸리지는 않을 터."

하여 주유는 능통과 병사 1만을 남겨두고 나머지 주력 부대를 이릉 방면으로 진군시켰다.

4

도중에 여몽이 건의했다.

"이제부터 쳐들어갈 이릉 남쪽에는 좁고 험한 길이 있습니다. 근처 산골짜기에 병사 500명 정도를 복병으로 심어두고 잡목과 나뭇가지 등을 쌓아서 길을 막아둔다면 나중에 적지 않은 도움이 될 것입니다."

"좋다."

주유는 전진을 거듭하여 이릉으로 한 걸음 한 걸음 다가갔다.

이윽고 이릉성은 달무리처럼 적에게 둘러싸인 모습을 드러냈다.

"적군의 철통 같은 포위를 뚫고 입성하여 감녕과 연락을 취할 용사는 없는가?"

"제가 가겠습니다."

주태가 이 어려운 일에 자원했다. 주태는 진중에서 가장 발이 빠른 말을 골라 타고 힘차게 채찍질하며 적이 쳐둔 포위망을 향해 냅다 달려갔다.

조홍과 조순 부하들은 혼자서 총알처럼 달려오는 이가 설마 적이라고는 꿈에도 생각지 못했다. 하지만 시커먼 물체가 가까이 다가오자 다급히 길을 막으며 외쳤다.

"누구냐!"

"서라, 서라!"

주태는 말 위에서 칼을 뽑아 춤추듯이 휘두르면서 질주했다.

"도읍에서 온 급사(急使)다. 조 승상의 생명이 걸린 전갈이다. 너희가 알 바 아니다! 다가오다 말에 치여 죽지나 마라."

그 기세로 주태는 성을 겹겹이 둘러싼 적진을 돌파했고 이윽고 이릉성 아래에 이르렀다.

"감녕, 성문을 열어다오."

성루에서 이 광경을 지켜본 감녕은 화들짝 놀라면서 주태를 성으로 맞아들였다.

"이제 괜찮으니 안심하시오. 주 도독이 직접 구하러 오셨소. 작전은 이러이러하오…."

주태는 계획을 찬찬히 설명하여 감녕에게 연락을 제대로 취했다.

한편, 어제 이상한 남자가 홀로 성안으로 들어간 후에 갑자기 성안에 흐르는 사기가 올랐다는 보고를 받자 조홍과 조순은 서로 얼굴을 마주 보았다.

"큰일이군."

"주유가 보낸 원군이 가까이 다가왔다는 증거요. 이대로 있다가는 협공 당하고 말 터. 어찌해야 좋겠소?"

"그렇다고 급하게 성을 함락시킬 수도 없는 노릇. 감녕을 성으로 유인하여 이를 포위한다는 계책은 언뜻 보기엔 좋은 수였으나, 다시 보니 그야말로 악수 중의 악수였구려."

"이제 와 푸념을 늘어놓아 봤자 어쩔 수 없소. 남군에도 이 사실을 알렸으니 형 조인이 가세하러 오기를 기다려봐야겠소."

"일단 하루 이틀 잘 버텨야겠구려."

사려 깊은 사람이라면 이 둘을 보고 어찌 이토록 생각이 없을까 답답하게 여겼으리라. 다음 날에는 주유가 이끄는 대군이 새까맣게 몰려왔다. 조홍, 조순, 우금 등은 당황하며 맞서 싸웠으나 애초에 적수가 되지 못했다. 진영이 무너지자 금세 패주하는 추태를 내보였다.

그뿐만이 아니다. 추적하는 주유 군을 따돌리고 산을 넘긴 했으나, 도중에 있는 좁고 험난한 길은 잡목과 나뭇가지로 막혀 있는 게 아닌가. 병사들도 말을 타다 골짜기로 떨어지거나 스스로 말을 버리고 도망치다 적에게 잡혀 죽는 등 뜬금없는 봉변을 당했다.

오나라 군세는 승리 기세를 몰아 도중에 적의 말을 300여 마리 노획하기도 하면서 마침내 남군성에서 10리 떨어진 곳까지 진격해 죄어들었다.

남군성으로 돌아간 조홍, 조순 등은 형 조인과 함께 암담한 표정을 지었다. 지금 그 일족이 할 수 있는 일이라곤 푸념밖에 없었다.

"역시 승상 말씀대로 처음부터 성을 나서지 말고 그저 성문을 닫고 수비만 했으면 좋았을 텐데…."

조인은 푸념 중에 문득 떠오른 바가 있어 무릎을 탁 쳤다.

"그래! 잊고 있었다."

바로 조조가 도읍으로 돌아갈 때 위기가 닥치면 읽어보라며 남기고 간 두루마리다. 그 안에 쓰인 비책에 마지막 희망을 걸었다.

5

최근 주유는 아주 의기양양했다. 그야말로 상승장군(常勝將軍)다운 기개가 있었다. 이릉을 점령하고 감녕을 무사히 구출하자 사기가 다락같이 올랐고, 그 기세를 몰아 남군성까지 포위했다.

"흠. 적군은 도망칠 준비를 했군. 허리에 군량을 달고 있다."

주유는 성 밖에 지은 높은 망루에 올라서 적의 방비를 살펴보다가 손차양을 한 채로 중얼거렸다.

보아하니 성안 적병들은 대략 세 곳에 나뉘어 대기 중이다. 다들 바깥쪽 성루나 문으로 나와 서성였고, 본성과 중요한 건

물 근처에는 그저 깃발만 많이 걸렸을 뿐 사람은 없는 눈치다.

"아마도 적장 조인은 남군성을 지키기 어렵다는 사실을 깨닫고, 밖으로는 강하게 방비를 갖춘 척하면서 실제로는 벌써 도망칠 궁리를 하는 것이렷다. 좋다, 바로 일격을 가해주지."

주유는 직접 선진을 이끌고 후진을 정보에게 맡기며 성안으로 질풍처럼 돌격했다.

그러자 적병 사이에서 한 사람이 번개같이 달려 나와 자기 이름을 밝히고 나섰다.

"게 있는 자는 주유인가. 호북(湖北)의 효용(驍勇) 조홍이 바로 나다. 어서 나와라."

주유는 단지 코웃음칠 뿐이다.

"이릉에서 쫓겨난, 도망 잘 치기로 소문난 조홍이로군. 나는 그런 창피한 줄도 모르는 패장과 창을 맞댈 생각이 없다. 누가 저 들개를 쳐 죽이고 와라."

주유는 채찍으로 부하를 손짓해 불렀다.

"알겠습니다."

이리 대답하며 말을 걸터타고 진영에서 뛰어나간 사람은 한당이다.

한당과 조홍은 일대일로 싸웠다. 무기를 맞댄 지 30여 합, 조홍은 당해낼 수 없다는 듯 꽁무니를 뺐다.

그러자 바로 조홍 대신 조인이 말을 타고 나와서 목청껏 외쳤다.

"겁먹었느냐, 주유. 당당하게 나와서 싸워라."

이번엔 오나라 주태가 맞서 싸웠고 조인도 금세 물러섰다.

그러자 적군 진형이 조금씩 무너져갔고 오군은 기세를 떨치며 우르르 몰려 나갔다.

함성과 북소리가 하늘을 뒤덮었고 흙먼지가 땅에 휘날렸다.

"지금이다. 이 기회를 놓치지 마라!"

주유는 우렁차게 외치더니 맨 앞에서 아군을 이끌며 기세 좋게 달려 나갔다.

숨 돌릴 틈도 없는 오군의 진격에 당황했는지, 조인과 조홍을 비롯해 성안으로 미처 도망치지 못한 수비병들이 성 밖 서북쪽을 향해 와르르 도망쳤다.

이미 주유는 성문 아래까지 와 버티고 있었다. 둘러보니 이곳뿐만 아니라 성 사방에 있는 문이 활짝 열려 있는 게 아닌가. 적이 얼마나 허둥대며 성에서 도망쳤는지 여실히 알려주는 대목이다.

"가라! 성 위로 올라 오나라 깃발을 당당하게 꽂아라."

이미 성을 점령한 기분에 도취한 주유는 뒤에 있는 기수를 질타하며 자신도 성문 안으로 힘차게 뛰어들었다.

성루 위에서 그 모습을 낱낱이 지켜보던 장사 진교가 감탄했다.

"아아, 계략대로 딱딱 들어맞았다. 조 승상이 남긴 계책은 정말로 신통하구나!"

진교가 옆에 있던 봉화대에 불을 붙이자 우렁찬 소리와 함께 성루 하늘에 노란색 연기가 피어올랐다.

그러자 성벽 위에서 화살과 돌멩이가 주유를 향해 비처럼 쏟아져 내렸다. 주유는 화들짝 놀라면서 말 머리를 돌려 후퇴하려 움직였으나, 뒤이어 맹목적으로 돌격해 온 아군에게 가로막혀 우왕좌왕하니 순간 발아래 땅이 1척이나 함몰되었다.

적들이 미리 함정을 파놓은 것이다. 함정에 빠진 병졸들은 구멍에서 빠져나오려는 즉시 적에게 맞아 죽었다. 주유는 가까스로 말을 잡아타고 바로 성문 밖으로 도망쳤으나, 화살 1대가 날아온다 싶더니 푹 하고 왼쪽 어깨에 적확히 박혔다.

주유는 쿵 하고 말에서 굴러떨어졌다. 이때 적장 우금이 달려와 주유 목을 베려는 순간, 오나라 정봉과 서성이 우금이 탄 말의 양 무릎을 부러뜨려 제지했고 주유의 몸을 짊어진 채 진중으로 들입다 도망쳤다.

6

성의 다른 네 문에서도 똑같은 방법으로 봉변을 당했으므로, 함정에 빠져 죽고 화살에 맞아 죽는 등 오군이 입은 손실은 그야말로 어마어마했다.

"퇴각하라! 퇴각을 알리는 징을 울려라!"

정보는 당황하며 총퇴각을 명했다.

그러고는 과감히 남군성과 거리를 두었다.

"무엇보다도 도독의 생명이 우선이다."

정보는 군의를 불러 화살을 맞고 중군 막사 안으로 실려 온 주유를 치료하도록 지시했다.

"아아, 고통스러우시겠군요. 화살촉이 왼쪽 어깨뼈를 부수고 안에 들어가 박혀 있습니다."

군의는 치료가 어렵다는 듯이 얼굴을 찌푸리며 환부를 물끄러미 바라보다가 곁에 있던 제자에게 말했다.

"끌과 나무망치를 가져와라."

정보는 그 단어를 듣고는 놀람과 의심을 동시에 드러내며 물었다.

"아니, 지금 무엇을 하려는 게냐?"

군의는 손가락으로 환자 상처를 가리켰다.

"보십시오. 풋내기가 화살을 이상하게 뽑은 탓에 화살촉 끝부분이 부러져 뼛속에 그대로 남아 있습니다. 이런 게 우리 군의들이 가장 어려워하는 상황입니다. 험한 치료를 하는 수밖에 없습니다."

"으음, 그런가."

정보는 어쩔 수 없이 침을 꿀꺽 삼키며 지켜봤고 군의는 끌과 망치를 가져오더니 쾅쾅거리며 뼈를 깎아내기 시작했다.

"으악…, 아프다! 못 참겠다. 그만해라!"

주유는 울면서 비명을 질렀다. 군의는 제자와 정보에게 도움을 요청했다.

"몸부림치면 수술을 할 수가 없습니다. 팔다리를 꽉 잡아주십시오."

그 사이에도 쾅쾅 망치를 내리쳤다.

치료 방법은 거칠었지만 치료 결과는 아주 좋았다. 며칠 만에 고열이 내리자 주유는 금세 병상에서 일어나려 애썼다.

"아직 멀었습니다. 부상을 가벼이 여겨서는 큰코다칩니다.

안타깝게도 화살촉에는 독이 묻어 있었습니다. 화를 내거나 흥분하면 반드시 상처에서 다시 열이 날 것입니다."

정보는 군의가 해주는 충고대로 한사코 주유를 말리고 중군에서 내보내지 않았다.

정보는 전군에 엄명을 내렸다.

"아무리 적이 도발하더라도 진문을 굳게 닫고 절대로 상대하지 마라."

위군은 다시 남군성으로 돌아갔고 점점 더 기세등등해졌다. 그중에서도 조인 부하 우금은 빈번히 찾아와 성문 앞에서 온갖 악담을 늘어놓았다.

"어떻게 된 것이냐, 오군 놈들. 이 진중에는 사람이 없느냐? 중군은 텅 비었는가? 패배했다 하여도 언제까지 울고만 있을 거냐. 깨끗하게 항복하거나 깃발을 내리고 썩 물러나라."

하지만 오군 진영은 초상집처럼 쥐 죽은 듯 고요했다. 우금은 며칠 뒤에도 나타났고 예전보다 심하게 가지가지 험담을 늘어놓았다.

"조용히 해라. 제발⋯."

정보는 오로지 주유의 병이 재발하는 일만을 두려워했다.

그 와중에도 우금이 내딛는 내방은 멈추질 않았다. 찾아와서는 모욕하는 일이 일주일째 이어졌다. 정보는 일단 철군하고 오나라로 돌아가 주유가 입은 상처가 깨끗이 나은 다음에 다시 도전하자는 의견을 냈으나, 장수들이 내놓은 의견은 서로 엇갈렸다.

그사이에 위군은 오군 상황을 간파하여 급기야 조인이 직접 대군을 이끌고 쳐들어왔다. 아무리 감추려 해도 불가피하게 주유 귀에도 그 함성이 들렸다.

주유도 무인인지라 병상에서 벌떡 일어나며 물었다.

"저 함성은 무엇이냐?"

정보가 어쩔 수 없이 답했다.

"아군이 훈련하는 소리입니다."

전장에서 잔뼈가 굵은 주유는 별안간 일어서더니 침통하게 소리 질렀다.

"갑옷을 가져와라! 검도 가져오고."

그러고는 말을 이어 나갔다.

"대장부가 나라를 떠났으면 말 가죽에 쌓인 시체가 되어 고국으로 돌아갈 각오를 하는 법. 이 정도 부상에 쓸데없이 걱정하지 마라."

하여 주유는 결국 상처를 안고 밖으로 나섰다.

7

주유는 아직 성하지 않은 몸으로 꿋꿋이 갑옷을 입고 말을 걸터타며 몸소 수백 기를 이끌고 진 밖으로 나갔다.

"이런! 주유가 살아 있다니."

주유를 보자 조인 병사들은 두 눈이 휘둥그레지면서 적잖이 동요했다.

조인도 손차양을 하고 전장을 세세히 살펴보고는 병졸들에게 명령을 내렸다.

"그렇군. 확실히 주유가 맞지만, 아직 금창(金瘡, 칼, 창, 화살 따위로 생긴 상처 – 옮긴이)은 낫지 않았을 터. 무릇 금창은 흥분하면 상처가 벌어져 재발한다고 들었다. 자, 이제부터 주유를 모욕하고 능멸하라."

그러고는 조인도 앞장서서 조롱하기 시작했다.

"풋내기 주유야. 지난번에는 화살을 맞아 봉변을 당했겠구나. 기분은 어떠냐? 창을 들 수나 있겠느냐?"

조인 수하 장병들도 함께 온갖 욕을 퍼부었고 주유는 순식간에 노기로 얼굴이 붉게 물들었다.

"누가 가서 조인 놈의 목을 뽑아버려라."

주유는 말을 걸터타고 달려 나가려 몸을 움직였다.

"반장이 여기 있습니다. 제가 가겠습니다."

주유 뒤에 있던 장수가 나서려는 순간, 주유는 컥 하며 입을 벌렸고 피라도 토하는지 창을 버리고 양손으로 입을 틀어막으며 말에서 나동그라졌다.

이 광경을 보자마자 조인은 단번에 진격을 명했다.

"것 봐라. 저놈은 피를 토하고 죽었다."

오군은 전의를 잃고 아연실색하며 주유를 데리고 진중으로 도망쳤다. 이날 당한 패배 또한 참담했다.

주유는 근심이 가득한 수하들 가운데에 있었다. 하지만 주유는 뜻밖에 몸 상태가 그리 나쁘지 않은지 군의가 권하는 탕약을 마시면서 아군에게 찬찬히 설명했다.

"오늘은 부러 말에서 떨어진 것이다. 금창이 터져서가 아니다. 조인이 나를 희롱하여 금창을 악화시키려 한 계책을 역이용하여 갑자기 피를 토한 척했다. 진영 곳곳에 조기를 세우고 조가를 울리며 주유가 죽었다는 거짓 소문을 내라."

다음 날 저녁 무렵, 조인 부하가 성 밖에서 오나라 군사들을 포로로 잡아와 심문해서 알아낸 내용이다.

"어젯밤에 결국 오나라 대도독 주유는 금창이 재발하여 고열에 시달리다 진중에서 숨을 거두었습니다. 오군은 황급히 본국으로 회군하기로 한 모양이니, 어차피 오나라에는 승산이 없습니다. 승산이 없는 군을 따라 회군하면 병졸은 언제까지나 병졸일 뿐입니다. 해서 다 같이 의논한 끝에 항복하러 왔습니다. 만약 저희를 기용해주신다면 오늘 밤 오군 진으로 안내하겠습니다. 상중이라 의기소침한 사이에 습격하면 남은 오군을 섬멸할 수 있을 것입니다."

조인, 조홍, 조순, 진희(陳嬉), 우금 등은 머리를 맞대고 상의했다. 그 결과 늦은 밤에 오군 진을 습격하기로 과감하게 결정했다.

막상 쳐들어가 보니 진중에는 깃발만 나부끼고 사람 기척은 느낄 수 없었다. 까만 고요함 속에서 곳곳에 타고 남은 화톳불만 널브러져 있는 게 아닌가.

"혹시 이미 퇴각했나?"

의심하는 중에 갑자기 동문에서는 한당과 장흠, 서문에서는 주태와 반장, 북문에서는 진무와 여몽 등 오군에서 이름난 장수와 수하들이 함성을 내지르고 징을 치며 단숨에 위군을 착착 포위하더니 일제히 달려들었다. 빈 진에 들어가 있던 조인과 수하들은 창황하며 허둥대다가 벌집처럼 이리 치이고 저리 치인 끝에 군사 태반을 잃고 팔방으로 흩어져 궤멸하였다.

조인, 조순, 조홍 등은 남군을 향해 도망쳤으나, 도중에 오나라 감녕이 길을 막는 바람에 성안으로 들어가지 못하고 결국 양양 방면으로 줄행랑을 놓았다.

죽었다던 주유는 살아 있었다. 이날 밤 주유는 충분한 승리를 거머쥐고 정보와 함께 의기양양하게 난군 속을 종횡무진 활약하다가, 마침내 남군성에 오나라 깃발을 내걸기 위해 성 주변 해자 부근까지 진군했다.

아뿔싸! 성벽 위에는 이미 낯선 깃발이 새벽녘 하늘에 펄럭이는 게 아닌가. 성루 위에는 무장 하나가 당당히 서서 근엄하게 성 아래를 내려다보았다.

8

이를 본 주유는 의아해하며 해자 옆에서 우렁차게 외쳤다.

"성 위에 서 있는 자는 누구냐?"

그러자 상대편도 성 위에서 우렁찬 목소리로 답했다.

"상산의 조자룡, 공명이 내린 명령으로 이미 이 성을 점령했소이다. 늦었구려, 주유 도독. 안됐으나 그만 돌아가시오."

주유는 매우 놀라며 허무하게 말 머리를 돌렸으나, 바로 감녕을 불러 형주성으로 보냈다. 그러면서 능통을 불러 명했다.

"즉시 양양을 탈취하라."

'내가 공명에게 기선을 빼앗겼구나!'

주유는 참담한 기분이 들었다. 이리된 이상 지금 당장 형주와 양양 두 성을 취하고 그 후에 남군성을 되찾겠다고 결심했다.

하지만 금세 파발이 달려와 슬픈 소식을 알렸다.

"형주성도 이미 장비 수하가 점령했습니다."

"앗!"

주유가 놀라는 사이에 이번에는 양양에서도 파발이 달려와 고했다.

"이미 늦었습니다. 양양성에는 관우 군이 입성하여 현덕의 깃발을 높이 내걸었습니다."

상세한 사정은 이랬다. 공명은 남군성을 점령하자마자, 바로 형주로 조인의 병부와 함께 사람을 보냈다.

"남군이 위험하니 즉시 도우라."

형주성 수장은 병부를 믿고 즉시 남군을 도우러 나섰다. 형주가 비기를 기다리던 공명은 곧바로 장비를 보내서 형주를 점령했고, 동시에 똑같은 방법으로 양양에도 사람을 보냈다.

"내가 지금 위태롭다. 오군 외곽을 쳐라."

양양을 지키던 하후돈도 조인의 병부를 보고는 의심할 새도 없이 즉시 성에서 나와 형주로 향했다.

그러자 공명이 내린 명령을 받은 관우가 바로 양양을 점령해 버렸다. 하여 남군, 양양, 형주 세 성은 피 흘리는 일 없이 공명 손에 떨어지고 말았다.

주유는 이만저만 놀란 게 아니다.

"대체 어떻게 조인의 병부를 공명이 가지게 된 게냐?"

당장이라도 실신할 것처럼 안색을 바꾸며 외쳤다.

정보가 고개를 숙이며 보고했다.

"공명은 그전에 이미 남군을 점령했습니다. 남군성에 있던 위나라 장사 진교는 성에 깃발을 올리기도 전에 공명에게 사로잡혔습니다. 병부는 항상 진교 손에 있었습니다."

"악!"

전황 보고를 듣자마자 주유는 그 자리에서 까무러쳤다.

노기를 터뜨렸으니 금창 부위가 벌어진 것이다. 이번에는 계책이 아닌 진짜 재발이다.

주위 사람들의 정성스러운 간호 덕분에 겨우 상태가 호전되자, 주유는 이를 부드득 갈며 고래고래 소리를 질렀다.

"이래서, 이래서 나는 예전부터 공명을 위험시했다. 공명을 죽여야만 내 마음이 편해지겠구나. 두고 봐라!"

그러고는 오로지 남군 탈환을 위한 책략을 고민하던 어느 날, 노숙이 병문안을 왔다.

"기분은 좀 괜찮으십니까?"

주유는 이제 누워 있지 않고 벌떡 일어나 있었다. 위세 당당하게 노숙에게 답했다.

"가까운 시일 내로 현덕, 공명과 결전을 벌이고, 남군성을 손에 넣으면 오나라로 돌아가 휴양을 취할까 하오."

그러자 노숙은 고개를 저으며 반대했다.

"그래서는 아니 됩니다."

9

노숙이 말을 이어 나갔다.

"이번에 조조와 싸워 적벽에서 대승을 이루었다고는 하나, 아직 조조 본인을 쓰러뜨린 건 아닙니다. 이제부터가 승패를 결정짓는 갈림길입니다. 한편 오나라 손권께서는 얼마 전부터 합비 방면을 공략하십니다. 그 상태에서 또다시 현덕과 전쟁을 벌이면 이는 조조에게 더할 나위 없는 기회를 제공할 뿐입니다."

주유도 상황이 그렇게 됐을 때 생겨날 불리함은 누구보다 잘 알았으나, 억누르기 힘든 감정이 완고하게 남아 괴로웠다.

"우리 대군이 적벽에서 위나라를 타파하기 위해 얼마나 막대한 병력과 군비를 희생했는지 모르시오? 이번 싸움에서 얻은 전리품이라 할 수 있는 형주 지방을 아무 일도 하지 않은 현덕에게 빼앗긴 채로 가만히 있을 수 있겠소?"

"지당하신 말씀입니다. 제가 현덕과 대면하여 도리를 잘 설명하고 오겠습니다."

노숙은 바로 남군성으로 발걸음을 옮겼다. 그 모습을 보자 수비를 맡은 장수 조운이 성벽 위에서 말을 걸어왔다.

"오나라 노숙 공, 무슨 일로 발걸음 하셨소?"

"유비 공을 뵈러 왔소."

"유 황숙은 형주성에 계시니, 형주로 가시오."

어쩔 수 없이 노숙은 서둘러 형주로 발걸음을 옮길 수밖에 없었다.

형주성을 찾아가니 깃발도 군대도 거리에서 흘러나오는 소리도 하나같이 현덕 색깔로 물든 모습이었다.

"아아…."

노숙은 한탄하지 않을 수 없었다.

"오, 오랜만이오."

마중 나온 사람은 공명이다. 무척 예의 바른 태도다. 손님과 주인으로서 각각 자리를 잡고 앉자마자 바로 노숙은 공명을 나무랐다.

"100만 조조 군이 남쪽으로 정벌을 왔을 때, 맨 처음 사로잡혔을 사람은 아마도 당신이 섬기는 주군 유비 공이셨을 것이오. 하지만 우리 오나라가 막대한 군비를 들여 병마와 큰 배를 동원하여 필사적으로 맞서, 조조를 격파하고 서로 고비를 잘 넘겼소. 형주는 그 전리품으로 당연히 오나라에 속해야 하거늘, 그대는 어찌 생각하시오?"

공명은 빙긋 웃으며 답했다.

"이상한 말씀을 다 하시는구려. 형주에는 형주 주권이 있으니, 조조 것도 아니고 오나라에 속해야 하는 이유도 없소."

"왜 그리 생각하시오?"

"형주 주인이었던 유표는 세상을 떠난 지 이미 오래요. 아들 유기, 유표의 적자(嫡子)는 현재 우리 유 황숙 비호 아래 있소. 황숙과 유기는 동종(同宗)이니 숙부와 조카 사이라 할 수 있소. 숙부가 조카를 도와 이 나라를 재건하는 게 어디가 이상하다는 말이오?"

노숙은 순간 움찔했다.

공명이 이렇게까지 깊은 책략을 꾸몄을 줄이야.

"아니…. 유기는 분명 강하성에 있다고 들었소. 형주에 없는 사람을 형주 주인이라 우길 수는 없는 노릇인데….”

공명은 좌우에 있는 시종에게 작은 목소리로 지시했다.

"손님께서 의심하시는 듯하구나. 기(琦) 공을 모셔와라.”

곧 병풍 뒤에서 허약한 귀공자가 시종들 부축을 받으며, 몇 발짝 앞으로 나아와 손님에게 겨우 인사했다. 보아하니 분명 유기다.

"병중이니 그만 들어가시지요.”

공명이 권하자 유기는 바로 그 자리를 떠났다. 노숙은 묵연히 고개를 숙이고 말았다. 공명은 이내 말을 이어 나갔다.

"유기 공이 형주에 계시니 곧 형주 주군이시오. 저리 병약하시니 불행히도 요절하신다면 사정은 달라지겠지만 말이오.”

"만약 유기가 불행히도 세상을 떠난다면 형주를 오나라에 돌려주시오.”

"공론이며 명론이오. 그리된다면야 아무도 이론(異論)이 없을 터.”

담소를 나눈 후에 공명은 음식을 대접하며 환대했으나, 노숙은 마음이 다급한지 서둘러 돌아가서 주유에게 자초지종을 설명했다.

"그리 길지 않을 것입니다. 유기 혈색을 보니 가까운 시일 내로 위독해질 것 같습니다. 잠시 기다려보시지요.”

주유를 달래는 사이에, 때마침 오나라 주군 손권이 보낸 파발이 도착했다. 형주를 버리고 시상(柴桑)까지 전군 퇴각하라는 군령이다.

백우선(白羽扇)

1

형주, 양양, 남군 세 성을 한 번에 얻음으로써, 현덕은 단번에 나라 없는 군주에서 나라 있는 군주로서 면목을 세웠다.

"그렇다고 우쭐해져서는 안 된다."

좋은 기회를 맞이했는데도, 현덕은 스스로 마음을 굳게 다잡았다.

"공명 선생."

"무슨 일입니까?"

"수고를 들이지 않고 얻은 물건은 잃어버리기 쉽다고 하오. 세 성은 선생이 세운 계략으로 손쉽게 내 손안에 들어왔으나, 장기적인 계획을 수립해야 하지 않겠소?"

"지당하신 말씀처럼 들리나, 전혀 그렇지 않습니다. 세 성이 한 번에 손에 들어온 건, 주군께서 오랫동안 고생하신 결과입니다. 결코 쉽게 굴러들어 온 게 아닙니다."

"단 한 차례 싸우지도 않고, 병사조차 잃지 않으며 세 성을 얻은 건 아주 운이 좋았던 것 같소.”

“지나친 겸손이십니다. 모두 주군께서 오랜 세월 동안 쌓은 덕과 노고가 이곳에서 결실을 맺은 것입니다. 주군께서 과거에 쌓으신 덕과 노력이 없었다면, 저 또한 주군 휘하에 없었습니다.”

“선생, 부디 내가 거듭 고생하고 덕을 쌓기 위한 장기적인 계책을 알려주시오.”

“사람입니다. 모든 건 사람에 달렸습니다. 영지를 확대할 때마다 사람을 중요시하셔야 합니다.”

“이곳 형주와 양양 땅에 아직 남은 현자가 있을지?”

“양양 의성(宜城) 사람 중 이름은 마량(馬良), 자는 계상(季常)이라는 자가 있습니다. 이자의 형제 다섯은 재능이 뛰어나 세간에서는 ‘마씨오상(馬氏五常)’이라 불립니다. 그중에서 마량은 특히 뛰어난 인재고, 아우 마속(馬謖)도 병법에 해박한 만부부당한 무인입니다.”

“초청하면 와줄 것 같소?”

“막빈(幕賓) 이적이 그 형제들과 친하다고 들었습니다. 이적을 통해 초청하면 어떻겠습니까?”

“그리하겠소.”

현덕은 바로 이적에게 상의하여 마량을 초청했다.

마량은 곧 성으로 발걸음을 하였다. 눈이 내린 것처럼 눈썹이 하얀 사람이다. 해서 세간에서는 마씨오상 중 백미(白眉)가 가장 좋다고들 이야기한다.

현덕은 마량에게 이것저것 물어보았다.

"그대는 이 나라 국정을 잘 안다고 들었소. 나는 최근에 세 성을 점령하고 이곳을 다스리게 되었는데, 앞으로 어떤 계책을 세우는 게 좋겠소?"

"유기 공을 형주 주인으로 삼으셔야 합니다. 병에 걸리신 몸 이니 이 형주성에 두시고, 옛 신하를 다시 불러 모으고, 조정에 건의하여 유기 공을 형주 자사(刺史)로 삼으십시오. 인심은 귀 공이 베푸는 인덕과 공명정대한 처리에 기뻐하며 좋게 여길 것 입니다. 이를 강점으로 삼고 근본으로 삼아, 남쪽 4개 군(郡)을 취하면 어떨까 합니다."

"남쪽 4개 군 상황은 어떠하오?"

"무릉(武陵)에는 태수 금선(金旋)이 있고, 장사(長沙)에는 한 현(韓玄), 계양(桂陽)에는 조범(趙範), 영릉(零陵, 호남성湖南省)에 는 유탁(劉度) 등이 각각 지반을 굳힌 상황입니다. 이 지방은 하 나같이 생선과 쌀 운수가 활발히 이루어지고, 토지도 중원(中 原)같이 비옥한 편입니다. 해서 장기적인 계획을 도모하기에 적합합니다."

"남사군(南四郡)을 점령하려면 어찌해야 하오?"

"상강(湘江) 서쪽에 있는 영릉부터 취하시는 게 좋습니다. 다 음으로 계양과 무릉을 취하고, 장사로 진군하심이 자연스러울 것입니다. 다시 말해 군이 나아갈 진로는 흐르는 물입니다. 물 이 가는 곳이 자연스러운 병로(兵路)입니다."

현자가 하는 말은 한결같았다. 현덕은 이내 자신감을 얻었 다. 아군 중에 이론을 제기하는 사람은 아무도 없었다.

건안 13년 겨울, 현덕 부하 1만 5000명은 남사군 원정길에 올랐다.

조운은 후진에 섰다.

물론 현덕과 공명은 중군에 있었다.

이때도 관우는 뒤에 남아 형주 수비를 명 받았다.

'현덕의 군세가 온다!'

이 소식은 순식간에 영릉을 뒤흔들었다. 전혁(戰革)의 세기
(世紀)에는 어떤 지방이든 나라든 편안한 잠을 만끽할 수는 없
었다.

2

영릉 태수 유탁은 적자 유연(劉延)을 불러 상의했다.

"어떻게 현덕을 막아야 하나…."

유연은 두려운 기색이 역력했다. 유연은 이를 악물며 아버지
를 격려했다.

"관우와 장비 등은 만방에 이름을 떨치고 있으나, 우리 가신
중에도 형도영(邢道榮)이 있잖습니까?"

"형도영이 관우와 장비에게 맞설 수 있을까?"

"형도영이라면 관우와 장비 수급을 가져오는 일도 어렵지 않
게 처리할 것입니다. 항상 무게가 60근이나 나가는 큰 도끼를
자유자재로 다루는 천하무쌍 호걸이며, 무예 실력도 염파(廉
頗), 이목(李牧) 등 옛 장수들과 어깨를 나란히 할 정도입니다.
무엇을 위해 이런 뛰어난 장수를 평소부터 곁에 두고 계셨단

말입니까?"

유연은 아버지에게 병사 1만 기를 청하여, 형도영을 선봉으로 삼아 성 밖 30리 지점에 자리 잡았다.

현덕의 군세 1만 5000기는 이미 영릉 근처까지 야금야금 다가왔다. 전진(戰塵)은 광막하게 피어올랐고, 시시각각 영릉 땅을 침범해갔다.

"떠돌이 역적 폭군(暴軍)아, 어째서 우리 땅을 침범하는가?"

난전 중에 말을 타고 나온 형도영이 큰 소리로 외쳤다. 형도영이 휘두르는 소문이 자자한 큰 도끼는 이미 선혈로 물들었다.

그러자 형도영 앞에 사륜거(四輪車) 1대가 뽀얀 먼지를 피워 올리며 밀려왔다. 자세히 보니 그 위에 아직 나이가 스물여덟아홉밖에 되어 보이지 않은 단아한 인물이 유유히 앉아 있는 게 아닌가. 그 사람은 머리에 윤건을 썼고, 몸에 학창의를 걸쳤으며, 손에 백우선을 든 모습이다. 뭔가 흠칫했는지 형도영이 사나운 말을 다급히 멈추자, 사륜거에 탄 사람은 백우선으로 형도영을 손짓해 부르면서 말을 걸어왔다.

"거기 온 사람은 도끼를 멋지게 휘두른다는 영릉의 난쟁이인가. 나는 남양(南陽)의 제갈공명이다. 들어서 알겠지만 일전에 조조의 100만 군세도 내가 약간의 계책을 쓰자 한 사람도 살아 돌아가지 못했다. 그대들은 호남의 민초 주제에 대체 무엇하는 게냐. 어서 항복하여 백성이 겪는 고통을 줄이고 목숨을 부지하라."

"으하하. 소문으로 들은 공명이라는 자질구레한 꾀쟁이가 바로 네놈이렷다. 새파랗게 젊은 놈 주제에 전장에서 사륜거를 타고 다니는 꼴부터가 구역질 나는구나. 적벽에서 조조를 물리친 건 오나라 주유가 펼친 지략과 병력이다. 참으로 약삭빠르고 가소롭기 그지없구나."

목청껏 답하자마자 큰 도끼를 머리 위로 쳐들며 말을 몰고 한달음에 달려왔다.

공명이 탄 사륜거는 바로 홱 한 바퀴 돌았다. 적에게 등을 보이며 도망친 것이다. 전진할 때도 후퇴할 때도 여러 명의 장사가 사륜거를 밀었고, 수많은 칼과 창으로 무장한 병사들이 주변을 지켰다.

"게 서라!"

형도영은 있는 힘껏 사륜거를 쫓아갔다.

사륜거는 아군들 사이를 가르며 안쪽으로 도망쳤고, 이윽고 진문 안으로 쏙 뛰어 들어갔다.

"공명, 공명. 목을 두고 가라!"

형도영은 끝까지 포기하지 않았다. 큰 파도를 가르듯이 도끼 아래서 적병을 노려봤고, 어느새 진문도 뛰어넘어 이곳저곳 사륜거 행방을 찾느라 동분서주했다. 그러자 산 중턱에 황색 깃발을 들고 가만히 있던 부대가 점점 이쪽으로 다가오는 게 아닌가. 그 선두에서 말을 타고 달려온 대장은 거대한 모(矛)를 들고 번개처럼 들이닥쳤다.

"유 황숙 휘하 연인 장비가 바로 나다. 내 손에 쓰러지다니 네놈은 행운아다."

"무슨 소리. 이 도끼가 보이지 않느냐?"

형도영은 자신만만하게 큰소리치며 장비와 맞섰다. 1장 8척이나 되는 커다란 모와 60근짜리 도끼는 무기로서는 호각(互角, 서로 우열을 가릴 수 없을 정도로 역량이 비슷한 것. 쇠뿔 양쪽이 서로 길이나 크기가 같다는 데서 유래 – 옮긴이)이었으나, 역량 면에서 형도영은 장비에게 한참 미치지 못했다.

"당해낼 수 없다."

큰 도끼는 단념하고 말 머리를 돌려 도망쳤다. 맙소사! 그 앞에 강적 또 한 사람이 앞길을 가로막는 게 아닌가.

"상산의 조자룡이 바로 나다. 도영, 쓸모없는 도끼는 땅에다 내다 버려라."

3

형도영은 말에서 내렸다. '말에서 내린다'는 건 곧 항복을 의미한다.

조운은 바로 형도영을 뒷짐결박하여 본진으로 끌고 왔다.

현덕은 형도영을 한번 쳐다보고는 명했다.

"목을 베라."

공명이 이를 제지하고 형도영에게 권했다.

"어떠냐. 그대 손으로 유연을 생포해 오면 목숨을 살려주는 건 물론, 그대를 중용하겠다."

"아주 쉬운 일입니다. 이 밧줄을 풀고 저를 놓아주신다면….”

"어떤 방법으로 유연을 생포하겠느냐?"

"오늘 밤에 유연이 쳐놓은 진으로 쳐들어오십시오. 제가 이에 응하여, 안에서 반드시 유연을 붙잡아 오겠습니다. 유연이 붙잡히면 아버지인 태수 유탁도 귀군에 항복할 것입니다."

현덕도 곁에서 들었으나, 형도영이 하는 말에 무게가 없음을 느꼈다.

"거짓말하는 자는 저 스스로 드러나는 법. 군사, 이런 자를 이용할 것까지야. 빨리 목을 치시오."

공명은 고개를 옆으로 흔들며 여전히 그 말을 거슬렀다.

"아닙니다. 제가 보기에 형도영이 하는 말에 거짓은 없어 보입니다. 사람됨도 제법 괜찮은 것 같습니다. 무릇 진정한 대장이라면 유능한 자를 아끼고 기용할 줄 알아야 하는 법. 부디 제 계책대로 오늘 밤에 거행합시다."

공명은 즉시 형도영을 풀어주었다.

목숨을 건진 형도영은 아군 진으로 도망친 다음, 바로 유연 앞으로 가서 있었던 일을 상세히 보고했다.

"오늘 밤이 결전을 향한 갈림길이 될 것입니다."

"흠, 방심할 수 없겠군."

유연은 방어 준비에 적극적으로 나섰다. 하지만 낮에 싸웠을 때 현덕 군이 가진 뛰어난 실력을 보았으니, 정공법이 아니라 기책(奇策)을 써서 방어하기로 마음먹었다.

진중 문에는 깃발만 세워두고, 병사는 다른 곳에 매복시켜두었다. 이경 무렵이 되자 과연 한 군세가 횃불을 들고 함성을 지르며 다가와, 진중에 불을 질렀다.

"왔다. 물러나라."

유연과 형도영이 통솔하는 병사는 전혀 다른 방향에서 두 갈래로 나뉘어서 적을 둘러싸고 섬멸에 나섰다.

몰려온 적병이 짠 진형이 와르르 무너지며 도망쳤다.

승리 기세를 타고 유연과 형도영은 이를 쫓고 또 쫓아서 10여 리나 달렸다.

뜻밖에 도망친 병사 수가 적음을 눈치챘다. 아무리 쫓아가도 도망치기만 하는 병사들뿐이고, 후방이나 측면에는 군사가 없는 두께가 얇은 진형이다.

"깊이 쫓지 마라."

유연은 형도영을 불러 세웠다.

"진에 붙은 불도 꺼야 한다. 이만큼 이겼으면 충분하다. 이쯤에서 되돌아가자."

그때 어디선가 이런 소리가 들려왔다.

"도영, 도영. 어디를 돌아다니느냐? 장비는 여기 있다."

돌연 길옆에서 뛰쳐나오는 사람이 있었다. 이 사람을 따르는 부대는 도망친 적과는 사기가 달랐고, 파죽지세로 유연과 형도영 군이 방심한 틈을 타 진형 한가운데를 과감히 끊어냈다.

"이, 이런! 적에게도 계책이…."

유연과 형도영 군은 당황하며 자기들 진영으로 줄걸음 놓으려는 순간이었다. 진중에 난 불은 이미 거의 꺼져 있었지만 타다 남은 불 속에서 생각지도 못한 군세가 불쑥 나타났다.

"상산의 조자룡, 그대들이 돌아오기를 기다렸다."

당황하여 내빼려는 형도영은 결국 이곳에서 조자룡 창에 무참한 죽음을 맞이했다. 유연도 사로잡혔다.

날이 밝아올 무렵에는 공명이 탄 사륜거 앞에, 유연의 아버지 유탁도 항복을 맹세하러 나오는 참이다.

4

현덕과 공명은 말고삐를 나란히 하며 영릉에 입성했다.

이전 태수인 유탁은 그대로 군수로서 영릉에 두고, 아들 유연은 아군으로 맞아들여 계양(호남성 침현郴縣)으로 발걸음을 옮겼다.

이윽고 계양을 공격하는 날.

"누가 먼저 선진으로 나서겠는가?"

유비가 장수들을 휘 둘러보며 물었다.

"제가!"

"부디 저를!"

한 사람이 손을 올린 직후에 장비도 자원했다.

맨 먼저 손을 든 사람은 조자룡이다.

"조운이 조금 일찍 손을 들었습니다. 먼저 답한 쪽에게 명하시지요."

현덕이 고민하자 공명이 옆에서 조언했다. 하지만 장비는 수긍하여 들지 않았다.

"대답이 빠른지 늦은지를 가지고 판단하다니 전례 없는 일이오. 어째서 본인을 기용하지 않으시오?"

"싸우지 마시오."

공명은 어쩔 수 없이 조금 전에 한 말을 철회했다.

"제비를 뽑읍시다."

공명은 책임을 운명에 넘겼다.

조운이 '선(先)'이라는 글자가 쓰인 제비를 뽑았다. 장비가 뽑은 건 '후(後)'였다.

"하늘이 도우셨군."

조운은 기뻐하며 힘이 나는 듯했으나 장비는 언짢아하여 투덜거렸다.

"너무 미련을 두지 마라."

현덕이 꾸짖자 장비는 겨우 진열(陣列)로 물러갔다.

조운은 수하 3000기를 청했다.

"그걸로 충분하겠소?"

공명이 조운에게 다시 한번 확인했다.

그러자 조운은 호언장담했다.

"만약 패전하면 군법에 따라 처벌을 달게 받겠습니다."

이 말을 서약서로 작성한 다음 조자룡은 일거에 계양성을 탈취하러 나섰다.

계양성에는 세상에 이름이 널리 알려진 용장이 둘 있다. 한 사람은 포룡(鮑龍)으로 호랑이를 맨손으로 때려잡는다 하였고, 또 한 사람은 진응(陳應)으로 산을 뽑아낼 정도로 힘이 강한 맹자(猛者)다.

"현덕 군이 출병하였으나 이제 와 방루(防壘, 적의 공격을 막기 위하여 쌓은 성이나 진지 ─ 옮긴이)를 쌓거나 강한 말과 정병을 기를 시간은 없다. 그러니 하루빨리 항복해서 최소한 영지를 위한 평온만이라도 유지해보자."

태수 조범은 한마디로 유약한 사람이다.

"약한 말씀 하지 마십시오. 성안에 사람이 없다면 모를까."

강경하게 만류한 사람은 다름 아닌 포룡과 진응이다.

"적 유현덕은 천자의 황숙이라 자칭하나 실제론 벽촌 서민이며, 근본은 짚신 장수 아들에 지나지 않습니다. 관우와 장비 역시 불온한 폭도일 뿐인데, 무엇을 두려워하시며 계양의 긍지를 현덕 군 발아래로 집어던지려 하십니까?"

"이곳으로 향하고 있다는 조자룡은, 과거 당양(当陽) 장판파(長坂坡)에서 조조 군 100만을 돌파한 용사가 아닌가?"

"그 조운과 저 진응 중 어느 쪽이 진정한 용사인지 잘 지켜보신 다음에 항복하셔도 늦지 않습니다."

자신감이 대단한 사내다.

태수 조범도 어쩔 수 없이 항전하기로 결정했다. 진응은 4000기를 이끌어 성 밖에 자리 잡고 강렬한 항전 의사를 내비쳤다.

"뚫을 수 있을 것 같으면 뚫어봐라."

적군이 무서운 기세로 다가왔다.

양군이 접전을 벌이자, 조자룡은 말을 내달려 적장 진응을 불러 종용했다.

"유 황숙께서는 얼마 전에 세상을 떠난 유표의 아들 유기 공을 도와서, 이곳 백성을 편안케 하려고 병마를 이끌고 오셨다. 모를 버리고 성문을 열어 기꺼이 맞이하라."

진응은 그 말을 비웃으며 조롱했다.

"우리가 주군으로 여기는 분은 조 승상 말고는 없다. 그대들은 허도로 가서 조 승상께 짚신이나 만들어 바쳐라."

5

진웅은 비차(飛叉, 끝이 2~5개로 나누어진 투척용 차叉로, 표준은 갈래가 2~3개다. 기원은 어부가 사용한 세 갈래 작살이었지만 언제부터 무기가 되었는지는 분명치 않다. 비차는 전체가 금속으로 만들어졌으며 가운데 날 끝만 화살촉 같은 모양이다. 대략 9개 정도를 전쟁터에 들고 나갈 수 있었으며 훈련 여하에 따라 160미터 정도까지 던질 수 있음 - 옮긴이)라는 무기를 잘 썼다. 커다란 창끝에 낫 모양 가지가 두 갈래로 난 엄청난 무기다.

그 무기도 조운 앞에서는 아이들 장난감처럼 보였다.

서로 말을 달리며 수십 합을 겨루더니, 금방 진웅은 달아나고 말았다.

"입만 산 녀석이로군."

조운이 쫓아가자 진웅은 뭐라고 소리를 지르며 비차를 던졌다. 조운은 비차를 한 손에 턱 잡아냈다.

"돌려주마."

조운은 비차를 다시 던져주었다. 그러자 진웅이 걸터탄 말이 앞발을 들고 서는 게 아닌가. 조운은 긴 팔을 뻗어 진웅의 목덜미를 잡아서 진중으로 끌고 들어온 다음 훈계했다.

"무릇 싸움도 상대를 보며 걸어야 하는 법. 그대들 병력과 유황숙 휘하 정예 간 싸움은, 마치 오늘 그대와 내가 한 싸움과 같다. 오늘은 풀어줄 테니 성으로 돌아가 태수 조범에게 잘 일러라. 군이 나서서 멸망을 자초할 생각이냐?"

진응은 들쥐처럼 뽀르르 계양성으로 도망쳐 왔다.

"거 봐라."

태수 조범은 처음에 강경하게 싸우기를 주장한 진응을 언짢아하며 성 밖으로 쫓아낸 다음, 정식으로 조자룡에게 항복을 알렸다.

조운은 만족하며 이 고분고분한 항장(降將)에게 손님을 대하는 예를 다하고, 술 등을 내오며 융숭하게 대접했다.

조범은 대단히 기뻐했다.

"장군과 저는 둘 다 조 씨로군요. 같은 성씨니 조상은 분명한 집 사람이었을 터. 앞으로는 일족으로서 친분을 맺었으면 좋겠습니다."

그러면서 의형제가 되기를 간청했고, 나이를 다시 한번 물어오기도 했다.

생년월일을 따져보니, 조운이 4개월 정도 일찍 태어났다. 조범은 이마를 탁 쳤다.

"귀공이 형님이시군요."

혼자서 멋대로 정하고 기뻐하는 기색이 가득한 표정을 지으며 계양성으로 돌아갔다.

다음 날 서간이 하나 도착했다.

미사여구로 가득 찬 서간이다.

그런 것을 보내지 않아도 조운은 당당히 입성할 예정이었으므로, 부하 50여 기를 인솔하여 성안으로 향했다.

허도, 양양, 오시(吳市) 등과 비교하면 상대가 안 될 정도로 규모가 작은 지방 도시였지만, 그래도 이날은 성안 농민들이 모두 향을 피우며 길가에 나와 정중히 마중했고, 상호나 저택에서는 사람이 나와 거리를 깨끗하게 청소하느라 분주했다. 계양성으로 들어가자 조운은 바로 명했다.

　"네 문에 팻말을 세워라."

　온 백성에게 정령(政令)을 내리기 위해서다. 이는 한 도시를 점령하면 예외 없이 이루어지는 일이다.

　모든 일이 일사천리로 끝나자 조범은 직접 조운을 마중하여 성대한 연회에 초청했다.

　그곳에서 항복한 장수가 이후로 순종할 것을 맹세했다.

　조자룡은 거나하게 취해갔다.

　"자리를 옮깁시다. 새롭게 흥을 내야 하지 않겠습니까?"

　후당(後堂)으로 초청하여 또다시 진수성찬을 차려냈다. 후당에 초청하는 손님은 집안 손님이다. 이는 정말로 정중한 대접이라는 뜻이다.

　조자룡은 어느덧 고주망태가 되었다.

　"이제 돌아가겠네…."

　조자룡이 말을 꺼냈을 때였다.

　"좀 더 계시지요."

　누군가 말리는가 싶더니, 은은한 향기가 풍겨오는 게 아닌가.

　"음?"

　조자룡이 뒤돌아보자 눈같이 하얀 생명주 옷을 입은 가인(佳人)이 조심스레 발걸음을 내디디며 다가왔다.

"부르셨습니까?"

여인이 조범에게 나직한 목소리로 말했다.

조범은 고개를 주억거리며 가인을 자리로 청했다.

"그렇소. 이분은 자룡 장군이시오. 게다가 우리 집안과 똑같은 조 씨라오. 이것도 인연이니 가까이 앉아 대접하시면 어떻겠소?"

조자룡은 정색하더니 그 미모에 놀랐다는 듯 조범을 돌아보며 물었다.

"이분은 누구신가?"

6

"제 형수입니다."

조범은 싱글거리며 소개했다.

대답을 들은 조자룡은 표정을 다잡고 정중한 표정으로 실례를 사과했다.

"그런 줄도 모르고 시녀인 줄 착각했네그려."

조범은 눈치도 없이 옆에서 그 가인에게 술을 따르라느니 거기 옆에 앉으라느니 참견을 했으나, 조자룡은 귀찮다는 듯이 손사래 쳤다.

"됐네, 됐어."

결국 가인도 흥취가 깨졌는지 자리를 떠나고 말았다.

조운은 그 후에 조범을 나무랐다.

"어째서 형수님 되시는 분을 시녀처럼 가벼이 손님 자리에 앉혔는가?"

"형수는 아직 젊습니다만, 제 형과 사별하고 과부가 된 지 벌써 3년쯤 되었습니다. 저는 이제 그만 다른 지아비 될 사람을 찾으면 어떻겠냐고 권했는데, 형수는 세 가지 희망 사항을 제시하였습니다. 세상에 명망 높은 사람일 것, 전 남편과 성씨가 같은 자일 것, 문무에 재능이 있을 것이라는 과도한 희망이었습니다."

"흐음⋯."

조운은 실소했다.

조범은 아랑곳하지 않고 열심히 주절거렸다.

"어떻습니까, 장군."

"무엇이 말인가?"

"형수가 꾼 희망은 마치 장군이 세상에 계시고 오늘 여기에 찾아오심을 예견한 듯, 장군 성품과 딱 들어맞습니다. 부디 장군 아내로 맞이해주시지 않겠습니까?"

그 말을 듣자 조운은 눈을 부라리며 갑자기 주먹을 쳐들었다.

"도리를 모르는 놈!"

퍽 하고 조범 얼굴 옆면을 강타하였다.

조범은 이내 얼굴을 감싸고 나뒹굴면서 으악! 하는 외마디 비명을 질렀다.

"꼴사납게 지금 뭐하는 짓입니까!"

"꼴사납든 알 게 뭐냐. 그대 같은 자를 바로 구더기 같은 놈이라 한다."

그러면서 조운은 한번 더 발로 조범을 걷어찼다.

"구더기라니. 이, 이런 무례한…. 그토록 후하고 정중하게 예를 다한 저를 보고 구더기라니…."

"인륜 도리를 모르는 자는 구더기가 아니고 무엇이겠느냐. 형수에게 손님 시중을 들게 하는 일부터가 애초에 말도 안 되는 일. 게다가 손님에게 아내로 삼기를 권하다니 여쾌(女儈)보다 못한 짐승 같은 짓. 그대 등뼈는 정말로 구더기처럼 삐뚤어졌겠군그래."

조운은 조범을 발로 한번 더 밟고는, 그 자리를 홱 떠났다.

조범은 일어서서 허둥지둥하다가 곧 진응과 포룡을 불렀다.

"괘씸한 조자룡 녀석, 어디로 갔느냐?"

조범이 숨을 몰아쉬면서 물었다.

두 사람은 입을 모아 답했다.

"이곳에서 나가자마자 말을 타고 성 밖으로 달려갔습니다."

"이리된 이상 철저하게 승패를 가를 수밖에 없습니다. 우리 두 사람은 자룡을 속이고 진으로 들어가 달랠 테니, 태수께서는 밤을 틈타 기습해주십시오. 그러면 저희 둘이 진 안에서 이에 호응하여 자룡의 목을 베어 오겠습니다."

미리 의논한 다음, 두 사람은 성 밖으로 유유히 나갔다.

이윽고 병사 한 무리가 금은보화와 미주를 들고 조자룡 진으로 찾아갔다. 그러고는 땅에 엎드려 이마를 치며 사죄했다.

"주군이 저지른 무례를 용서해주십시오. 정말로 나쁜 뜻으로 드린 말씀은 아니었습니다."

조자룡은 진응과 포룡이 꾸민 계책임을 간파했으나 일부러

부드러운 표정을 지으며, 이 둘이 가져온 술을 내오게 했다.

"오늘은 모처럼 좋은 날인데 한껏 취하지 못했구나. 지금부터라도 다시 즐겁게 취해보자."

그러면서 진응과 포룡에게도 술을 한잔 권했다.

7

"계략대로 되었다!"

진응과 포룡 두 사람은 방심한 모양이다. 후한 접대를 받고 정신없이 취하고 말았다.

조운은 적당한 때를 봐서 매우 간단하게 두 사람을 저세상으로 보냈다. 그러고 나서 진응과 포룡 부하들에게도 술을 대접하고 가져온 선물을 일일이 나눠 주면서, 두 사람 머리를 가리키고는 말했다.

"내 수하가 되어 일해라. 싫다면 진응과 포룡처럼 될 터. 어찌하겠느냐?"

500명에 달하는 부하는 그 자리에서 항복하여 즉시 조운 수하가 되기로 약속했다. 조운은 그날 밤중에 이 500명을 선두에 세우고, 뒤에서 1000여 기 본군을 이끌어 계양성으로 슬금슬금 나아갔다.

성주 조범은 조운에게 보낸 포룡과 진응이 돌아온 것으로 믿어 의심치 않았다.

문을 활짝 열어 아군 500명에게 물었다.

"결과는 어땠느냐?"

그러자 그 뒤에서 조자룡과 1000여 명에 달하는 군세가 밀려 들어와 놀랐지만 때는 이미 늦었다.

조자룡은 아무런 고생 없이 조범을 사로잡고 성에 걸린 깃발을 내리는 대신 새로 현덕의 깃발을 나부끼도록 걸었다.

그러고는 멀리 있는 현덕과 공명 곁으로 파발을 띄워 일의 경위를 알렸다.

"계양 점령은 끝났습니다."

며칠 뒤에 현덕은 계양성으로 들어섰다. 공명은 바로 조운에게 명하여 포로로 잡힌 장수 조범을 층계 아래에 꿇어 앉힌 다음 변명을 들어보았다.

조범은 슬프게 하소연했다.

"원래는 진심으로 항복하여 귀군 휘하에 들어가는 일을 영광으로 여겼습니다. 헌데 제 형수를 자룡 장군께 진상하겠다고 말씀드리자, 어째선지 장군께서 화를 내시고 다시 성을 공격하시어 저까지 뒷짐결박 당하는 신세가 되었습니다. 무슨 죄를 지었다고 이런 일을 당해야 하는지…."

공명은 조자룡에게 자못 궁금한지 물었다.

"미인을 사랑하지 않는 사람은 없을 텐데 귀공은 왜 조범에게 화를 냈소?"

"그렇습니다. 저도 미인은 싫지 않습니다. 허나 조범 형과는 먼 옛날 고향에서 일면식이 있던 사이입니다. 지금 제가 그 아내를 부인으로 삼으면, 세상 사람들은 제게 침을 뱉을 터. 부인이 개가하면 정절의 미덕을 잃고 맙니다. 게다가 이 혼인을 제게 권한 조범의 의중도 분명치 않았고, 주군께서 형주를 다스리신 지 얼마 되지 않았다는 점도 마음에 걸렸습니다. 새로 점령한 땅에서 민심은 아직 안정되지 않았습니다. 해서 주군 수하인 제가 자만에 빠져 백성의 모범이 되지 않고 나랏일을 소홀히 여긴다면 주군께서 이루실 대업이 계양에서 좌절될지도 모릅니다. 적어도 계양에서 백성의 신뢰를 얻기는 어려울 수도 있습니다. 하여, 미인이라 하여도 제 마음을 잡기에는 부족합니다."

온화한 표정으로 미소 지으며 듣던 현덕은 다시 자룡에게 물었다.

"지금은 이 성도 확고하게 내 휘하로 들어왔으니 그 미인을 아내로 맞이하되 너무 빠지지는 않게 조심한다면 아무도 비난할 이유가 없잖겠는가. 내가 직접 혼담을 주선한다면 어떤가?"

"사양하겠습니다. 천하에서 손꼽을 만한 미인이 어찌 하나뿐이겠습니까? 저는 그저 제 무명(武名)이 손톱만큼이라도 천하에 명분이 서지 않는 일이 없었으면 하고 두려워할 뿐입니다. 무인에게 처자가 없다고 해서 근심을 품을 이유가 어디에 있겠습니까?"

현덕도 공명도 조용히 고개를 끄덕인 채로, 더는 말을 하지 않았다. 훗날 현덕은 조자룡이야말로 진정 전형적인 무인이라 했다고 하나, 그때는 부러 약간의 상을 내리는 정도로 그쳤다.

황충의 화살

1

요즘 비육지탄(髀肉之嘆)을 금할 수 없었던 이는 장비다. 항상 금갑(錦甲)을 두르고 현덕과 공명 곁에 서서 예의 바른 무사 행세를 하는 일은 장비 적성에 맞지 않았다.

"조운도 계양성을 점령하여 이미 공을 세웠는데 선배인 내가 하품이나 하며 앉아 있을 수는 없소."

자꾸 공명을 부채질하며 다음 무릉성 공략에는 부디 자신을 써달라고 은근히 압박했다.

"만약 그대가 실패하면 어찌하겠소?"

공명이 부러 불안해하는 척하며 확인했다.

"군법에 따라 본보기로서 이 목을 헌납하겠소."

장비는 분연히 서약서를 썼다.

"그렇다면 가라."

현덕은 장비에게 병사 3000기를 내주었다. 장비는 용감하게 무릉으로 진격했다.

"대한의 황숙 현덕의 이름과 인의는 이미 이 부근에도 소문이 자자합니다. 게다가 장비는 천하의 호장(虎將)입니다. 그 군세와 맞서 싸우는 건 무의미합니다."

태수 금선에게 간언한 이는 장수 중 하나인 공지(鞏志)다.

"이 배신자. 이제 보니 적과 내통하였구나."

금선은 화를 내며 공지 목을 베려 움직거렸다.

주위 사람들이 간곡히 말려 공지 목숨만은 살려주었다. 금선은 즉시 임전 태세를 갖추고 성 밖 20리에 자리 잡았다.

장비가 펼치는 전술은 대부분 힘으로 밀어붙이는 돌진이다. 아무런 책략이 없는 금선은 장비 전술에 휘말려 호되게 당하고 패주했다.

금선이 성안으로 도망쳐 들어오니 성루 위에서 공지가 활을 겨누었다.

"이미 성안에 있는 민중은 내 편이다. 우리는 현덕에게 항복하겠다."

외치면서 휭 하고 활시위를 튕겼다.

화살은 금선 얼굴에 정확하게 꽂혔다. 공지는 금선의 목을 베고 성문을 활짝 열어 장비를 맞이하며 예전부터 현덕을 흠모하였다고 전했다.

장비는 군령을 내려 백성을 안심시키는 한편 공지를 통해 계양에 있는 현덕에게 서간을 보냈다. 현덕은 공지를 무릉 태수로 임명하였다.

이로써 삼군 점령을 완수하니 형주에 있는 관우에게도 이 기쁜 소식을 알렸다.

그러자 관우에게서 바로 답신이 왔다.

　장비도 조운도 각각 한몫을 해내어 부럽습니다. 부디 제게도
　장사를 공략하라는 명령을 내려주신다면 무인으로서 대단히
　기쁘겠으나….

이런 식으로 혼자서 성을 지키는 무료함을 면면히 호소했다.
　현덕은 즉시 장비를 형주로 보내며 관우와 교대하라고 명했
다. 그러고는 불과 500기를 내주며 명했다.
　"이 500기를 이끌고 장사로 가라."
　관우는 애초에 그리 많은 병사를 원하지 않았다. 즉시 장사
로 향하려고 준비하는데 공명이 다가와 넌지시 관우에게 말을
걸었다.
　"관 장군이라면 잘 알겠지만 싸우기 전에는 먼저 적의 실력
을 파악해야 하오. 장사 태수 한현은 별 볼 일 없는 인물이나,
오랫동안 한현을 보좌하며 장사를 오늘날까지 경영해온 뛰어
난 장수가 한 사람 있소. 그자는 나이가 예순에 가깝고 머리도
수염도 새하얄 것이오. 전장에 서면 태도(太刀)를 잘 쓰고, 철궁
을 다루며, 만부부당한 용맹함을 지녔소. 바로 호남 영수(領袖),
황충이오. 결코 가벼이 싸울 수는 없소. 그대가 장사를 치려면
주군께 3000기를 더 요청하여 대군을 이끌고 가지 않으면 무
리일 터."
　무슨 생각인지 관우는 공명이 해주는 충고를 가만히 듣기만
하고, 병력을 더 요청하지 않은 채 달랑 500기만 데리고 그날

밤 출발하고 말았다.

공명은 그 후에 현덕에게 충고했다.

"관우 마음속에는 적벽 때 감정이 남아 있습니다. 잘못하면 황충과 싸우다 죽을지도 모릅니다. 병력이 너무나 적습니다. 주군께서 직접 후방에서 군사를 이끌고 은밀하게 도움을 줘야 합니다."

2

"그렇군."

현덕은 고개를 끄덕이더니 즉시 관우 뒤를 따라 군사를 이끌고 장사로 향했다.

현덕이 목적지에 이르렀을 때 이미 장사성에는 연기가 피어올랐다.

관우 수하는 단숨에 성문을 뚫고 이미 성안에서 시가전을 벌이던 참이다.

양령(陽英)은 장사 태수 한현의 수족 같은 가신으로, 방어전 지휘관 자리를 스스로 자원한 대장이다. 그러나 이날 관우가 양령을 일격에 베어버려, 장사 군은 궤멸하여 순식간에 성 제2문으로 도망치고 말았다.

그러자 성안에서 노장 한 사람이 분마(奔馬)를 타고 태도를 든 당당한 모습으로 나타났다.

관우는 첫눈에 보자마자 직감했다.

'분명 공명이 내게 말한 황충이란 노장이구나.'

관우는 노장을 한번 보고 바로 그 기운을 느껴, 재빨리 황충이 가는 길을 막아서며 불렀다.

"게 오는 자는 황충이 아닌가?"

"그렇다. 그대는 관우인가?"

"맞다. 그 백발이 성성한 목을 받으러 왔다."

"건방진 놈. 아직 그대 같은 신출내기 꼬마에게 목을 내어줄 정도로 장사의 황충은 늙지 않았다."

"과연!"

관우도 싸우기 시작하자 혀를 내둘렀다.

관우에게 분신 같은 청룡언월도도 황충이 휘두르는 태도에 가로막혀서는 적의 몸에 전혀 닿지 않았다.

이 결전은 당당한 일대일 대결을 멋지게 연출해냈다. 너무나 대단한 싸움이어서 양군 모두 마른침을 꼴깍 삼키며 넋을 잃은 채 그 모습을 바라봤다고 한다. 승부가 날 기색이 보이지 않자, 성 위에서 지켜보던 태수 한현은 비장의 신하를 지금 잃으면 아군에게 타격이 크지 않을까 저어하며 걱정하기 시작했다.

"퇴각을 알리는 징을 울려 황충을 후퇴시켜라."

한현은 성루 위에서 목청껏 외쳤다.

즉시 귓전을 때리는 징 소리에 황충은 홱 하고 말 머리를 돌렸다. 그러고는 쏜살같이 성안으로 달려 들어가는 병사들과 섞여 그 모습이 거의 보이지 않는 순간.

"호적수여, 기다려라!"

관우는 추격하여 집요하게 적에게 달라붙었다. 하는 수 없이 황충도 다시 말 머리를 돌려 20~30합 칼을 나눴으나, 기회를 보아 해자에 놓인 다리를 건너 도망쳤다.

"비겁하도다. 명망 있는 무장이 할 짓이냐?"

비난하면서 관우가 걸터탄 말도 다리 위를 뛰어갔다. 이번에는 전보다도 더 가까이서 황충을 언월도 아래로 내려다보았다.

하지만 관우는 웬일인지 모처럼 치켜든 청룡도를 적의 머리에 내려치지 않았다.

"참으로 가엾구나. 어서 말을 갈아타라. 그런 연후에 당당하게 승부를 내자."

맙소사! 황충이 말과 함께 땅 위에 쓰러져 있는 게 아닌가. 뭔가에 걸려 넘어지다가 말 앞발이 부러진 것이다.

황충은 갈아탈 말도 없어 아군 보병들과 함께 가까스로 성벽 안으로 달려 들어갔다. 이때도 쫓아가면 충분히 따라잡을 수 있었으나 관우는 방향을 돌려 떠나갔다.

태수 한현은 식은땀을 흘리다가 황충을 보자마자 격려했다.

"오늘 맛본 패배는 말 탓이다. 그대가 쏘는 활은 백발백중이다. 내일은 관우를 다리 부근까지 유인한 다음 그대 활로 관우를 쏘아버려라."

한현은 그 자리에서 자신이 타던 회색 말을 하사했다.

날이 밝자 관우는 또다시 500명뿐인 수하를 이끌고 용감하게 성 아래로 쳐들어왔다.

황충은 이날도 진 앞에 모습을 드러냈고 관우와 격전을 벌이다가 이내 어제처럼 도망쳤다. 그러고는 다리 부근까지 와서는 몸을 돌려 활시위를 퉁 하고 튕겼다. 관우는 몸을 잽싸게 숙였으나 화살은 날아오지 않았다.

다리를 넘어가자 황충은 다시 활시위를 메겼다. 이번에도 빈 활시위만 튕겼을 뿐이다.

세 번째 휙 하는 소리가 나며 화살 1대가 진짜로 날아왔다. 그 화살은 관우가 쓴 투구를 정확히 맞춰버렸다.

3

관우도 간담이 서늘해졌다. 옛날에 양유(養由)라는 사람이 100걸음 떨어진 버드나무 잎사귀를 쏘아 맞혔다고 하는데 황충의 활 솜씨는 그보다도 뛰어난 듯했다.

"이는 필시 어제 내가 베푼 자비를 오늘 화살로 돌려준 것이 겠구나."

그 뜻을 헤아린 관우는 혀를 내두르며 그날은 아군을 재빨리 후퇴시켰다.

한편, 황충은 성안으로 돌아가자마자 태수 한현 앞으로 부당하게 끌려 나왔다.

한현은 당치도 않은 일이라며 버럭 화를 냈다. 목소리를 높여 황충에게 따지고 들었다.

"성주인 내게 눈이 없는 줄 아느냐? 사흘 동안 나는 성루 위에서 싸움을 똑똑히 지켜보았다. 오늘 싸움은 대체 어찌 된 일이냐? 마음만 먹으면 관우를 쏘아 맞힐 수 있었다. 너는 빈 활시위만 튕기며 쏜 것처럼 가장하고 고의로 관우를 살려주지 않왔는가. 언어도단이다. 내가 보기에 넌 적과 내통했다. 은혜도 모르는 놈! 그 활로 곧 네 주인을 겨눌 작정인가."

"아아, 주군!"

황충은 눈물을 흘리며 뭐라고 절규했다. 빠르게 그 이유를 설명하려 한 것이다.

허나 한현은 귀 기울이지 않았다. 즉각 형장으로 끌고 가서 목을 베라고 소리만 질러댔다. 장수들은 보다 못해 하소연하며 말리려 무진 애를 썼다.

"시끄럽다. 말리는 자도 동죄다."

한현은 귀를 닫아버렸다.

'장사의 명장 황 장군도 이렇게 형장의 이슬로 사라지는가.'

형 집행을 하는 무사와 관리들까지 슬퍼했으나, 형 집행 직전에 주변 울타리를 부수고 갑자기 뛰어 들어온 한 남자가 있었다.

이자 얼굴은 붉게 물든 대추 같았고, 눈은 맑디맑았으며 큰 별과 닮았다. 태어난 곳은 의양(義陽), 이름은 위연(魏延), 자는 문장(文長)이다.

형주 유표 아래서 한 부대 대장을 지냈으나 형주가 몰락한 후에 장사에 온 사람이다.

예전부터 한현은 뛰어난 인재인 위연을 유달리 싫어했고 차라리 다른 나라로 쫓아버리려는 듯이 대했다. 해서 위연은 조용히 오늘 같은 기회를 기다렸다.

"이럴 수가!"

사람들이 놀라는 사이 위연은 황충을 데리고 눈 깜짝할 사이에 형장에서 탈출했다. 그러고는 불과 일각(一刻) 만에 부하들을 이끌고 성 내부로 달려가 태수 한현의 목을 벤 다음 관우가 있는 진문으로 가 항복했다.

"좋다, 어서 가자."

관우는 일거에 장사성으로 들어가 성 위에 승리 깃발을 세우고 성안에 군령을 선포했다.

"황충은 어떤가?"

그 후에 바로 물어보자 위연이 답했다.

"제가 한현을 베기 위해 성안으로 향했을 때 이미 눈을 감고 귀를 막으며 저택으로 뛰어 들어갔습니다."

"음, 싸움이 끝났으니 한번 초대해야겠군그래."

하여 여러 번 관우가 마중하는 사신을 보냈으나 황충은 병을 핑계 삼아 나오지 않았다.

그사이에 현덕은 파발을 통해 관우가 장사를 점령했다는 소식을 들었다.

"과연!"

유비는 관우가 세운 공을 칭찬하며 서둘러 공명과 나란히 말을 걸터타고 장사로 향했다.

길을 가는 도중 선두에 세워둔 청색 깃발 위로 까마귀가 홀로 내려앉아 3번 울더니 북쪽에서 남쪽 하늘로 날아갔다.

현덕은 자못 궁금했는지 공명에게 물어보았다.

"선생, 뭔가 흉한 징조는 아닌가?"

"아닙니다. 길조입니다."

공명은 옷 아래로 손가락을 움직여 점을 쳐본 모양이다.

"장사를 함락함과 동시에 좋은 장수를 얻었음을 축복하며 까마귀가 하늘의 계시를 전한 것입니다. 분명히 좋은 일이 생길 것입니다."

과연 현덕은 마중 나온 관우에게서 황충과 위연 얘기를 들을 수 있었다.

"병 핑계를 대며 문밖으로 나오지 않음은, 황충이 섬긴 옛 주군에 대한 충성이다. 내가 가서 직접 마중하겠다."

현덕은 즉시 황충 저택으로 기분 좋게 발걸음을 옮겼다. 현덕이 예를 다하자 황충도 마음이 동했는지 마침내 저택 문을 열고 나와 항복하였고, 현덕에게 청하여 옛 주군 한현의 유해를 받아 성 동쪽에서 후하게 장례를 치렀다.

4

현덕은 그날 즉시 세 가지 법령을 선포하여 새로운 영토에 사는 백성에게 널리 알렸다.

하나, 불충불효한 자는 참한다.
하나, 훔치는 자는 참한다.
하나, 간음하는 자는 참한다.

더불어 공을 세운 자에게 상을 내리고 죄를 지은 자를 벌하여 정치를 바로잡았다.

관우가 한 남자를 데리고 현덕 앞으로 출두한 건 내정을 안정시키느라 눈코 뜰 새 없이 바쁠 때다.

"그자는 누구냐?"

현덕이 묻자 관우는 자기 옆에서 꿇어앉아 절하며 예를 갖춘 남자를 향해 말했다.

"유 황숙이시다. 인사 올려라."

남자는 차수(叉手)의 예를 올린 채로 묵연히 고개를 들었다. 붉은 얼굴, 검은 눈썹, 큰 입술, 오뚝한 코 등 용모는 괜찮아 보였다.

"이자는 전에 말씀드렸던 위연입니다. 선정을 펼치는 참에 위연이 세운 공에도 한마디 말씀을 내려주셨으면 합니다."

현덕은 무릎을 탁 쳤다.

"오오…."

"황충을 구하고 앞장서서 장사성 문을 활짝 연 용사 위연인가. 과연 이름 있는 무사다운 풍채로구나. 어찌 상을 내리지 않겠는가."

현덕이 위연을 칭찬하며 단 위로 부르려는 순간.

"불충한 놈! 단을 더럽히지 마라!"

갑자기 호되게 꾸짖은 자가 있었다. 깜짝 놀라며 누구인지 확인하니 공명이다. 공명은 현덕을 향해 거침없이 말을 내뱉었다.

"위연에게 상을 내리다니 얼토당토않습니다. 위연은 한현에게 원수진 바가 없습니다. 도리어 하루라도 녹을 먹었으니 표면적으로나마 주군이라 부르며 모시는 관계였습니다. 하루아침에 배신하여 주군을 죽이고 우리 군에 항복했습니다. 우리

편에게는 행운이었으나 천하의 법으로 따져보면 용서하기 어려운 불충이자 불의입니다. 주군께서 지금 이 불충한 자의 목을 베어 내걸 정도의 공명정대함을 보이지 않으면 새 영토에 사는 백성은 주군을 따르지 않을 것입니다."

공명은 무사를 불러 단호하게 명했다.

"어서 위연을 베라."

현덕은 쉽사리 결단을 내리지 못했다. 아니, 되레 공명이 내린 명령을 가로막았다.

"잠깐만…. 잠시 기다려라."

무사들을 제지하고 공명을 살살 달래며 위연을 위해 목숨 구걸을 하기 시작했다.

"아군을 도와 공을 세운데다 복종을 맹세하며 이제 막 우리 휘하로 들어온 자를 다짜고짜 베어버리면, 앞으로 우리 진영에는 아무도 항복하러 오지 않을 것이오. 위연은 원래 형주 무사니 형주 깃발을 보고 귀순한 건 불의라 할 수 없소. 한현이 주는 녹을 먹었다고는 하나 한현도 진정으로 위연을 대하지 않았고 위연도 신하로서 절의를 다해 섬기지는 않았을 터. 위연은 처음부터 형주로 복귀하고 싶어 했소. 누구든 잘못을 따지려 든다면 죄를 물을 수 있소. 부디 목숨만은 살려주지 않겠소?"

현덕은 마치 혈육을 감싸는 것처럼 열심히 위연을 변호했다.

공명은 반론을 제기하지는 않았다. 다만 위연을 용서하는 대신 현덕에게 단단히 당부했다.

"노골적으로 말씀드리면 제가 위연의 상을 보니 후두부에 반골이 튀어나온 게 마음에 걸립니다. 모반인(謀反人)에게 흔히 보이는 상입니다. 지금 작은 공을 세웠다 해서 아군으로 삼으면 훗날 반역을 꾀할 것입니다. 지금 벌하여 훗날 있을 화근을 없애려 했으나 주군께서 그리 가엾게 여기시니 저도 더는 언급하지 않겠습니다."

"위연, 들었느냐. 반드시 오늘 일을 명심하며 딴마음을 품지 않도록 노력하라."

현덕이 온화하게 타이르자 위연은 그저 감격에 겨운 눈물을 주르륵 흘릴 뿐이다.

현덕은 유표의 조카 유반(劉磐)이 형주가 멸망한 후 재야에 은거했다는 말을 황충에게 전해 듣고는 적극적으로 유반을 찾아낸 다음 즉시 장사 태수로 임명했다.

고슴도치

1

이윽고 현덕은 형주로 돌아갔다.

중한9군(中漢九郡) 중 이미 4개 군은 현덕 손에 들어왔다. 이로써 현덕은 협소하게나마 처음으로 지반을 다지기 위한 초석을 마련했다.

위나라 하후돈은 양양을 잃고 번성(樊城)에 틀어박혔다.

하후돈을 따라 번성으로 가는 대신 현덕 세력에 귀순하는 자도 많았다.

현덕은 북안(北岸)의 요지 유강구 이름을 공안(公安)이라 바꾸고, 성을 지은 다음 군수품과 금은을 비축하여 북쪽으로는 위나라를 경계하고 남쪽으로는 오나라에 대비했다.

이러한 흐름에 동조하듯이 곧 상인과 어부가 몰려들어 성시를 이루었고 사방에서 점점 현자와 검객이 모여들었다.

한편, 오나라는 어땠을까?

오군 손권 직속인 오나라 주력 부대는 적벽에서 대승한 후

기세를 몰아서 합비성(안휘성安徽省 비肥)을 공격했다.

이곳은 위나라 장료가 굳건히 지켰다. 합비는 조조가 특별히 중요하게 여기는 곳인지라 장료에게 맡기고 간 요충지다.

적벽에서 대승한 오군은 합비성을 공략하기 시작했지만 제대로 성과를 내지 못했다.

그도 그럴 것이 장료 부관이자 위나라 이름난 맹장 이전과 악진이 병사를 지휘해서다. 오군은 합비성을 여러 차례 공격했으나 좀처럼 함락하지 못했으며 이내 지쳐서 성 밖 50리 지점까지 후퇴하고 말았다.

"곧 식량이 떨어질 것이다."

오군은 부질없는 기대를 했다.

그러던 중에 노숙이 진중으로 찾아왔다.

손권은 말에서 내려 진문으로 직접 마중을 나갔다.

이 모습을 지켜본 병사들은 깜짝 놀랐다.

"노숙 공은 대단한 대우를 받는구나."

영내로 들어오자 손권은 노숙에게 일부러 물었다.

"오늘은 특별히 말에서 내려 직접 마중을 나와 예를 다했소. 이 정도 대우면 그대가 적벽에서 세운 공에 대한 치하로 충분하겠소?"

노숙은 고개를 절레절레 저었다.

"이 정도로는 아직 부족합니다."

손권은 눈을 부릅뜨며 물었다.

"어느 정도로 우대하면 그대가 세운 공을 충분히 치하했다고 할 수 있겠소?"

"주군께서 하루라도 빨리 9주를 모두 통치하시어 오나라 제업이 만대에 이르게 한 다음, 안차포륜(安車蒲輪, 노인을 편하고 후하게 대접한다는 뜻 – 옮긴이)으로 저를 마중해주신다면 제 소원이 이루어질 것입니다."

"옳거니!"

두 사람은 손뼉을 짝짝 치며 쾌활하게 웃었다.

노숙은 그 후, 모처럼 기분이 좋은 오후에게 껄끄러운 보고를 해야만 했다.

주유가 금창으로 쓰러졌으며, 형주와 양양과 남군 요지 셋을 현덕에게 빼앗겼다는 두 가지 소식이다.

"흐음…. 주유의 용태는 재기하기 곤란한 정도인가?"

"아닙니다. 도독은 호쾌한 인물이니 곧 예전처럼 건강한 몸으로 회복될 것입니다만…."

한창 이야기를 나누던 참에, 대장 하나가 와서 합비성에서 보낸 글이라며 손권에게 공손하게 서간을 건네고 갔다. 열어보니 장료가 보낸 결전을 담은 글이다.

오나라 대군은 파리인가, 모기인가!
대체 이 성 주위를 맴돌며 무엇을 원하는가!

문장은 무례하기 짝이 없었고, 심히 오후를 모욕하는 내용이다. 손권은 서간을 읽고 격노했다.

"좋다. 우리 군의 진면목을 보여주지."

하여 다음 날 아침 일찍 진문을 열어, 아침 해 아래 갑옷을 눈부시게 빛내며 몸소 앞장서서 출격했다.

합비성에서도 장료를 가운데 두고 이전, 악진 등 거물 장수들이 한꺼번에 나와서 밀어닥쳤다.

"오후, 나와라!"

장료는 창을 꼬나들며 거물을 향해 내달렸다. 그러자 말 1마리가 흙먼지를 일으키며 들입다 앞을 막아섰다.

"미천한 놈! 물러나라."

그자는 큰 소리로 외치며 앞을 가로막았다. 바로 오나라 대장 태사자다.

2

'태사자' 이름은 모르는 사람이 없었다. 오나라를 세운 손견 때부터 죽 오나라를 섬긴 대장이며, 나이가 들어도 무용은 전혀 쇠하지 않았다.

위나라 장료와는 호적수라 할 수 있을 것이다. 두 사람은 서로 창을 휘두르며 80여 합을 불꽃 튀게 겨뤘으나 쉽게 승부가 나지 않았다.

그사이에 악진과 이전 두 사람은 큰 소리로 외쳤다.

"보아라! 저기 황금 투구를 쓴 자가 바로 오후 손권이다. 만약 저 목을 벤다면 적벽에서 쓰러진 아군 83만의 원수를 갚은 것이나 다름없다. 다들 분발하라!"

명령을 내리며, 자기들도 곧장 달려들었다.

손권의 목숨이 위태로운 상황이다. 이전이 휘두르는 창끝이 전광석화같이 손권을 향했을 때였다.

"그렇게는 못한다!"

용감하게 측면으로 부딪쳐 온 자가 있었다. 바로 오나라 송겸(宋謙)이다.

이 모습을 보고 악진이 고래고래 외쳤다.

"성가신 놈!"

그러면서 가까운 거리에서 철궁을 획 쏘았다. 화살은 송겸 가슴팍에 정확하게 꽂혔다. 쿵! 하고 송겸이 나동그라졌다. 그 순간 손권은 흙먼지를 날리며 줄행랑을 놓았다.

장료와 태사자는 아직도 불꽃을 튀기며 싸웠지만, 이처럼 중군이 무너지자 밀려오는 적과 아군에 밀려서 거리가 점점 벌어지고 말았다.

손권은 도망치는 중에도 몇 번 더 위기를 맞았으나, 정보의 도움으로 가까스로 무사할 수 있었다.

하지만 이날 패전이 손권 마음에 커다란 상처를 남겼음은 부인할 수 없는 사실이다. 진으로 돌아온 후에 눈물을 흘리며 비통해했다.

"송겸을 잃고 말았구나…"

장사 장굉은 적절한 때라 여겨 간언했다.

"이런 실패는 좋은 교훈입니다. 주군은 아직 젊어서 혈기가 왕성하니 가끔 순간적인 감정에 휩싸여 난폭해질 때가 있고, 그때마다 신하들은 마음을 졸입니다. 필부가 부리는 만용은 자제하시고 패왕으로서 이룰 대계에 마음을 쓰셨으면 합니다."

"자제하겠소."

손권도 충고를 받아들이고 잠시나마 풀이 죽었는데, 다음 날 태사자가 와서 간청했다.

"제 부하 중에 과정(戈定)이라는 자가 있습니다. 이자는 장료의 마사(馬飼)와 형제지간입니다. 해서 은밀히 합비성으로 들어가 불을 지르고 장료의 목을 베어 오겠다고 청합니다. 오늘 밤 제게 5000기를 맡겨주십시오. 송겸의 원수를 갚아 보이겠습니다."

손권은 바로 마음이 동하여 태사자에게 물었다.

"지금 말한 과정은 어딨소?"

"이미 성안에 있습니다. 어젯밤 싸움 중 적군 속에 숨어들어 성으로 잠입했습니다."

"잘할 수 있겠소?"

"꼭 해내겠습니다."

태사자는 그 어느 때보다 자신만만했다.

손권은 이 말을 듣자 어제 당한 치욕을 갚을 기회라며 두말없이 찬성했다.

마사란 말을 돌보는 일을 하는 잔챙이일 것이다. 장료의 마사와 태사자 부하 과정은 그날 밤, 성안에 사람이 없는 어두운 곳에서 조용히 상의했다.

"실수하지 마라… 축시(丑時)에 결행한다."

"그래. 내가 꼴간을 비롯해 이곳저곳에 불을 지르고 다닐 테니, 너는 모반이다 배신자다 하며 외치고 다녀라."

"좋아, 나도 불을 지르면서 외치겠다."

"불이 나면 성 밖에서 태사자 님이 쳐들어오기로 약속했다. 혼잡한 틈을 타서 안쪽에서 서문을 열어주는 것도 잊지 마라."

"잊을 리가 있나. 출셋길이 열리느냐 닫히느냐는 오늘 밤에 달렸다."

"쉿…. 누가 온다."

발소리를 듣자 두 사람은 당황하며 좌우로 나뉘어 꽁무니를 뺐다.

3

지휘관 장료는 어제 성 밖에서 치른 전투에서 큰 전과를 냈는데도, 아직 부하들에게 상을 내리지 않았으며 자신 또한 갑옷 끈조차 풀지 않았다.

이에 적잖게 불만을 품은 부관과 장수들은 몰래 장료를 소심하다며 비웃었다.

"적은 어제 대패하여 이미 먼 곳으로 진을 물렸는데, 장군께서는 어째서 갑옷도 벗지 않고 병사에게 잠깐의 휴식도 주지 않으십니까?"

"어제 이겼을 뿐이지 오늘은 아직 이기지 않았다. 내일도 아직 이기지 않았다. 다시 말해 마지막 승패는 아직 알 수 없는 상황이다. 모름지기 장수는 일승일패 할 때마다 일비일희하는 법이 아니다. 오늘 밤에는 특히 야간 순찰을 엄중하게 하고, 모두 갑옷을 입은 채로 주야 4교대 태세를 유지하라. 방비를 허술히

하지 마라."

그러자 마침 그날 밤늦은 시각에, 이상하게 성안이 시끄러워
졌다.

"불이 났다, 모반이다!"

"배신자다, 배신자!"

이렇게 외치는 소리가 여기저기서 들려왔다.

장료는 전혀 허둥대지 않았다. 바로 침소에서 태연자약하게
나와 성안을 휘 둘러볼 뿐이다. 어디선가 뭉게뭉게 연기가 피
어올랐다. 이곳저곳에서 활활 타오르는 빨간 불꽃이 보였다.

"장군, 오셨습니까."

악진이 한달음에 달려오더니, 정색하며 보고했다.

"성안에 배신자가 있나 봅니다. 섣불리 밖으로 나가지 마시
지요."

"악진, 무엇을 당황하는가. 괜찮으니 허둥대지 마라."

"저 함성과 불길, 꺼림칙한 소동입니다."

"아니다. 나는 깨어 있어서 주의 깊게 들었다. 배신자라고 외
치는 목소리와 불이 났다, 모반이다 하며 떠드는 목소리밖에
들리지 않았다. 분명 어떤 두 녀석이 성안에서 혼란을 일으키
기 위해 저지른 짓이다. 이 상황에서 당황하면 위험하다. 그대
는 병사들을 진정시켜라. 함부로 소동을 피우는 자는 베겠다고
알려라."

악진이 떠나자 곧바로 이전이 두 남자를 묶어서 대령했다.
성안에서 혼란을 꾀하려던 계책을 순식간에 간파당한 과정과
잔챙이 마사다.

"이놈들이냐? 참하라!"

두 사람은 허무하게 목이 댕겅 베였다. 그런 줄도 모르고 오군 병사들과 대장 태사자는 그 두 사람과 약속한 대로 성으로 살금살금 다가왔다.

"좋아, 불길이 올랐군!"

오군은 성문으로 사납게 달려들었다.

진작부터 예상한 장료는 일부러 병사들에게 소리를 지르라고 명했다.

"모반이다!"

"배신자다!"

외치면서 서문(西門)을 고의로 열었다.

"옳거니."

태사자는 기쁜 마음에 용감하게 앞장서서 성문 앞 다리를 건너 서문 안으로 뛰어 들어갔다. 그러자 철포 1발이 요란하게 성벽을 뒤흔든다 싶더니, 성루와 성벽 위에서 마치 폭포처럼 화살비가 쏟아져 내렸다.

"앗! 당했다!"

태사자는 급히 돌아섰으나 순식간에 온몸에 화살이 박혀 고슴도치 같은 모습이 되었다.

이전과 악진은 이 기세를 몰아 병사를 이끌고 성에서 나와 대반격에 나섰다. 오군은 결국 대패하여 성 주위에서 철수하고 남서(南徐, 남경南京 부근) 윤주(潤州, 강소성江蘇省 진강시鎭江市) 부근까지 후퇴할 수밖에 없었다.

게다가 오랫동안 오나라를 섬긴 대장 태사자마저 이번 싸움에서 잃고 말았다. 태사자는 마지막 순간에 외쳤다.

"대장부가 3척짜리 검을 차고 가는 도중에 쓰러졌도다. 안타깝기 그지없다. 41년 동안 오조 이래로 3대째 주군을 섬겼고, 흡족한 일이 없지는 않았다. 아아, 그래도 여전히 미련이 남는구나…."

칼 비녀를 한 미인

1

그 후 현덕 신변에 한 가지 변고가 생겼다. 바로 유기 공의 죽음이다.

현덕은 고인 유표의 아들 유기를 형주 주군으로 받들어왔는데, 날 때부터 병약했던 유기는 결국 젊은 나이로 양양성에서 세상을 마감했다.

공명은 유기 장례를 주관한 다음 형주로 돌아와 즉시 현덕을 찾아갔다.

"유기 공 대신 양양을 지킬 장수를 정하시지요."

"누가 좋겠소?"

"역시 관우를 선택하심이…."

공명도 속으로는 누가 뭐래도 관우를 인정했다.

유기가 죽은 후에 현덕의 마음속에는 불안이 피어올랐다. 다름 아닌 오나라 손권이 기다렸다는 듯이 형주를 반환하라고 요구할 것이다.

"그 말은 곧 하겠지요. 유기 공이 죽으면 형주를 돌려주겠다고 예전에 약속한 바 있으니…. 걱정하지 마십시오. 그때는 제가 융통성 있게 처리하겠습니다."

공명이 위로했다. 과연 20여 일 후에 노숙이 찾아왔다.

"유기 공 상(喪)에 조문하러 오후 손권 대리로 왔소이다."

노숙은 성안에 차려놓은 제당(祭堂)에 오후가 보낸 공물을 정성스레 올리고 애도를 표한 다음 현덕이 초청한 주연에 참석했다. 한동안 세상 돌아가는 이야기로 시간을 보내다가, 이윽고 전하려던 말을 꺼냈다.

"적벽전 후에 제가 오후께서 내리신 뜻으로 형주 땅을 받으러 왔을 때, 유 황숙께서는 유기 공이 살아 계신 한 형주는 고인 유표의 적자인 유기 공의 것이라 하셨소. 지금은 유기 공도 세상을 떠났으니, 이제 형주는 오나라로 반환해주셔야 하지 않겠소? 조문을 겸해 그 일도 겸사겸사 해결하고 오라는 명을 받고 왔소이다."

"일단 그 일은 나중에 다시 상의합시다."

"나중이란 언제 말씀이오?"

"자, 자, 이곳은 연석이니 부디 나랏일은 추후에…."

"나중에 하여도 좋으나 예전 약속을 꼭 지켜주셔야 하오."

노숙이 집요하게 다짐을 받으려 애쓰자 가만 듣고 있던 공명이 갑자기 옆에서 힘주어 말했다.

"노숙 공, 오나라 많은 신하 가운데서 귀공만은 도리를 아는 사람이라 여겼는데, 지금 하시는 말씀은 세상 본의와 사리에 어긋나지 않소? 우리 주군 현덕은 귀공을 조문하러 찾아온 손으로서 대접하려는 뜻으로 노골적인 말씀을 삼갔소. 그러니 본인이 주군 대신 세상 도리를 설명하겠소이다. 마음을 가라앉히고 잘 들어보시오."

공명이 정색하며 말하자 노숙은 그 기세에 압도당하여 아연히 공명을 바라보았다.

"천하는 군주 한 사람의 것이 아니라, 천하 백성 것이오. 한고조(漢高祖)께서 3척 검을 들어 천하에 의(義)를 외치고 인(仁)을 펼치며 400여 년의 기초를 세우셨으나, 말세에 이르자 중앙은 역적이 들끓는 본거지가 되고 지방은 난적이 나뒹구는 소굴이 되었소. 세상은 점점 혼란스러워지고 백성은 도탄에 허덕이오. 그런 가운데 우리 주군 현덕은 한나라 황실 혈통이며, 의로써 세상을 구하리라 천지에 맹세했소. 중산정왕(中山靖王) 후예며, 현 황제 숙부뻘이신 분이오. 더군다나 형주의 옛 군주 유표와 종친인 동시에 의형제였으니, 지금 그 혈통이 끊어져 형주에 주인이 없다면 아우가 형의 기업을 이어받았다 하여 이를 불의(不義), 불가(不可)로 여길 이유가 대체 어딨겠소. 반면 오후 손권의 출신을 살펴보면 전당(錢塘)의 하급 관리 자식일 뿐이고, 조정에 아무런 공도 없으며 그저 오조 세력에 기대어 강동 6군 81주를 점령했을 뿐이오. 지금 손권은 재주도 없이 그 유산을 거저 얻었는데도 만족하지 못하고 형주마저 욕심내다니 자기 주제를 몰라도 한참 모르는 일이오. 생각해보시오. 군신 관계로 논한다면 우리 주군 성씨는 유(劉), 그대 주군은 손(孫) 아니오. 대한(大漢)은 유 씨 천하임을 모르시오? 모름지기 손권은 얼마간 땅을 우리 주군께 청하며, 스스로 농부나 다름

없다고 겸손해야 마땅하오. 적벽에서 얻은 대승리가 누구 공이냐 하는 문제도 여전히 논의할 여지가 있으나 그러지는 않겠소. 그 얘기는 이 자리에서 굳이 꺼내지 않겠소이다.”

2

언변은 마치 물 흐르는 듯 거침없었고, 주장은 마치 불꽃이 타오르는 듯 맹렬했다.

이런 진리와 열변 앞에서 노숙은 그저 고개를 숙일 뿐이다.

그래도 노숙은 원망스럽다는 듯 공명에게 답했다.

“합당하신 말씀이오. 그리 말씀하시면 항변할 도리가 없소이다. 하오나 선생, 이래서는 너무 이기적이지 않소?”

“어째서 나를 이기주의자라 하시오?”

이번에는 노숙이 공명을 공격할 차례다.

“생각해보시오. 이전에 유 황숙이 조조에게 대패하여 당양에 머물렀을 때, 선생과 함께 오나라에서 절실히 우리 주군 손권을 설득하고 주유를 움직여서 당시에는 소극적이었던 오나라를 전면적인 출병으로 이끈 사람은 대체 누구였소?”

“말할 것도 없이 그대요.”

“그랬던 본인이 오늘은 주군께 면목이 없고 군부에서도 신뢰를 잃어 이대로 염치없이 오나라로 돌아갈 수도 없는 처지에 빠졌소. 선생은 내 처지를 전혀 동정하지 않는 것 같소이다.”

“….”

노숙의 점잖은 항의를 듣자 공명도 노숙이 처한 입장이 다소 불쌍해진 모양이다. 잠시간 생각을 하더니 이런 제안을 해왔다.

"그대 체면을 위해 형주는 한동안 우리 유 황숙이 빌려 쓰는 것으로 하겠소. 훗날 어딘가 적당한 영지를 얻으면 그 후에 형주를 오나라에 넘긴다는 증서를 작성하면 그대도 주군 앞에서 체면이 설 터."

"어느 곳을 점령하여 형주를 돌려주신다는 말씀이오?"

"천하는 이미 어느 곳으로 가도 위나라나 오나라에 속한 땅이오. 1000리에 이르는 장강 흐름이 시작되는 서북쪽 오지인 촉(蜀)나라는 아직 시대 밖에 있는 땅이라 할 수 있소."

"그렇다면 장차 촉나라를 취하실 뜻이 있다는 말이오?"

"그렇소. 촉나라를 얻는 날에 형주를 돌려드리리라."

공명은 종이와 붓을 준비하여 현덕에게 권했다. 현덕은 묵묵히 오후에게 보낼 증서를 작성하고 인장을 찍어서 공명에게 보였다.

"이것이면 되겠소?"

공명도 붓을 들어 보증인으로서 연서했다. 주군과 신하 서명만으로는 보증이라 할 수 없어, 노숙에게도 부탁했다. 노숙은 이 정도로 타협하는 수밖에 없었다.

노숙은 이 증서를 가지고 오나라로 귀환했다. 도중에 병문안할 겸 시상에 들러 주유에게 자초지종을 설명했다. 그러자 주유는 통탄해 마지않았다.

"아…, 귀공은 공명에게 속았소. 이렇게 사람이 좋을 수가 있나. 공명은 모사며 현덕은 간웅이오. 이 증서가 대체 무슨 의미가 있겠소. 아마 이대로 오후에게 보고했다간 그대 목숨조차 위태로울 터. 그대뿐만 아니라 그대 구족(九族)까지 벌할지도 모를 일이오."

그 말을 듣고 보니, 오후 손권의 노한 얼굴이 눈에 선했다. 노숙도 그 점이 내내 불안했다. 그렇다고 이제 와 어쩔 수도 없는 노릇이다. 그저 난처할 뿐이다.

주유도 화를 냈지만, 한편으로는 노숙이 무골호인인 면을 동정했다. 돌연 주유는 옛날에 가난했을 때 노숙 집에서 쌀 3000섬을 빌리는 등 도움을 받았던 기억을 떠올렸다. 이 일을 생각하며 함께 팔짱을 끼고 고심하고 또 고심했다.

'어찌해야 하는가?'

문득 주유는 주군 손권의 누이동생 궁요희(弓腰姬)가 생각났다. 아직 열예닐곱밖에 되지 않은 가인이다.

'궁요희'는 신하들이 붙인 별칭이다. 규중에서 자란 아가씨인데도, 이 오군의 누이는 태생이 강직하고 무예를 좋아했다. 항상 차림새가 당당했고 머리에 칼 비녀를 꽂았으며, 허리에 작은 활을 매고 다녔다. 방에 있는 시녀들에게도 늘 칼을 휴대하라고 명하는 등 정말로 독특한 여인이다.

3

갑자기 주유는 목소리를 한껏 낮추며 노숙에게 물었다.

"귀공은 오(吳) 매군(妹君)을 뵌 적이 있는가?"

"한두 번 있습니다."

"귀공은 그분과 현덕이 혼인하게끔 한번 힘써보시오. 그대가 저지른 실패를 만회하고 형주를 되찾기 위한 절호의 묘책이오. 지금이 바로 기회요."

"아니…! 매군과 현덕을?"

방금 주유가 한 말을 그대로 읊으며 노숙은 아연실색했다.

주유는 웃으며 한마디 덧붙였다.

"이런, 내가 말을 당돌하게 하는 바람에 놀랐겠소만 엉뚱한 생각이 아니오. 아주 합리적인 계책이오."

"어째서입니까? 현덕은 정실로 감(甘) 부인을 두었는데, 설마 오 매군을 현덕의 측실로 삼을 생각입니까? 애초에 그 혼담을 오후께 권하는 일 자체가 과연 쉬운 일이겠습니까?"

"아니 그렇잖소. 귀공은 아직 모르는군. 현덕의 정실 감 부인은 이미 병으로 세상을 떠났소. 적벽에서 치른 싸움과 그 후에 벌어진 전쟁에 참전하느라 장례를 미루긴 했지만, 세작이 한 보고에 따르면 지금 형주성에는 흰색 조기가 걸려 있소."

"그 깃발은 유기 공의 죽음을 알리기 위해 내건 깃발이 아닙니까?"

"최근에 유기가 세상을 떠났으니 그리 착각하는 이들이 많으나 내가 알기로 그 이전부터 달려 있었소. 유기가 죽기 전부터 형주성 밖에 새로운 무덤을 만들어놓았다 하는데, 설마 유기를 위한 무덤을 미리 만들어두었겠소?"

"몰랐던 사실입니다. 허면 지금 현덕은 정실이 없는 상황이긴 합니다만 이미 현덕은 오십 줄에 들어섰습니다. 매군은 아마 열예닐곱인데…. 과연 이 혼담을 성사할 수 있을지 모르겠습니다."

"귀공은 뭐든지 곧이곧대로 생각하는 버릇이 있소. 애당초 이 혼사는 모략일 뿐이오. 일전에 현덕과 공명이 오나라를 속였으니 이번에는 이쪽이 계략을 쓸 차례인 셈이오. 다시 말해 이런 일을 잘 알선하는 자를 보내어, 오나라와 우호 관계를 돈독히 하자는 핑계를 대며 혼담을 진행하기만 하면 되겠소."

"음…, 잘될지 모르겠습니다."

"왜 그리 불안해하오?"

"무엇보다도 오후가 허락지 않을 것입니다. 오후께서는 어린 누이를 끔찍하게 아끼시지 않습니까?"

"혼례를 올릴 뿐이지, 진짜로 시집보낼 것까지는 없소이다. 예식은 오나라에서 하면 되겠소. 정식으로 혼례를 올린 다음 형주에 데리고 돌아가라 하는 것이오. 현덕이 어찌 이 제의를 거절하겠소? 한마디로 현덕을 오나라로 초청하여, 신붓감 얼굴만 보여주면 되는 셈이오. 어차피 혼례 전후에 기회를 봐서 현덕을 없애버릴 계획이니."

"아하…. 현덕을 살해하기 위해 혼례를 치른다는 뜻이군요."

"물론이오. 그런 중대한 목적도 없이 이 혼담을 진행할 이유가 있겠소?"

"다만 제가 오후께 이 정략결혼을 권하는 건 조금 문제가 있을 것 같습니다만…."

"알았소. 이 계책은 내가 따로 상세히 적어서 오후께 알릴 테니 귀공은 그저 옆에서 내 의견을 지지하며 주군께서 동의하게

끔 힘써주시오."

"그리해주신다면 정말 감사할 따름입니다."

노숙은 주유가 써준 서간을 받아서 이를 믿고 가뿐한 마음으로 오나라로 발걸음을 옮겼다. 그 즉시 손권을 찾아가, 있는 그대로를 보고하며 주유에게 받은 편지도 함께 전달했다.

4

손권이 처음에 현덕이 써준 증서를 봤을 때는 예상대로 얼굴을 찌푸리며 당장 철퇴로 노숙 머리를 후려칠 듯 화를 냈으나 다음으로 주유가 보낸 서간을 열어 읽고는 잠시간 생각에 빠졌다.

"음, 그렇군. 주유가 내놓은 생각은 묘책이로다. 과연 하늘이 내린 책사구나."

결국, 손권은 처음과는 달리 태도를 누그러뜨리며 노숙의 노고를 치하했다.

"고생이 많았소. 긴 여행길에 지쳤을 테니 오늘은 이만 들어가 쉬시오."

며칠 후 손권은 다시 노숙을 불러들였다. 이번에는 중신 여범(呂範)도 동석했다. 이들이 모인 이유는 물론 주유가 제안한 계략을 면밀히 검토하기 위해서다.

그 결과, 여범이 형주에 가기로 결정했다. 물론 표면상은 오나라 외교 사절로서 가는 것이나 진짜 목적은 오군의 누이와 현덕 사이의 혼담이다.

여범은 형주에 도착하여 현덕을 만나자 먼저 양국이 우호 관계를 다져야 함을 역설하다가 슬그머니 혼담을 제안했다.

"황숙께서는 감 부인과 사별하시어 지금은 홀몸이라고 들었습니다. 외람되오나 괜찮으시다면 중매를 한번 서보고자 발걸음 하였습니다. 자손과 양국 관계를 생각하시어 젊은 정실을 맞이하시면 어떻겠습니까?"

"친절한 마음 씀씀이에 감사하오. 말씀한 대로 부인이 세상을 떠나 지금은 홀몸이외다. 하지만 부인이 죽고 그 육신이 채 식지도 않았는데, 어찌 새 아내를 맞이할 마음이 들겠습니까? 아직은 생각이 없소이다."

"지당하신 말씀입니다. 허나 안주인이 없는 집안은 대들보가 없는 건물이나 마찬가지입니다. 황숙께서는 아직 앞날이 창창하신데 어째서 가정을 돌보지 않고 인륜을 저버리려 하십니까? 제가 추천해드리는 사람은 우리 주군 오후의 매군으로, 덕조(德操)와 재색(才色)을 겸비한 여인이라 해도 과장이 아닙니다. 황숙만 괜찮다면 하루빨리 오나라로 발걸음 해주시겠습니까? 주군 손권은 기뻐하며 후하게 맞이할 것이고, 우리 신하들도 양국 평화를 위해서 이 혼사에 힘쓸 것입니다."

"…."

현덕은 한동안 조용히 생각한 끝에 물었다.

"이 혼담은 그대 혼자 생각이오, 아니면 주유 등 신하들 의견이오? 혹은 오후 의향을 반영한 것인지…."

"어찌 오후의 동의 없이 제멋대로 이런 중대한 일을 진행하겠습니까? 혹시라도 허무하게 거절당하기라도 하면 이는 매군 이름에 누를 끼칠 일인지라 제가 은밀히 의향을 여쭙게 되었습니다."

"아⋯, 그랬구려. 더 바랄 것 없이 좋은 혼담이긴 하나, 본인이 대장부를 자처하고 있으나 이미 나이가 쉰이오. 보시다시피 머리에도 희끗희끗 백발이 눈에 띄오. 내 듣기로 오 매군은 묘령의 처자 아니오. 본인과는 어울리지 않을 것 같소만⋯."

"그럴 리가 있겠습니까?"

여범은 거창하게 손을 저어 보였다.

"혼사를 어찌 나이 차가 크다 작다 하는 숫자 놀음으로 가늠하겠습니까? 게다가 양국 평화가 달린 문제입니다. 오후도 이 일을 매우 중하게 보며, 모공(母公)께서 하시는 걱정과 매군께서 품은 희망도 이만저만이 아닙니다⋯. 황숙께 이번 혼담을 청한 이유로는 매군이 바라는 희망도 있습니다⋯. 매군께서는 몸은 비록 아녀자나 뜻은 사나이보다 높아, 평소부터 자신의 지아비는 천하 영웅이어야 한다고 말씀하실 정도입니다. 황숙과 부부 연을 맺는다면, 정숙한 여성을 군자 배필로 삼는다(淑女以配君子)는 옛말대로 되지 않겠습니까? 부디 한번 오나라로 발걸음 하심이⋯."

여범 입에서 흘러나오는 달변은 과연 손권이 사신으로 뽑을 만했다.

이날 공명은 그 자리에 나오지 않고, 병풍 너머 옆방에서 가만히 이 대화를 들었다. 공명 책상 위에는 점괘가 적힌 산가지가 이번 일의 길흉을 나타냈다.

5

여범은 일단 객관(客館)으로 물러나 현덕이 답변 줄 때까지 기다리기로 마음먹었다.

그날 밤 현덕은 공명 등 심복들을 모아서 오 매군을 부인으로 맞이할지 말지, 오나라로 가는 게 좋을지 좋지 않을지 기탄 없는 의견을 구했다.

"아무쪼록 혼담을 승낙하여 오나라에 다녀오십시오."

공명은 솔직한 의견을 내놓았다. 현덕이 여범과 대면하는 동안 앞날을 점쳐본 결과 대길(大吉) 괘가 나왔다고 말했다.

"그뿐만 아니라 그 책략을 이용하면 오히려 우리에게 이로울 것입니다. 어서 제의를 받아들여 오나라로 가서서 혼례를 올리는 편이 낫겠습니다."

공명 의견을 반박하는 이도 많았다.

"이는 필시 주유가 꾸민 계책이오."

지나치게 위험하다는 주장도 있었다.

"제 발로 호랑이 굴에 들어가는 것이나 마찬가지 아니오?"

그 이상으로 현덕이 중요시한 문제는 지금 쟁취한 형주 지방을 바탕삼아, 다음 약진을 이룰 준비가 될 때까지는 오나라와 충돌할 수 없다는 점이다.

"제게 생각이 있습니다. 맡겨주십시오. 귀공들이 걱정하는 것처럼 주군을 파멸로 내모는 우는 범하지 않겠습니다."

"이의 없소."

다른 신하들도 공명이 하는 말을 신뢰하여 의견을 하나로 모았다.

　현덕은 여전히 불안했지만, 공명의 격려를 받고 먼저 답례 사신을 보내기로 결정했다. 그 임무를 띠고 현덕의 가신 손건이 여범과 함께 오나라 땅을 밟았다.

　어느덧 시간이 지나 손건이 오나라에서 돌아와 보고했다.

　"오후는 저를 보더니 낙담하는 눈치였습니다. 주군께서 여범과 함께 당장에라도 오나라에 올 줄로 예상했던 모양입니다. 그 정도로 오후는 이번 혼담이 이루어지기를 열망합니다. 이번 혼사가 잘되면 양국 평화를 위해 더없이 좋은 일이니 하루빨리 유 황숙을 오나라로 모셔오라고 제게 신신당부했습니다."

　여전히 현덕은 망설이는 눈치다. 그동안 공명은 착착 준비를 진행하였고, 조자룡에게 현덕을 경호하라고 명했다.

　그러고는 조운에게 오나라에서 위기가 닥쳤을 때 열어보라며 비단 주머니 3개를 건네주었다. 공명은 고심하며 준비한 3가지 계책을 주머니에 넣어두었으니, 자신이 주군과 함께 가는 것이나 마찬가지라며 걱정하지 말고 다녀오라 힘주어 신신당부했다.

　건안 14년 초겨울, 화려한 범선 10척은 현덕과 조운 이하 경호 병사 500명을 태우고 형주를 떠나 장강에 들어서 남쪽 오나라를 향해 유유히 먼 길을 나아갔다.

　오나라 도읍에 들어서기 전에 조운은 공명이 내린 비단 주머니를 떠올리고는 첫 주머니를 열어보았다.

　'먼저 교(喬) 국로(國老)를 찾아가라.'

　교가(喬家)의 노 주인은 오나라에서 손꼽히는 명문이다. 한

때 조조마저 사모했다는 미녀 자매 이교(二喬)의 아버지일 뿐 아니라 자매 중 언니는 선대 오후 손책에게 시집갔고, 동생은 현재 주유 부인이니 자연히 오나라 원로 대우를 받았다. 이를 자만하지 않고 성품은 여전히 옛날같이 정직하고 올곧아 사람들 사이에서 신망이 두터웠다.

"교 국로, 교 국로."

사람들에게 '교 국로'로 불리며 국보같이 존경받는 인물이다.

'우선 이 사람을 찾아라.'

공명이 건넨 주머니 속 충고에 따라 현덕과 조운은 준비하기 시작했다. 거리에 나온 사람들의 주목을 받으며, 배에 실어둔 보물과 선물, 양, 술 등을 짊어진 병사들과 함께 무작정 교 국로 집으로 가는 길을 서둘렀다.

원앙진(鴛鴦陣)

1

갑자기 대빈이 발걸음을 하자 교 국로 저택은 그야말로 발칵 뒤집혔다.

"뭣이라. 황숙과 오 매군 사이에 혼담이 오갔단 말이오?"

교 국로는 금시초문인 듯했다. 얼굴은 복숭아 같은 빛을 띠고 눈은 휘둥그레졌다.

"경하할 일이오. 오 매군이라면 황숙이 정실로 맞이해도 결단코 후회하지 않을 터…. 오늘 도착하신 걸 오나라 궁중에 알렸소이까?"

현덕은 배에서 내리자마자 찾아왔다며 아직 알리지 않았다고 설명했다.

"이런. 어서 궁중에 알리겠소이다."

교 국로는 즉시 가신을 보냈고 가족에게 현덕 일행을 후하게 대접하라고 일렀다.

"본인도 일단 궁중에 다녀오리다."

교 국로는 백마를 걸터타더니 바로 성으로 향했다.

교 국로는 궁중에 자유롭게 출입할 수 있었다. 입성하자마자 오후의 노모 오(吳) 부인을 찾아가 축하 인사부터 건네는 걸 잊지 않았다.

그러자 오 부인은 미심쩍다는 표정으로 혀를 끌끌 찼다.

"지금 뭐라 하였소. 그 현덕이 권(權)의 누이동생과 혼례를 치르러 왔다…. 이리 염치없을 수가 있나."

교 국로는 급히 손을 내저었다.

"그게 아니오. 오후가 먼저 여범을 보내 간곡히 청해서 현덕이 오나라까지 먼 길을 온 것이오."

"허튼소리 마시오. 국로는 날 속여서 놀리려는 셈이신가?"

"사실이오. 거짓 같다면 거리로 한번 사람을 보내보시오."

오 부인은 여전히 의아한 표정을 지으며 가신을 보내서 거리를 살피고 오도록 지시했다.

가신은 밖으로 나갔다 들어와 즉시 오 부인에게 알렸다.

"분위기가 대단히 시끌벅적하고, 하구에는 화려한 배 10척이 보였습니다. 현덕 수행원인 병사 500명은 거리를 구경하면서 우리 주군 유 황숙이 이번에 오 매군과 혼례를 치르러 왔다고 여기저기 자랑하듯 떠들고 다닙니다. 거리는 이미 축제 분위기에다 온통 혼담 얘기로 가득합니다."

오 부인은 돌연 목 놓아 울기 시작했다.

부인은 즉시 아들 손권이 있는 전각으로, 얼굴을 소매로 감싼 채 한달음에 달려갔다.

"어머니, 어인 일이십니까?"

"오오, 권아. 아무리 늙었다 해도 나는 그대 어미다."

"당연한 말씀 아닙니까?"

"날 어미로 여긴다면서, 어째서 말도 없이 아녀자의 소중한 인생을 함부로 정하느냐?"

"무슨 말씀이신지 도무지 모르겠습니다. 대체 무슨 일이십니까?"

"것 봐라, 날 속이려 들지 않느냐. 그대 누이는 곧 내 딸이다. 내가 언제 현덕에게 딸을 시집보내는 일을 허락했느냐?"

"아니, 대체 누가 그런 말씀을 했습니까?"

"국로에게 물어보아라."

모공은 눈을 부릅뜨며 꾸짖었다.

오 부인 뒤에 서 있던 교 국로가 넌지시 끼어들었다.

"모자간에 그리 다툴 것까지야…. 이미 온 나라 백성이 다 아는 사실 아니오. 본인도 오늘은 그 일을 축하하러 왔소이다."

그러면서 쾌활하게 양팔을 벌려 만세 뜻을 표했다.

손권은 곤란하다는 표정을 지었다.

"주유가 세운 모략입니다. 지금 형주를 취하려면 또다시 막대한 군비와 병력을 소모해야 합니다. 만약 거짓 혼담으로 현덕을 오나라로 유인하여 죽이면 형주는 손쉽게 오나라 것이 될 것입니다. 해서 여범을 보내어…."

순간 오 부인은 손권 말을 가로막으며 불같이 화를 냈다.

"듣기 싫다!"

그러더니 날카롭게 그 계책을 비난했다.

"가증스럽구나. 주유씩이나 되는 자가 어찌 필부보다 못한 궁리를 한다는 말이냐. 오나라 대도독으로 81주 병사를 통솔하며 녹을 먹는 자가, 형주를 취하는 일조차 버거워하며 내 사랑하는 딸을 미끼로 현덕을 유인해 모살하려 들다니…. 어찌 이토록 무능하단 말이냐. 내가 살아 있는 한은 누이를 그런 모략을 위한 미끼로 이용하는 일을 용서치 않겠다."

2

모공에게는 손권보다 딸이 훨씬 더 사랑스러웠다.

누가 뭐라 해도 이 고집 센 노부인은 나라를 위한 책략 따위에는 흥미가 없었다. 그보다는 외동딸을 사랑하는 마음이 한층 더 컸다.

그러니 그 외동딸을 이용한 모략이 오나라를 위하는 일인지 아닌지는 문제가 되지 않았고 그저 분노한 감정을 드러낼 뿐이다.

"안 된다. 누가 뭐래도 내가 눈을 시퍼렇게 뜨고 살아 있는 동안엔 내 딸 인생을 그르칠 만한 일은 용납할 수 없다. 만약 주유가 그리 권했다면 주유는 공을 위해서 주군의 누이동생을 파는 가증스러운 인간이다. 당장 주유 목을 베어라!"

모공은 서슬이 퍼랬다.

'도저히 손쓸 수 없구나.'

손권은 그저 속으로 통탄하며 묵묵히 노모가 꾸짖는 소리를 들었다.

게다가 교 국로마저 모공과 의견이 같았다.

"만약에 오후와 오 매군 남매가 혼례를 핑계로 현덕을 불러서 죽였다는 소문이 나면, 설사 천하를 얻는다 해도 민심이 따르지 않을 것이오. 오나라 역사를 더럽힐 뿐이지 않겠소이까?"

교 국로는 주유가 짜놓은 계책을 반대했고, 그보다는 차라리 현덕을 손권 가문 사위로 삼아서 황실 혈통과 덕망을 오나라로 끌어들이는 편이 현명하지 않겠냐고 주장했다.

모공으로서는 그 의견도 그다지 마음에 들지 않은 모양이다.

"듣자 하니 유현덕이란 자는 이미 나이도 쉰이나 되었다 하잖소. 어찌 아직 세상 걱정 모르는 어린 딸을 다른 나라 후처로 보낼 수 있겠소이까?"

모공은 마땅찮은지 툴툴거렸지만, 교 국로는 부인을 설득하느라 무진 애를 썼다.

"잘 생각해보시오. 세상에는 나이는 어리나 속이 늙은 자도 있고, 나이는 많으나 젊은이를 능가하는 기개를 가진 사람도 있소. 유 황숙은 당대 영웅이니 그 마음은 아직 청춘이오. 보통 사람처럼 나이를 가지고 현덕을 가늠할 수는 없소이다."

그러자 모공은 다소 마음을 누그러뜨리고, 그러면 내일 현덕을 만나보고 마음에 들면 사위로 삼아도 좋다는 말을 꺼냈다.

손권은 효성이 지극했는지라 속으로는 번민했으나 노모가 주장하는 뜻을 조금도 거스르지 못했다. 그사이에 모공과 교 국로는 내일 대면할 장소와 시각까지 정해버렸다.

장소는 성 서쪽에 있는 유명한 사찰 감로사(甘露寺)다. 교 국로는 서둘러 저택으로 돌아가 현덕이 머무는 객관에 사람을 보냈다.

일이 뜻대로 풀리지 않자 손권은 하룻밤 내내 고민했다. 고민 끝에 몰래 여범에게 상의하자, 여범은 아무렇지도 않다는 듯이 이야기했다.

"그건 그것대로 문제없습니다. 대장 가화(賈華)에게 은밀히 명하여 감로사에 힘세고 강한 장사와 칼잡이를 엄선하여 300명 정도 숨겨두십시오. 그러다가 기회를 봐서….."

"으음. 괜찮군…. 여범, 만약 어머님이 현덕과 대면했을 때 현덕을 마음에 들어 하지 않는다면 그 자리에서 바로 죽여버려라."

"모공께서 마음에 들어 하시면 어찌합니까?"

"그럴 리는 없겠지만 만약 그렇게 보이면…. 그래, 조금 시간을 두고 어머님 마음이 바뀔 때까지 기다려보자."

다음 날 이른 아침.

여범은 중매인으로서 현덕이 머무는 객관으로 정중하게 마중하러 갔다.

현덕은 가벼운 갑옷 위에 비단 겉옷을 걸치고 화려하게 치장한 말에 올라 감로사로 향했다.

조운은 병사 500명을 이끌고 현덕을 따라갔다. 감로사에는 오나라 사윗감을 맞이하기 위해 승려들과 장수들 수십 명 그리고 오후 손권을 비롯하여 모공과 교 국로 등이 본당을 가득 메우고 기다리는 중이었다.

3

현덕의 태도는 당당했다. 온화하나 비굴하지 않았고, 위엄 있으나 사납지 않았으며, 타의 모범이 될 만한 자세로 마치 상쾌한 바람처럼 사람들이 기다리는 방장(方丈, 고승이 거처하는 처소 – 옮긴이)으로 들어섰다.

"과연!"

현덕을 한번 보니 오후 손권도 경외하는 마음을 금하지 못했다.

사람과 사람이 만나서 생기는 감정은 부정할 수 없는 법. 한눈에 손권 이상으로 현덕에게 마음을 빼앗긴 사람은 바로 모공이다.

부인이 환한 표정을 지은 걸 보고, 교 국로가 속삭였다.

"어떠시오. 좋은 인물 아니오? 이런 좋은 사윗감이 이 세상에 어딨겠소이까?"

모공은 그저 싱글벙글하며 기쁨을 감추지 못했다. 손권은 스스로 마음을 다잡으며 현덕에 대한 존경심과 경외심을 꾹꾹 억눌렀다.

"예비 신랑, 편하게 있으시오. 분위기는 좀 딱딱하지만, 집안 사람 모임 아닌가. 가벼운 마음으로 잔을 드시게나. 교 국로, 그대도 귀빈께 잔이라도 좀 권하시오."

모공은 아주 기분이 좋아 보였다. 어제와는 전혀 다른 사람 같았다. 곧 큰 잔치가 벌어졌다. 접시에는 오나라에서 맛볼 수 있는 산해진미가 가득했고, 술잔에는 향이 그윽한 홍주(紅酒),

청주(靑酒), 마노주(瑪瑙酒) 등이 일곱 색깔로 찬란하게 빛났다.

음악이 맑게 울려 퍼져 취기가 한껏 올랐다. 모공은 문득 현덕 뒤에 서 있는 무장에 눈이 갔다.

"저 사람은 누구인가?"

"가신인 상산의 조자룡입니다."

"당양 싸움 때 장판에서 아두를 구해냈다고 명망이 자자한 무장이 바로 이 사람인가?"

"그렇습니다."

현덕이 주억거리자 모공은 조자룡에게 한잔 권했다. 조운은 감사 뜻을 전하고 잔을 받으면서 현덕에게 조용히 속닥였다.

"방심할 수 없습니다. 회랑 밖에 수많은 복병을 배치한 눈치입니다."

"…."

현덕은 잠시 시치미를 떼다가, 모공이 기분 좋을 때를 봐서 갑자기 잔을 놓고 시름에 잠긴 표정을 지었다.

모공이 의아하게 여기며 그 이유를 묻자, 현덕은 봉안(鳳眼)에 슬픔을 내비치며 호소했다.

"혹여 제 목숨을 원하신다면 부디 지금 죽여주십시오. 회랑과 마루 밑에 빈틈없이 살기등등한 자객들이 숨어 있으니, 두려워서 잔을 들지도 못하겠습니다."

모공은 아연실색하며 손권을 쳐다봤다.

"오후, 그대가 꾸민 일인가?"

즉시 차갑게 손권을 꾸짖었다.

손권은 당황하며 둘러댔다.

"저는 모르는 일입니다. 여범일 것입니다."

"여범을 부르거라."

"예."

여범도 모른다고 잡아떼며 다른 사람 핑계를 대느라 혼쭐이 빠졌다.

"가화가 한 일인 것 같습니다."

가화는 모공 앞에 끌려 나왔다. 가화는 모른다고는 하지 않았으나, 자기 생각이라고도 하지 못했다. 그저 묵묵히 고개를 숙였다.

그 모습을 본 모공의 분노는 극에 달했다.

"국로, 무사들에게 명하여 가화를 참하시오. 우리 사윗감이 보는 앞에서 말이오. 당장!"

현덕은 황급히 말렸다. 경사스런 일을 앞두고 피를 보면 불길하다며 모공을 설득했다. 손권은 즉시 가화를 쫓아내고 교국로는 회랑 바깥과 마루 밑에 숨은 자객들에게 다시 한번 호통을 쳤다. 쥐 떼가 흩어지듯 수많은 자객이 순식간에 줄행랑을 놓았다.

하여 주연은 밤까지 이어졌고, 현덕은 거나하게 취하여 밖으로 잠시간 밤바람을 쐬러 나왔다. 문득 정원을 둘러보니 커다란 바위가 눈에 띄었다. 현덕은 바위를 물끄러미 바라보더니 무슨 생각인지, 하늘에 기원하며 검을 치켜들었다.

"…?"

손권은 이 광경을 나무 뒤에서 가만히 지켜보았다.

4

현덕은 종일 연회에 참석한 탓에 취했으나, 속으로는 걱정이
앞서 미래가 막막했다. 현덕은 잠시간 인적이 드문 정원에 나와
서 취기를 깨려 하다가 갑자기 하늘을 향하여 빌기 시작했다.

"내 패업이 이루어지지 못한다면 이 바위는 잘리지 않을 것
이며, 내 생애에 품은 대망이 이루어진다면 이 바위는 단번에
잘리리라!"

쩽강 소리와 함께 검이 떨어지자, 불꽃이 튀면서 그 바위가
깨끗이 잘렸다.

그 순간 그늘에서 누가 저벅저벅 걸어 나오는 게 아닌가.

"황숙, 뭘 하시오?"

"오오, 오후. 본인이 귀 가문 일원이 되어 함께 조조를 멸할
수 있다면 이 바위가 잘릴 것이고, 그러지 못한다면 검이 부러
지리라 하고 하늘에 빌며 검으로 내리치니, 이처럼 싹둑 잘렸
습니다."

"호오…. 그러셨구려. 본인도 해보겠소."

손권도 검을 뽑았다. 현덕과 같이 하늘에 기원하고 대갈(大
喝)하더니, 검이 바위에 부딪히는 소리가 났다.

"앗…, 잘렸다."

"정말 잘렸소이다."

이 기적은 후세에 전설로 남아 감로사의 '십자문석(十字紋
石)'이라 불리며 명물이 되었다.

"황숙, 밤은 긴데 방으로 돌아가 한잔 더 하겠소?"

"취기가 올라 자리에 앉아 있기 버겁겠소이다."

"그럼, 취기를 깬 다음에…."

하여 두 사람은 나란히 문밖으로 밤 산책을 나섰다.

작은 달, 큰 산, 흐르는 장강이 절경을 이루니 현덕은 무심코 감탄하여 칭송했다.

"아아, 천하제일 강산이로다."

후세에 감로사 문에 걸린 '천하제일강산(天下第一江山)'이라는 현판은 이때 현덕이 한 말에서 유래했다고 전해진다.

현덕은 교교한 달빛을 받으며 강 위를 달리는 쾌속선을 보고 말했다.

"과연. 북쪽 사람은 말을 잘 타고 남쪽 사람은 배를 잘 몬다는 말이 있듯이, 오나라 사람은 땅을 달리듯이 물위를 달리는 것 같소."

손권은 이 말을 오해한 듯했다.

"무슨 말씀을. 오나라에도 좋은 말이 있고 훌륭한 기수도 있소. 잠시 선보이겠소이다."

바로 준마 2마리를 끌고 와, 둘이서 나란히 강변 둑 언저리까지 달렸다. 현덕도 말을 잘 탔고 손권도 승마 솜씨가 훌륭했다. 그러고는 서로 마주 보며 호쾌하게 웃었다.

오나라 백성이 훗날 이곳을 '주마파(駐馬坡)'라 부른 유래는 여기서 비롯되었다.

어느덧 현덕이 오나라에 머무른 지 열흘이 지났다. 매일 시험당하거나 협박당하는 등 연회, 의례, 시찰, 초대 등 일정이 빽빽하여 몸도 마음도 지쳐갔다.

조자룡도 염려스러운 표정이고, 교 국로도 이를 걱정했다. 해서 국로는 자주 오나라 궁중으로 찾아가 모공을 움직이고 손권을 달래는 한편, 길한 날을 점쳐서 혼례 날짜를 잡았다.

조자룡은 교 국로에게 청하여 혼례 당일까지 수행원 500명은 물론 군사들도 오나라 성안에 들여도 좋다는 허락을 받아내어 빈틈없이 현덕을 지켰다. 그래도 혼례 당일 밤에 신랑 현덕이 후당에 들 때는 따라가지 못했고 들여보내 달라고 청할 수도 없었다.

여궁(女宮) 깊숙한 곳으로 안내 받은 현덕은 그곳에 펼쳐진 광경을 보고 얼빠지게 놀랐다.

규방 앞 복도에는 등불이 환하게 늘어서 있었고, 그곳에 줄을 서 있는 시녀들은 하나같이 번뜩이는 창이나 긴 검을 손에 쥔 게 아닌가.

"호호호. 귀인께서 그리 놀라실 줄이야. 오 매군께서는 어릴 때부터 검술을 즐기고 기마와 궁술을 좋아하셨습니다. 결코, 귀인께 해를 가하려는 뜻은 아닙니다."

관가파(管家婆)라 불리는, 처소 내외를 관리하는 노파가 현덕의 소심함을 비웃었다.

현덕은 안도하며 시녀 등 1000여 명 시종에게 막대한 금과 비단을 베풀었다.

새벽녘에 뜬 달

1

성대한 혼례 의식과 축하 행사가 이레에 걸쳐 이어졌다.

"경사 났네, 경사 났어."

궁전 안팎부터 온 나라까지 만세 소리가 울려 퍼졌지만, 오후 손권은 병 핑계를 대며 혼자 방에 틀어박혀 눈과 귀를 닫았다.

"왜 이렇게 되었지?"

예상이 빗나가고 계책이 뒤집어진 탓에 생긴 울분을 풀 데가 없었다.

이때 시상에 있는 주유가 급히 보낸 전갈이 도착했다. 소문을 듣고 주유도 적잖이 놀란 듯했다.

금창이 아직 낫지 않아 찾아뵙지도 못하고 그저 이를 악물 뿐이었으나, 상황이 급박하게 돌아가니 힘을 내어 편지를 올립니다. 부디 현찰하여주시옵소서.

첫마디 뒤에 이후에 취할 방책이 아주 상세히 적혀 있는 게 아닌가.

"주유가 이 계책을 제안했는데 어떤가. 또 실패로 끝나면 허사일 테지만…."

애가 탄 손권은 장소에게 주유가 보낸 서간을 보여주며 상의했다. 장소는 서간을 검토하더니, 상을 치며 찬성했다.

"과연, 주 도독입니다! 원대한 계책에 감탄했습니다. 유현덕은 어릴 때부터 빈곤한 환경에서 자랐고, 청년기에는 각지를 방랑했으니 부유와 사치 맛을 모릅니다. 주 도독이 제안한 대로 현덕에게 갖가지 사치를 누리게 해보시면 어떻겠습니까? 으리으리한 궁궐, 수많은 미녀, 아름다운 비단옷, 산해진미, 향기로운 미주, 달콤한 음악, 값비싼 향료 등…. 온갖 악마가 기뻐할 만한 사치로 현덕의 정신을 흐리게 만들어 형주를 잊게 하는 것입니다. 그러면 공명, 관우, 장비 등도 현덕에게 정나미가 떨어져 자연히 흩어질지도 모릅니다."

"현덕을 뼛속까지 사치의 꿀에 절여주마."

손권은 엄청 기뻐하며 은밀하게 준비를 진행했다.

먼저 오나라 동부(東府)에 낙원을 건설했다. 궁궐의 아름다움은 이루 말할 수 없었다. 정원에는 화려한 꽃과 나무를 심었고, 연못에는 유람선을 띄웠으며, 복도에는 파리(玻璃) 등을 수백 개 달았다. 그뿐만 아니라 붉게 칠한 난간에는 금은 장식이 빛났고, 회랑 곳곳에는 대리석과 공작석을 깔았다.

"오라버니도 속으로는 여동생을 아끼나 보네요. 우리 둘을 위해 이렇게까지 신경 써주다니…."

매군, 이제는 현덕의 새 부인이 감사를 표현하였다.

현덕은 젊은 신부와 함께 이 낙원에서 살았다. 금은보화, 오색 비단, 온갖 보물이 흘러넘쳤고 그야말로 부족한 게 없었다.

매일 진수성찬을 배불리 먹었고, 향이 그윽한 술을 원 없이 마셨다. 취하면 감미로운 음악이 들려왔고 술이 깨면 화조(花鳥)와 미녀가 가득했다. 현덕은 어느새 세월을 잊었다. 현세에서 겪었던 빈곤과 고난, 희망과 노력 등을 말끔히 잊어버렸다.

"아아… 큰일이로다."

이 모습을 지켜보며 매일 한숨만 쉬는 이는 현덕의 신하, 조자룡이다.

"그래… 곤란한 일이 있어서 생각이 막혔을 때는 주머니를 열어보라고 군사가 말했지. 두 번째 비단 주머니를 한번 열어봐야겠구나."

공명이 내린 주머니를 조운은 부리나케 열어봤다. 안을 들여다보니 공명이 세워둔 비책은 이 상황에 안성맞춤이다. 조운은 즉시 시녀를 통해 현덕을 알현했다.

"큰일입니다. 지금 이러실 때가 아닙니다."

조운이 갑자기 이리 말하니 현덕은 두 눈이 휘둥그레졌다.

"무슨 일이냐?"

"적벽에서 맛본 쓰라린 원한을 갚겠다며 조조가 몸소 50만 기를 이끌고 형주로 쳐들어왔습니다."

"아니, 조조가 형주로! 누, 누가 그런 말을 하더냐."

"공명이 황급히 배를 띄워 직접 오나라 경계까지 이 일을 알리러 왔습니다. 형주에 위기가 닥쳤으니 주군께서 돌아와 한시

라도 빨리 대책을 세우지 않으면 형주가 멸망하는 일은 피할
수 없다고 합니다."

"큰일이로다."

"자, 어서 돌아가시지요."

2

"으음. 그런가…."

현덕은 잠시간 생각에 잠기더니, 곧 결심한 듯 얼굴을 들고
입을 열었다.

"그래, 돌아가자."

"즉시 떠나시겠습니까?"

"잠시 기다려라. 부인과도 상의하겠다."

"아니 됩니다. 부인께 상의하면 분명 잡으실 겁니다."

"아니다, 내게도 다 생각이 있다."

그러고는 현덕이 부인 방으로 발걸음하니 손 부인은 현덕을
맞이하며 물어왔다.

"무슨 일이 있어도 꼭 형주로 돌아가셔야 하나요?"

"아니…. 누구에게 들었소?"

"호호호. 당신 부인인데 그 정도도 모를까요?"

"이미 알고 있다니 다행이군. 나는 돌아가야 하오. 형주가 멸
망할 위기에 처해 있소. 그대와 나누는 사랑에 취해 나라를 잃
는다면 자손 대대로 세상의 비웃음거리가 될 터."

"지당하신 말씀입니다. 무인인 당신이 지금 미련을 떨쳐내지 못하면 평생 사람들 앞에 나설 수 없겠지요."

"고맙소. 전장에 나서는 이상 언제 죽을지 모를 일…. 그대와 다시 만나기는 쉽지 않을 것이오. 끝없이 이어질 줄만 알았던 즐거움도 짧은 한때의 꿈이었구려."

"왜 그런 불길한 말씀을 하시나요. 부부가 맺은 연은 허무한 것이 아닙니다. 또 어째서 짧다고 하시나요? 살아 있는 한 아니, 구천에 가서도 함께하겠어요."

"헤어져야 하니 어떡하오."

"저도 함께 가겠어요."

"뭐라, 형주로?"

"당연한 일이지요."

"오후가 허락하지 않을 것이오. 모공도 물론이고."

"오라버니가 알면 큰일이겠지요. 어머니는 설득할 수 있습니다. 걱정하지 마시어요."

"어떻게 성문 밖으로 나갈 수 있겠소?"

"곧 새해가 밝아옵니다. 정월 초하루인 내일까지 기다려주시 겠어요? 먼저 어머니께 허락을 받아오겠어요. 신년 하례를 위해 강변으로 나가 조상께 제사를 지내겠다고요. 어머니는 신심이 깊은 분이니 그리 말씀드리면 기뻐하실 거예요."

"좋은 생각이오. 그대는 그 후에 겪을 온갖 고난을 견딜 수 있겠소? 전란에 휩싸인 다른 나라로 가서 모국을 그리워하며 한탄하거나 슬퍼하지는 않겠소?"

"남편과 헤어져 혼자 오나라에 남는다 한들 무슨 재미가 있을까요? 당신 곁에 있을 수만 있다면 그곳이 불속이든 물속이든 기꺼이 따라가겠어요. 그래야 부부로 사는 의미가 있지요."

현덕은 너무나 기쁜 나머지 눈물을 흘렸다. 현덕은 다시 사람이 없는 곳으로 조용히 조운을 불러, 부인의 심정과 오나라 탈출할 계획을 상의했다.

"내일 아침 눈에 띄지 않게 장강 기슭에 나와 기다려라."

조운은 다짐을 받고 갔다.

"옛일을 잊지 마시고 반드시 공명이 세워놓은 계책대로 행하셔야 합니다."

날이 밝으면 건안 15년이다. 새해 첫날 새벽녘에는 어둠이 짙게 깔리고 달이 떠 있었지만, 동쪽 하늘에 뜬 구름에 벌써 햇살이 조금씩 비쳤다.

관례대로 오나라 궁전에는 제야를 밝히는 등불이 켜진 채였고, 어전에는 문무백관이 모여 오후 손권에게 새해 인사를 올리고 만세를 외친 다음 일출과 동시에 술을 하사 받았다.

좋은 기회다. 지켜보는 눈도 적었다.

현덕은 손 부인과 함께 모공을 조용히 찾아가서 아뢰었다.

"그러면 이제 강가로 나가서 경건하게 조상께 제사를 지내고 오겠습니다."

현덕의 부모와 조상 무덤은 모두 탁현(涿縣)에 있으니, 모공은 사위 효심을 칭찬하고 이를 따르는 게 바로 아내 도리라며 기분 좋게 부부를 보내주었다.

3

궁전 문을 나설 때 부인은 귀한 여성들이 그러듯 수레를 탔다. 현덕은 아름다운 안장을 얹은 말에 올랐다.

중문을 나섰다. 그러고는 성문까지 지나갔다.

아무도 수상히 여기지 않았다.

"호오. 신랑 신부가 함께 나들이를 가시는군그래."

보초들도 선망하는 눈빛으로 바라볼 뿐이다.

아직 새해 동이 트기 전이다. 사람들은 하나같이 술에 곯아떨어져 널브러졌다. 어두운 새벽녘 하늘에는 하얀 달이 두둥실 떠 있어 초행길을 밝혀주었다.

바깥 성문까지 다다르자 현덕은 수레를 끄는 호종과 수행 무사들에게 지시했다.

"저 숲속에 샘이 있다. 그대들은 그곳에 가 몸을 씻고 오라. 오늘은 강가에서 조상께 제사를 지내야 하니 몸가짐을 깨끗이 해야 한다."

핑계를 대며 수행원들을 쫓아버렸다.

미리 상의한 대로 손 부인은 수레 안에서 준비를 꼼꼼하게 마친 상태다. 평상시에도 늘 허리에 작은 검을 차고 다니는 부인이다. 가벼운 차림에 작은 활을 매고, 장옷을 입어서 머리카락과 상반신을 감췄다.

수레에서 내리자 부인은 시종이 두고 간 말 위로 나비처럼 폴짝 뛰어올랐다. 현덕도 바로 말을 채찍질하기 시작했다.

"잘되었네요."

"안심하긴 이르오. 이제부터가 운명을 가르는 갈림길일 것이오."

현덕은 싱긋 웃었다.

손 부인도 따라 빙그레 미소 지었다. 새벽녘 달빛을 가리는 장옷 그늘로 꽃보다 하얀 얼굴이 비쳐 보여 아름다웠다.

눈 깜짝할 사이에 부부는 장강 부두에 다다랐다.

동이 튼 지는 좀 되었고 양자강에는 새해 아침부터 햇살이 눈부시게 빛났다.

"앗, 주군! 오오, 부인께서도 오셨습니까?"

"조운이구나. 겨우 당도했다. 여태까지는 무탈했으나 금방 추적자가 뒤따라올 것이다. 서두르자."

"이미 각오한 바입니다. 조운이 곁에 있는 한 아무 걱정하지 마십시오."

현덕을 따라온 수하 500명은 조운과 함께 약속 장소에서 대기 중이었다. 이 수행원들은 현덕과 부인을 엄하게 경호하며 육로를 통해 오나라 밖으로 서둘러 길을 떠났다.

다행히 이 일이 오후 귀에 들어갔을 때는 그로부터 반나절이나 지난 뒤다. 원인은 바깥 성문까지 부인 수레를 끌어온 인부와 군사들 탓이다.

"어디로 가신 걸까?"

이 사람들은 그저 강변을 여기저기 들쑤시기만 했다. 질책받을 일이 두려워 보고하기를 꺼렸던 것이다.

결국, 저녁이 다 되어서야 진상이 밝혀졌다. 온종일 이어진 연회로 오후는 취해 잠이 든 참이다. 그래도 보고를 듣자마자 천둥같이 노기를 터뜨렸다.

"이런 짚신 장수 놈, 은혜를 원수로 갚는 것도 모자라 내 누이를 데리고 도망치다니!"

오후는 화난 김에 상 위에 있던 옥 벼루를 바닥에 던져 깨트렸다고 한다.

급한 논의 끝에, 정예 병사 500여 명이 새해 첫날 저녁부터 검과 창을 번뜩이며 성문을 뛰어나갔다.

오후 손권의 분노는 쉬 가라앉지 않았고, 손권이 욕지거리를 쏟아내는 소리가 밤이 되어서도 성의 불빛을 흔들 지경이었다.

급전을 받고 입성한 정보가 황송해하며 오후에게 물었다.

"누구에게 추격을 맡겼습니까?"

"진무와 반장을 보냈다."

"군사는 얼마나?"

"500명이다."

"그걸로는 부족합니다."

"어째서?"

"이미 매군께서는 남편이 된 현덕과 동의한 끝에 성을 빠져나갔습니다. 매군은 아녀자이긴 하나 평소 무예를 숭상하고 사내보다 강직한 성격을 지니셨습니다. 그러니 오나라 장수 중에도 매군을 두려워하는 자가 많습니다. 진무와 반장으로는 대적하기 쉽지 않습니다."

손권은 이 말을 듣자 분통을 터뜨리며, 즉시 장흠과 주태를 불러들였다.

"그대들은 이 검을 들고 현덕을 쫓아가서 반드시 놈을 죽이고, 누이동생 목도 베어 와라. 만약 명을 어기면 너희에게도 죄를 묻겠다."

손권은 허리에 차고 있던 검을 풀어 직접 두 사람에게 건네며, 재촉했다.

늠름한 미녀의 검

1

밤낮 가리지 않고 끊임없이 말을 타고 내달렸다. 이제야 겨우 시상 근처에 다다랐다. 현덕은 다소 안도했으나 부인 손 씨는 아무래도 아녀자 몸으로 오랜 시간 말을 타다 보니 피로가 극심했다.

다행히 도중에 어느 집에서 수레를 구하여 부인은 그리로 옮겨 탔다. 그러고는 다시 서둘러 길을 최촉했다.

"현덕 일행, 게 서라. 오후께서 내리신 명령이다. 얌전히 투항하라."

산 한쪽에서 우렁찬 소리가 들려왔다. 500명쯤 되는 군사가 두 갈래로 나뉘어 쫓아온 것이다.

"이곳은 제가 지키겠습니다. 주군께서는 서둘러 가십시오."

조운은 당황하는 기색 없이 현덕과 부인을 먼저 보냈다.

이날은 화를 면했으나, 다음 날도, 그다음 날도 현덕이 가는 길마다 군사들이 앞을 가로막았다.

이미 시상의 주유와 오후 손권이 보낸 군사들이 사방팔방에 좍 깔렸다. 육로든 수로든 모든 길에서 엄중한 검문이 이루어졌고 서성과 정봉이 지휘하는 부하 3000명이 요충지를 지키는 판국이다.

"아아, 더는 안 된다. 앞에는 오나라 군사들이 포진했다. 진퇴양난이로구나."

현덕이 통탄하자 조운이 위로하는 말을 건넸다.

"아닙니다. 군사가 준 주머니에는 이때를 위한 비책이 들어 있었습니다."

조운은 현덕 귓가에 대고 소곤거렸다. 그 말을 들은 현덕은 한 가닥 희망을 되찾고 부인이 탄 수레로 다가가, 눈물을 흘리며 연기했다.

"부인, 부인. 함께 예까지 왔으나 현덕은 결국 이곳에서 자결해야만 하오. 당신은 이번 생에는 연이 없었던 것으로 하고 오나라로 돌아가시오. 저승에서 다시 만납시다."

손 부인은 수레 안에서 눈물이 가득한 얼굴을 내밀며 깜짝 놀란 표정을 지었다.

"다시 오나라로 돌아갈 생각이었다면 예까지 함께 오지도 않았어요. 왜 그런 말씀을 하시나요?"

"오후가 보낸 추적자가 앞뒤로 몰려오는데다 주유도 호응하여 모든 길을 막아버렸소. 치욕스럽게 붙잡힐 바에는 차라리 지금 자결하는 편이 낫겠소."

이때 서성과 정봉이 수하를 이끌고 그곳에 달려왔다. 손 부인은 다급히 현덕을 수레 뒤에 숨기고 아무 일도 없다는 듯 태연자약하게 수레에서 나왔다.

"게 달려온 자는 누구인가. 만일 주군 누이에게 손가락질이라도 하는 날에는 반나절도 되지 않아 모군이 그대 목을 칠 터."

마치 방울이 울리는 것처럼 청명하고 날카로운 목소리다.

"오, 오 매군이 아니십니까?"

서성과 정봉은 부지불식간에 땅에 꿇어앉았다.

이 여성이 주군 일족일 뿐만 아니라 성격도 범상치 않음을 오나라 신하들은 익히 알았다. 그냥 알 뿐만 아니라 사내 못지않은 늠름한 기상과 모공과 손권을 움직이는 영향력 탓에 일종의 두려움마저 품었다.

"정봉과 서성 아닌가."

"그렇습니다."

"무기를 든 병사를 이끌고 주군 수레에 다가오다니, 반역자나 할 일이오. 물러나시오!"

"하오나 오후께서 내리신 명령이며, 주 도독께서 지시한 일입니다."

"그깟 주유가 뭐라는 말이오. 주유가 지시하면 그대들은 모반도 서슴지 않을 거요? 손권 오라버니와 나 사이 일은 남매간일이니 가신이 함부로 나설 자리가 아니오."

"아닙니다. 매군께 위해를 가하려는 의도는…. 그저 현덕을…."

"말을 삼가라! 그분은 한나라 황숙이며 지금은 내 부군이다. 우리는 모공께 허락을 받고 천하 앞에서 당당히 혼례를 치렀다. 너희 같은 필부가 손가락으로 가리키기만 해도 결단코 용서치 않으리라."

아름다운 눈썹과 붉은 눈꼬리를 치켜세우고 손 부인은 허리에 찬 작은 검을 보이며 칼자루에 손을 댔다.

"진정하십시오…. 부디 분노를 가라앉히소서."

깜짝 놀란 서성과 정봉은 손사래를 치며 손 부인을 말렸다.

2

손 부인은 귀 기울이지 않았고, 분노를 누그러뜨릴 기색도 없었다. 결국에는 서성과 정봉을 호되게 꾸짖었다.

"너희는 하나같이 주유만 두려워하는구나. 당장 일어나 주유에게 가 방금 내가 한 말을 전하라. 만약 주유가 명에 따르지 않았다며 너희를 벤다면, 내 직접 이 검으로 주유를 벌하겠다!"

서성도 정봉도 손 부인이 내뱉는 격한 말투에 승복했다. 손 부인은 이 모습을 보고 수레 안에 들어가며 명했다.

"자, 가라. 어서 말을 재촉하라."

현덕도 말 위에서 엎드린 채 달려갔다. 병사 500명도 우르르 그 자리를 뜰 듯이 떠났다. 정봉과 서성은 이 모습을 물끄러미 지켜보았으나 조자룡이 날카로운 눈빛으로 끝까지 버텨 차마 쫓아갈 엄두를 내지 못했다. 결국, 현덕 일행을 놓치고 2~3리 정도 터덜터덜 돌아왔다.

"이보게, 무슨 일인가?"

멀리서 장수 둘이 말을 걸터타고 달려와서는 말을 걸어왔다. 오후가 내린 명령으로 대군을 이끌고 뒤쫓아 온 진무와 반장이다.

"사실은 이러이러해서 현덕을 놓쳤습니다. 상대는 오후 매군이며 우리는 그 신하니, 꾸지람을 듣고 어쩔 수 없이…."

"뭐라? 놓쳤다? 어찌 이리 유약할 수가…. 따라와라. 매군이 쏟아내는 질타가 무엇이 두렵단 말이냐. 우리는 오후께서 직접 명하여 이곳에 왔다. 거역한다면 매군 목을 베서라도 명에 따라야 하거늘!"

하여 장수들은 뽀얀 흙먼지를 일으키며 말을 내달렸다.

앞서 떠난 현덕과 손 부인 일행은 장강 기슭을 따라 서둘러 달렸지만, 또다시 불러 세우는 자가 있어 그 자리에 멈춰 설 수밖에 없었다.

손 부인은 다시 수레에서 내려 쫓아온 장수들을 기다렸다. 손 부인의 모습을 보더니 진무 이하 네 장수는 말을 타고 부인이 서 있는 곳으로 달려왔다.

"지금 그 무례한 태도는 대체 무엇이냐! 당장 말에서 내리지 못할까!"

부인이 너무도 당당하게 꾸짖자 네 사람은 부지불식간에 말에서 뛰어내렸다. 그러고는 차수의 예를 올리며 서 있었는데, 부인은 새하얀 손가락으로 네 사람을 가리키며 쩌렁쩌렁하게 소리쳤다.

"너희는 산적이나 도적이냐. 오후 신하가 이리 무례할 리가 없다. 주군 누이에게 어떤 예를 갖추어야 하는지 모른단 말이냐? 당장 엎드려라. 자리에 꿇어앉아 배례하지 못하겠느냐!"

아름다운 부인이 추상같이 예법을 들이대며 꾸짖자, 장수 넷은 어쩔 수 없이 땅바닥에 엎드리고 손을 머리 위로 올리며 최대한 정중하게 예를 올렸다.

부인은 그제야 조금 분노를 누그러뜨리며 물었다.

"대체 무얼 하러 또 왔느냐?"

주눅이 든 반장이 가까스로 답했다.

"마중하러 나왔습니다."

부인은 고개를 절절 저었다.

"오나라로는 돌아가지 않을 것이다."

"오후께서 직접 명하셨습니다."

"우리는 모공께 허락을 받고 성에서 나왔다. 효성이 지극한 오라버니께서 어머님 뜻을 거역할 리가 있겠느냐. 너희는 뭔가 말을 잘못 들은 것이다."

"아닙니다. 오후께서는 목을 베어서라도 데려오라고 엄명했습니다."

"목을?"

"…."

"지금 내 목을 베겠다고 했느냐?"

"아닙니다. 잘못 말했습니다. 매군이 아니라 현덕을…."

"말을 삼가라!"

"예!"

"부부인 이상 내 몸에 칼을 대는 일이나 내 부군께 칼을 대는 일이나, 둘 다 주군 일족을 해하는 일. 만에 하나라도 그리 해보아라. 설사 우리 부부는 예서 목숨을 잃더라도 조운이 너희를 살려 보내지 않을 터. 살아 돌아간다 한들 오나라에 계신 모공께서 너희를 가만히 두시겠느냐?"

"…."

"자, 일어서라. 그럴 각오라면 모든 창이든 들고 나와 내 앞에 서봐라."

대장 넷은 그 누구도 감히 일어서지 못했다. 어느새 주변에 현덕 모습은 보이지 않았고 조운만이 눈을 부라리며 손 부인 곁을 지키는 게 아닌가.

3

현덕을 추격한 대장 넷은 허무하게 손 부인이 탄 수레가 떠나는 모습을 말끄러미 바라봤다. 이때도 조운은 군사 한 무리를 데리고 끝까지 네 사람 앞에 버텨서, 대장들은 무기를 들기는커녕 잡담할 여유조차 없었다.

"아쉽군."

"저 여장부를 어찌 이기겠나."

별수 없이 네 사람은 왔던 길로 터덜터덜 되돌아갔다. 그러고는 10여 리 왔을 때쯤 군마 한 떼가 눈에 띄었고 군마를 이끌던 장수 둘이 당당하게 말을 걸어왔다.

"현덕은 어느 쪽으로 갔는가?"

"손 부인은 어디 계시나?"

그 모습을 보아하니 오나라 장흠과 주태다.

면목이 없다는 듯이 진무가 입을 열었다.

"도저히 안 됩니다…."

"뭐가 안 된단 말이냐?"

"쫓아가서 잡으려 했으나, 손 부인이 이르기를 모공께 허락을 받고 성에서 나왔으니, 모공께서 내리시는 명이 아니면 돌아가지 않겠다고 합니다."

"말 한번 잘하시는군. 왜 반박하지 않았나? 우리는 오후께서 직접 내린 엄명을 받지 않았느냐."

"오후는 매군 오라버니입니다. 신하 주제에 남매간 일에 참견하지 말라며 들은 척도 하지 않았습니다."

"그러고서 어찌 추적 임무를 다하겠느냐? 여차하면 현덕도 매군도 목을 베면 되지 않겠느냐. 이걸 봐라. 주군은 직접 내게 검을 맡기며 그 둘을 놓아주지 말라고 하셨다!"

"아니, 주군께서 쓰시던 검입니까?"

"물론이다. 아마도 현덕 일행은 태반이 보병일 것이다. 말을 타고 달리면 금방 다시 따라잡을 터. 서성과 정봉은 먼저 가서 주유 도독께 상황을 알리고, 배를 띄워 물길을 막아달라고 청하라. 우리 넷은 육로로 현덕을 뒤쫓는다. 반드시 시상 부근에서 그물에 걸린 고기 신세가 되리라."

시시각각으로 닥쳐오는 위험 속에서 현덕과 손 부인이 탄 수레는 길을 서두르고 서둘렀다.

시상성이 보였으나 먼 길로 우회하면서 강변을 주욱 따라갔다. 이윽고 일행은 유랑포(劉郞浦)라는 어촌에 당도했다.

"배는 없느냐?"

"배는? 배는 어딨는가?"

현덕도 조운도 발을 동동 굴렀다.

어촌인데도 배 1척 보이지 않았다. 게다가 한쪽은 하늘 가득히 강물이 흘러넘쳤고 다른 한쪽은 만(灣)이 저 멀리 산기슭까지 이어진 모습이다. 어느 쪽이나 배가 없으면 더는 나아갈 방도가 없었다.

"조운, 조운."

"예, 주군."

"드디어 호랑이 아가리에 빠졌구나. 우리가 맞이할 최후가 가까이 다가온 모양이다."

"실망하기엔 이릅니다. 지금 비단 주머니 중 마지막 하나를 열어보았습니다. '유랑포에서 갈대와 물억새가 답하리라. 너른 강물과 거센 파도가 잠시 앞길을 가로막으나 절망하지 말지어다. 부서진 수레와 땀 흘리는 말은 이곳에서 임무를 다하고 배 1척과 만나리라….' 이렇게 쓰여 있습니다. 짐작건대 군사는 계책을 마련해놓았을 겁니다. 너무 걱정하지 마십시오."

조운이 위로했으나 현덕은 묵묵히 잿빛 하늘과 물을 바라볼 뿐이다. 수레 안에 있는 부인에게 말도 걸지 못하고 우울하게 그저 서 있기만 했다.

해 질 무렵 갑자기 산기슭 쪽 구름이 움직이더니, 북소리와 징 소리가 물위로 울려 퍼지는 게 아닌가. 이는 현덕을 쫓아온 오나라 대군이 내는 소리다!

"오오, 어찌해야 하는가!"

현덕은 그 어느 때보다 마음을 졸였다.

손 부인은 각오를 다지며 수레에서 뛰어내렸다.

"와!"

함성과 화살 떨어지는 소리가 가까이에서 다가왔다. 대단히 수가 적은 현덕 부하들은 이미 낯빛이 파랗게 질렸고 사방으로 도망치기 직전이다.

그때 갑자기 유랑포 만 둔치에 있는 드넓은 갈대밭에서 살랑대는 소리가 들려왔다. 자세히 보니 갈대와 물억새 사이에서 돛을 달고 노를 젓는 쾌속선 20여 척이 돌연 나타났다. 배가 이쪽 기슭에 닿자마자 안에서 사람이 나와 손을 휘두르며 다급하게 현덕 일행을 부르는 게 아닌가.

"어서 타십시오. 빨리, 빨리!"

"황숙, 서두르십시오."

외치는 사람 중에 도복 차림을 한 인물이 눈에 띄었다. 그 사람이 누구인지 머리에 쓴 윤건을 보고 단번에 알 수 있었다. 바로 제갈공명이다.

주유, 쓰러지다

1

공명이 데리고 온 형주 수군은 상인 차림이다. 현덕과 손 부인, 수행원 500명을 태우자 단숨에 돛을 펴고 노를 저어 만을 벗어나기 시작했다.

"거기 가는 배, 멈춰라!"

뒤늦게 도착한 오나라 군사가 강기슭을 빽빽이 둘러쌌다.

공명은 갑판에서 오군을 가리키며 지적했다.

"이미 우리 형주는 하나의 나라다. 나라와 나라 사이에 간계를 꾸미는 것도 좋으나, 미인계로 사람을 유인하는 계책은 유치하고 치졸하다. 그대들은 오나라로 돌아가 주유에게 가서 두 번 다시 이런 과오를 저지르지 말라고 전하라."

일순간 수많은 배에서 웃음소리가 터져 나왔다.

이에 답하듯 강기슭에서는 화살을 비처럼 쏘아댔지만, 모두 강 위에 떨어져서 지푸라기처럼 힘없이 흘러가 버렸다.

하지만 강 위를 몇 리쯤 가다가 문득 하류를 보니, 순풍을 타고 빠른 속도로 다가오는 병선이 100척가량 눈에 띄었다. 중앙에 '수(帥)'라는 글자가 쓰인 깃발이 보였고, 대도독 주유가 지휘하는 배로 보였다. 왼쪽에는 황개 깃발, 오른쪽에는 한당 깃발이 달린 배가 있어서 마치 봉황이 날개를 편 듯한 진형으로 쫓아왔다.

"앗, 오나라 대함대다."

현덕을 비롯하여 사람들 얼굴에서 핏기가 가셨다. 그러자 공명은 수하에게 배가 나아갈 진로를 일일이 지시했다.

"진작 예측한 바입니다. 놀라실 것 없습니다."

공명은 재빨리 배를 강기슭에 대어 육로로 도망쳤다.

당연히 오나라 수군도 배를 버리고 뭍으로 올라왔다. 황개, 한당, 서성 등 다들 날듯이 말을 달렸다.

물론 주유도 그 사이에 끼어 있었다.

"이곳은 어디쯤이냐?"

주유는 수하에게 물었다.

"황주 경계 부근입니다."

서성이 답했을 때다.

홀연히 북소리가 주위 정적을 깨뜨렸다.

이와 동시에 군마 한 떼가 산그늘에서 뛰어나왔다. 살펴보니 현덕 의형제 관우다. 순식간에 82근짜리 청룡언월도가 주유 몸에 닥쳐왔다.

"아니! 적이 미리 대비한 모양이군."

주유가 황급히 물러나려는 찰나.

"내가 바로 황충이다."

"위연을 모르는 이가 있느냐."

왼쪽 계곡에서, 오른쪽 산봉우리에서 각각 때를 기다리던 용감한 병사들이 하나둘 뛰어나와, 혼란에 빠져버린 주유의 허를 찔렀다.

오나라 장병은 제대로 한번 싸워보지도 못하고 잇달아 스러져갔다. 주유는 상륙했던 곳까지 말을 타고 내달려 황급히 배에 올라탔다. 이때 이미 먼 곳으로 도망친 줄 알았던 공명이 홀연히 한 무리 병사를 이끌고 강기슭에 모습을 드러내어 우렁찬 소리로 읊었다.

주유의 묘책은 천하제일
부인을 바치고
병사도 잃었네

이 말을 두 번이나 되풀이하고는 일제히 와! 하고 비웃으니, 주유는 벌컥 화를 낼 수밖에 없었다.

"네 이놈! 이리된 이상 육지로 돌아가 다시 한번 싸워야겠다. 제갈량, 게서 기다려라."

주유는 발을 동동 구르며 배를 강기슭에 대라고 소리쳤으나, 황개와 한당 등이 보기에 아군은 거의 전사했고 남은 군사도 대부분 전의를 잃은 상황이었다.

"지금은 참아야 합니다."

주위 장수들은 발버둥치는 주유를 말리는 한편 이물에 있는 자에게 명했다.

"돛을 펴라. 어서 배를 강 한복판으로 몰아라."

주유는 여전히 피눈물을 철철 흘리며 외쳤다.

"으아, 분하고도 원통하도다. 이리 치욕을 당하다니…. 이런 결과를 가지고 어찌 대도독 주유가 다시 오나라 땅을 밟을 수 있겠는가. 염치없이 오후를 뵐 수 있단 말인가. 이토록 부끄러운 일이 또 있을까!"

이를 빠득빠득 갈더니, 입에서 컥 하고 새빨간 피를 토하며 썩은 나무처럼 갑판에 쓰러져버렸다.

2

"도독, 주 도독."

"정신 차리십시오."

오나라 장수들은 주유의 몸을 안아 일으키며 좌우에서 비통하게 소리 질렀다.

잠시 후 주유는 겨우 가늘게 눈을 떴다.

"배를…. 배를 오나라로 돌려라."

꺼져가는 듯한 목소리다.

장흠과 주태는 병들어 쓰러진 주유를 호위하며 시상까지 겨우 돌아왔다.

주유는 분한 마음을 억누르며 다시 병상에 누워야 했다.

한편, 이 결과를 들은 오후 손권은 분노를 풀 데가 없었다.

"어떻게 복수할까…."

밤낮으로 현덕을 증오해 마지않았다.

그러던 차에 병으로 몸져누운 주유가 또다시 장문의 서간을 보내왔다.

주군
하루빨리 군비를 강화하여 형주를 치십시오.

젊은 손권은 굳이 격려하지 않아도 투지가 넘쳐흘렀다. 즉시 형주를 치기 위해 군의(軍議)를 열고자 움직였다.

"무슨 연유로 급히 군의를 열려 하십니까?"

이 소식을 들은 중신 장소는 바로 손권에게 간언했다.

장소는 처음부터 평화주의자라기보다는 신중함을 중시하는 문치파(文治派)다.

"지금 적벽에서 당한 치욕을 갚겠다고 조조가 밤낮으로 군대를 재정비한다는 사실을 잊으셨습니까? 조조가 지금 당장 대군을 이끌고 쳐들어오지 않는 이유는 힘이 없어서가 아닙니다. 오나라를 두려워해서도 아닙니다. 오나라와 현덕이 손을 잡는 일을 두려워해서입니다. 만약 오나라가 현덕을 공격하여 양군 간에 전면전이 벌어지면, 조조는 때가 됐다면서 위나라 전군을 이끌고 쳐들어올지도 모릅니다."

"어찌해야 좋겠소?"

"이 일을 논하기 전에, 꼭 해야 할 일이 있습니다."

"무엇이오?"

"현덕이 조조와 화친하지 않게끔 조치를 취해야 합니다."

손권의 낯빛이 조금 바뀌었다.

"현덕이 설마 조조와 손을 잡겠소?"

"당연히 있을 법한 일입니다. 그럴 리가 없다고 얕잡아보다가는 가능성이 더 짙어집니다."

"음, 미리 방지해야만 하오."

"다른 어떤 일보다 애바쁜 문제입니다. 제가 보기에 오나라에도 조조가 세작을 적잖이 심어두었을 테니, 이미 허도의 조조는 주군께서 현덕과 사이가 좋지 않다는 사실을 간파하였을 것입니다. 조조는 기회를 잡는 일에 능하니, 어쩌면 이미 사자를 보내 현덕을 회유할지도 모릅니다. 지금 당장 시급히 대책을 마련해야 합니다."

"으음. 하루아침에 현덕과 위나라가 동맹을 맺으면 오나라에 큰 위협이 될 터. 이를 막기 위한 방책은 있소?"

"당장에라도 도읍에 사자를 보내 조정에 표문을 올려서 현덕을 형주 태수로 천거하십시오."

"…."

손권은 아무래도 거북한 모양이다.

장소는 쉴 새 없이 젊은 주군을 설득했다.

"외교란 인고와 인내를 닦아야 할 수 있는 길입니다. 현덕이 출세하게 도우십시오. 물론 견디기 어려우시겠지만 효과는 어마어마합니다. 그러면 조조는 오나라와 현덕 사이를 이간질하지 못할 터. 현덕도 주군에게 은혜를 느껴서 오나라를 원망하지 않게 될 것입니다. 일단 정세를 바로잡는 한편 세작을 이용해 서서히 조조와 현덕을 이간질하여, 현덕이 지쳤을 때를 노려 형주를 빼앗으면 어떻겠습니까?"

"우리 군에 적지로 가서 그런 계책을 능히 수행할 만한 인재가 있는가?"

"있습니다. 평원 사람으로 이름은 화흠(華歆), 자는 자어(子魚)라는 자입니다. 조조가 아끼던 인물이니 적임입니다."

"당장 부르시오."

손권은 장소가 간언하는 대로 따르기로 결정했다.

봄에 문무를 겨루다

1

원소가 이끌던 기북(冀北) 강국이 멸망한 지 올해로 9년째, 새 질서가 사람과 문화를 지배했다. 그래도 가을이 가면 겨울이 오고, 겨울이 지나면 봄이 찾아오는 사계가 만들어내는 풍물만은 변함이 없었다.

때는 건안 15년 봄.

업성(鄴城, 하북성河北省) 동작대(銅雀臺)는 햇수로 8년에 걸친 대공사 끝에 낙성되었다.

"축하 잔치를 성대하게 열자."

조조는 힘차게 허도를 나섰다.

동시에 공사가 다 끝났다는 연락을 보내 각지에 있는 대장과 문무백관을 축하 잔치에 초청했다. 하여 업성에 찾아온 봄은 수레와 금빛 안장으로 가득 찼다.

이 장하(漳河) 옆에 세운 성루 이름이 '동작대'인 건, 9년 전 조조가 북벌로 점령했을 때 땅속에서 청동으로 만든 참새를 파낸 일에서 유래했다.

성에서 바라보았을 때 왼쪽 누각을 옥룡대(玉龍臺), 오른쪽 누각을 금봉대(金鳳臺)라 이름 지었다.

둘 다 높이가 10여 장이나 되는 높다란 건물이다. 건물 사이에는 무지개같이 생긴 아치형 다리를 놓아서 옥룡대와 금봉대를 서로 오갈 수 있게 연결했고, 주변에 있는 수많은 건물에도 각각 후한 문화의 정수와 예술을 고스란히 담아냈다. 금빛 벽과 은빛 마당은 눈부시게 빛났고 난간을 장식한 주옥(珠玉)은 보는 사람마다 감탄을 자아냈다.

"이 세상이 맞나? 사람 사는 건물이 맞을까?"

구경하는 사람들이 넋을 잃을 정도였다.

"그런대로 내 마음에 드는군."

자고로 영웅은 토목 공사를 좋아한다는 말이 있다.

이날 조조는 칠보금관(七寶金冠)을 쓰고 녹색 비단옷을 입었으며 옥대에 황금 태도를 차고 발에는 걸을 때마다 찬란히 빛나는 주리(珠履)를 신었다.

"규모가 장대하고 장식이 화려하니 말로 다 표현할 수 없습니다."

문무백관은 조조 아래에서 시립했다. 그러고는 만세를 외치고 다 함께 잔을 높이 들어 축하했다.

"이 좋은 날에 재밌는 놀거리가 없을까."

조조는 잠시간 고민하다가 이윽고 좌우에 명하여 평소 아끼던 붉은 비단 전포를 정원에 있는 키 큰 버드나무 가지에 걸었다. 그러고 나서 무관들에게 일렀다.

"각자 활 솜씨를 뽐내봐라. 버드나무에서 100보 떨어진 곳에서 전포의 붉은 가슴 부위를 맞춘 자에게는 저 전포를 상으로 내리겠다. 원하는 자는 나와서 누구든 도전하라."

"알겠습니다."

선수로 자원한 이들은 버드나무를 향해 두 줄로 늘어섰다. 조 씨 일족은 홍포를, 그 밖의 장수는 녹포를 입었다.

선수는 다 같이 말을 걸터타고 조궁(彫弓)을 든 채로 신호를 기다렸다.

그러고는 조조는 말을 이어 나갔다.

"만약 맞추지 못하면 벌로 장하에 흐르는 물을 배부르게 실컷 마셔야 한다. 자신 없는 자는 지금 물러나서 벌칙대로 물을 마셔라."

아무도 물러나지 않았다.

말은 힘이 넘쳤고 사람들은 의기가 드높았다.

"좋다!"

조조가 신호를 보내자 징과 북이 울렸다. 바로 한 사람이 말을 달리며 화살을 시위에 메겼다.

그 사람은 조조 조카로 이름은 조휴(曹休), 자는 문열(文烈)이라는 젊은 무사다. 말을 내달려 정원 잔디밭을 3바퀴 돌더니 버드나무 100보 앞에서 멈추고, 활을 힘껏 당겨 쏘았다.

보기 좋게 화살은 과녁에 맞았다.

"아아! 맞았다, 맞았어."

감탄하는 소리가 곳곳에서 터져 나왔고 박수 소리가 끊이지 않았다.

그사이에 근시(近侍)가 버드나무로 달려가 조휴에게 주기 위해 붉은 전포를 내리려는 순간.

"잠시 기다려라. 승상께서 내리시는 상을 그 일족이 받아서야 되겠는가. 내가 받아 마땅하도다."

빠르게 말을 걸터타고 잔디밭을 내달리는 이가 있었다. 다름 아닌 형주 출신 장수로 이름은 문빙(文聘), 자는 중업(仲業)이다.

2

문빙은 말등자를 딛고 일어섰다. 눈썹까지 활시위를 잡아당겼다.

화살이 피웅 날아갔다.

그러자 징과 북이 울리며 탄성이 터져 나왔다.

"맞았다! 맞았다! 버드나무에 걸린 홍포는 내가 받겠다."

큰 소리로 문빙이 말하자마자 달려 나온 사람이 있었다.

"어디서 꽃가지를 꺾어 가려 하느냐. 전포는 이미 소장군(小將軍)이 쏘아 맞히지 않았더냐. 내 솜씨를 보고 나서도 큰소리 칠 수 있겠느냐?"

조조의 종제 조홍이다.

굵은 활을 힘껏 당겨 휭 하는 소리와 함께 화살을 날렸다.

이번에도 보기 좋게 전포 가슴을 정확하게 맞췄다.

진마다 징 소리와 북소리가 울려 퍼졌고, 탄성과 찬사가 잇달았다. 관중도 선수도 열광했다.

그러자 또 한 사람이 말을 걸터타고 나와 사방에 위풍을 당당하게 떨쳤다.

"문빙 솜씨 따위는 아이들 장난 같구나."

바로 하후연이다. 번개같이 말을 달리더니 몸을 돌려 뒤를 향해 화살을 쐈다. 화살은 앞서 세 사람이 쏜 화살 한가운데 맞았다.

하후연은 화살을 쫓아서 버드나무 아래로 달려갔다.

"이 전포는 내가 감사히 받겠다."

전포를 향해 손을 뻗었다.

"잠깐! 멈춰라!"

누가 목청껏 소리를 지르며 기세 좋게 활을 쐈다.

이번에는 서황이다.

"앗!"

사람들은 두 눈이 휘둥그레졌다. 서황은 버드나무 가지를 쏘아 맞힌 것이다. 버들잎과 함께 붉은 전포가 나풀나풀 땅에 떨어졌다.

서황은 말을 달리며 전포를 낚아챈 다음 등에 걸친 채로 돌아와서 누각 위에 있는 단을 향해 외쳤다.

"승상께서 하사하신 전포, 감사히 받겠소이다."

"황당하군."

사람들이 어이없다는 표정으로 시끌벅적 떠들 때, 단 아래에 서 있었던 여러 장수 중 허저가 달려 나갔다. 허저는 다짜고짜 서황의 활을 잡더니 서황을 말 위에서 끌어 내렸다.

"무슨 행패냐?"

"무슨 소리! 아직 승상께서 허락하신 건 아니다. 그 전포를 누가 가질지 힘으로 결판내자."

"난폭한 놈."

"내놔라. 어서 내놓으란 말이다."

결국 두 사람은 서로 뒤엉켜 구르며 몸싸움을 벌였다. 싸우는 와중에 비단 전포도 갈기갈기 찢어지고 말았다.

"그만! 그만하라."

조조는 누대 위에서 쓴웃음을 지으며 명했다.

조조는 엄숙하게 퇴각을 알리는 징을 울린 다음 그 두 사람을 비롯하여 활 솜씨를 뽐낸 장수들을 불러 모았다.

"홍(紅)과 녹(綠) 양편 모두 우열을 가리기 어렵구나. 평소에 얼마나 무예 수련에 힘썼는지 잘 보았다. 그대들이 기울인 노력을 앞에 두고 그깟 비단 전포 1벌을 아까워하겠느냐."

조조는 기분 좋게 촉강(蜀江)에서 난 비단을 각각 1필씩 하사했다. 그러고는 여흥을 재촉했다.

"자, 위계에 따라 자리에 앉아라. 술잔을 가득 채워라!"

3

그때 악사들이 일제히 곡을 연주하기 시작했다. 하늘에는 구름이 갈라지고 땅에는 장하 물이 답할 것만 같았다.

산해진미가 자리 사이사이에 마련되었고 술이 넘쳤다. 단 아래위에서 끝없이 잔을 들이켜며 봄을 만끽했다.

"무부(武府) 장수들은 활 솜씨를 겨루어 단련한 성과를 증명했다. 문부(文部)도 글솜씨를 뽐내어 이 성대한 모임을 기념해야 하지 않겠느냐."

술이 한창일 때 조조가 제안했다.

우레 같은 박수가 쏟아졌다. 이름은 왕랑(王朗), 자는 경흥(景興)이라는 자가 문관 자리에서 맨 먼저 일어났다.

"명에 따라 동작대를 소재로 한 수 지어보았습니다. 황송하오나 이 자리에서 읊어보겠습니다."

동작대 드높으며 도읍은 번창하네
물은 맑고 산은 빼어나 빛을 겨루네
검 삼천 자루가 황도(黃道)를 달리며
백만 군대가 궁궐에 나타나네

왕랑은 낭랑하게 시를 읊었다.

"잔째로 가져가거라."

조조는 입이 귀밑까지 찢어지더니 특별히 아끼는 잔에 술을 따라 하사했다.

왕랑은 술을 들이켜고 잔은 소맷자락에 쏙 넣은 뒤 물러났다. 문관과 무관이 열화같이 환호했다.

또 한 사람이 시를 종이에 적더니 일어섰다. 동무정후(東武亭侯) 시중상서(侍中尙書) 직책을 맡은 자로, 이름은 종요(鍾繇), 자는 원상(元常)이다.

원상은 예서(隷書)를 쓰는 실력이 당대 최고라는 인물이다.

그 자리에서 칠언팔절(七言八絶) 형식으로 시를 지었다.

> 동작대 드높으며 하늘과 맞닿았네
> 멀리 살피면 오랜 산천이 두루 보이고
> 난간은 굽어 있어 밝은 달이 걸치네
> 창호는 영롱하고 보랏빛 연기가 자욱하네
> 한조의 가풍(歌風)은 허무하게 축을 울리고
> 정왕(定王)의 희마(戲馬)는 함부로 채찍을 맞네
> 주인의 성덕은 요순과 같으니
> 바라건대, 오랫동안 평화를 즐기세

"걸작이다."

조조는 칭찬을 금치 못했다. 원상에게는 벼루를 하나 상으로 내렸다. 박수, 음악, 예찬 소리가 단 아래위에서 쏟아져 나왔다.

"아아, 귀한 신하가 이토록 많다니…."

조조는 주변 이들에게 술회했다. 하지만 반성도 잊지 않았다.

"만약 내가 없었으면 각지에서 반란이 끊이지 않았을 테고, 원술처럼 황제를 참칭하는 자들이 속출했을 것이다. 다행히 나는 원소와 유표를 토벌하고 승상 지위에 있다. 어떤 이는 내가 천하를 찬탈할 야심이 있다고 이야기할지도 모른다. 어릴 적에 〈악의전(樂毅傳)〉을 읽어보니 조왕(趙王)이 군사를 일으켜 연(燕)나라를 치려 했을 때, 악의는 땅바닥에 엎드려 빌며 말했다. '신(臣)은 그 옛날 연왕(燕王)을 모신 적이 있습니다. 비록 연나라를 떠난 몸이나, 여전히 주군을 걱정하듯 연왕을 걱정합니다. 차라리 죽을지언정 불의한 싸움은 하지 않겠습니다.' 악의는 이리 말하며 울었다고 한다. 〈악의전〉 그 구절은 어린 시절 마음속 깊이 배어들어 지금도 잊지 못한다. 내가 부중(府中)에서 재상 자리에 있으면서 전장에 나가 병마를 지휘하며 각지에서 일어난 난을 진압하는 이유도, 이러지 않으면 사방을 둘러싼 폭적이 권력을 얻어서 백성은 언제까지고 전쟁이라는 고통에서 벗어나지 못할 것이며, 질서가 무너져 무법천지가 되어 한조가 멸망할 것을 우려해서다. 아무쪼록 문무백관은 이 뜻을 헤아렸으면 한다."

조조는 다시 술을 몇 잔 벌컥벌컥 들이켜더니 점점 취기가 도는 듯했다.

"붓과 벼루를 가져오라."

조조도 즉흥으로 시를 지어 종이에 적어 내려갔다.

　누각에 올라 혼자 걸으며
　만 리 산하를 내려다보네

두 구절을 적었을 때 갑자기 파발꾼이 급전을 가지고 들어왔다.

4

"급무를 소홀히 할 수는 없다."

비록 큰 연회가 한창일 때였으나 조조는 즉시 파발꾼을 계단 아래로 불러들였다.

"무슨 일이냐?"

허도에서 온 전갈이다.

"상부(相府)에서 보낸 문서입니다."

파발꾼은 먼저 관청 문서를 조조에게 올린 다음 다급한 목소리로 보고했다.

"승상께서 호북에 납신 후에 강남 세작이 잇달아 변고를 알려왔습니다. 오나라 손권은 화흠이라는 자를 사자로 보내서 현덕을 형주 태수로 추천하는 표문을 천자께 올렸습니다. 이는 사후 승낙을 구하는 내용입니다. 그뿐만 아니라 손권은 옛 원한을 버리고 누이동생을 현덕에게 시집보내고, 혼인 예물로 형주 9군 대부분을 현덕에게 양보했다고 합니다. 다시 말해 현덕과 손권 두 사람이 결탁했으니 당연히 우리 위나라에 적지 않은 영향을 끼칠 것입니다. 허도 부중에서는 다들 이를 우려하여 승상께 급한 전갈을 보낸 것이옵니다."

"뭐라? 손권 누이동생이 현덕 부인이 되었다?"

조조는 들고 있던 붓을 무심코 떨어트렸다.

이 소식에 어찌나 놀랐는지 조조는 손발을 뻗은 채 망연자실하며 하늘에 떠가는 구름을 한동안 바라보았다.

정욱이 붓을 주우며 걱정했다.

"승상, 어쩐 일이십니까? 적군에게 포위당하여 화살과 돌을 맞는 동안에도 늘 침착하셨던 승상께서 어찌 이토록 놀라시는지…."

"정욱, 어찌 놀라지 않겠느냐. 현덕은 인중지룡(人中之龍)이다. 현덕은 평생 물을 얻지 못해서 여태까지 웅덩이 속 미꾸라지 신세였지만, 이제는 형주를 얻었으니 용이 물과 만나 바다로 나간 것과 같다…. 어찌 놀라지 않겠는가."

"그야말로 맑은 하늘에 낀 먹구름 같은 일입니다. 손권이 짠계책을 되받아칠 방도는 없겠습니까?"

"물과 용을 떼어놓기 어렵듯, 한번 이어진 관계를 끊기는 쉽지 않을 터."

"저는 험난한 일이라 여기지 않습니다. 손권과 현덕은 물과용처럼 서로 잘 맞는 관계가 아닙니다. 오히려 손권은 현덕을증오하는 마음이 크고 어떻게든 현덕을 속이려는 기색이 보입니다. 아마도 이번 혼례에도 뭔가 석연치 않은 사정이 있을 것입니다. 물과 용 사이를 이간질하여 서로 싸우게 만들 방법이전무하지는 않습니다."

"들어보자. 어떤 방법이 있느냐?"

"손권이 가장 의지하는 인물은 주유고, 중신 중 손권이 가장신뢰하는 사람은 정보입니다. 승상께서는 허도로 돌아가신 다음 오나라 사신 화흠을 만나 당분간 오나라로 돌려보내지 마십시오."

"그다음에는?"

"천자께 따로 칙령을 청하여 주유를 남군 태수로, 정보를 강하 태수로 봉하십시오. 강하와 남군 모두 현덕이 차지한 땅이니, 이를 오나라 사신 화흠에게 전해도 아마 받아들이지 않을것입니다. 그러므로 화흠에게 관직을 내려서 당분간 조정에 붙

들어두는 한편 주유와 정보에게는 따로 칙사를 보내서 알리십시오. 감격하며 기뻐할 것입니다.

"으음…, 그렇군."

조조는 이미 정욱이 짠 계책이 불러올 결과를 예상하였다.

그날 저녁 조조는 동작대에서 열린 잔치와 장하에 찾아온 봄에 미련을 남기면서도 부리나케 탈것을 마련하여 허도 땅을 밟았다.

그러고는 오나라 사자 화흠에게 대리사소경(大理寺少卿)이라는 관직을 주어 도읍에 머무르게 하는 한편, 칙명을 청하여 정욱이 세운 계책대로 칙사를 오나라로 급파했다.

형주를 오가다

1

주유는 쭉 시상에 머무르며 요양했는데, 갑자기 찾아온 칙사를 맞이하니 뜻밖에도 관직을 하사 받았다. 그러자 주유는 병중임에도 즉시 오후 손권에게 서간을 띄웠다.

천자께서 칙명을 내려 소인을 남군 태수로 봉하셨습니다만, 남군은 이미 현덕이 차지했으니 신은 영토 한 뼘도 얻지 못했습니다. 게다가 현덕은 지금 주군의 매제입니다. 신이 칙명을 따르자니 주군의 친족을 해하는 죄가 되며, 주군을 따르자니 칙명을 거역하는 죄가 됩니다.

부디 소인의 심사를 가엾이 여기시고 현찰하여주시옵소서.

손권은 그 무렵 오나라 남서에 도읍을 두고, 즉시 노숙을 남서로 불러들였다.

"일이 곤란하게 돌아가지 뭐요. 주유가 이런 서간을 보내왔는데, 현덕은 내 매제가 되었다는 핑계로 이제 형주를 오나라에 넘길 생각은 추호도 없을 것이오."

"아닙니다. 촉나라를 얻으면 형주는 반환하겠다는 서약을 맺었고 공명도 보증했습니다."

"그런 허튼소리를 어찌 믿겠소. 신용할 만한 약속이면 걱정하지 않았을 터. 만약 현덕이 평생 촉나라를 얻지 못하면 어찌할 셈이오?"

"황공하오나 게까지는⋯."

"거 보시오. 현덕이 반드시 촉나라를 취한다는 보장이 어딨겠소? 게다가 그 곁에는 공명이 있으니 순순히 형주를 넘길 리가 없소."

"제 책임입니다. 저를 다시 한번 형주로 보내주십시오."

"잘할 수 있겠소?"

"꼭 설득해보겠습니다."

최근 각지에서 싸움은 뜸했으나 정세는 여전히 좋지 않았다. 이대로 천하가 평화로워지리라고 생각하기는 쉽지 않았다.

현덕은 형주를 거점으로 군사 공명을 비롯하여 관우, 장비, 조운 등을 거느리며 밤낮으로 군비를 증강했다. 다음 거사를 준비하기 위해 군사뿐만 아니라 정치, 경제, 교통 등 다른 분야에도 힘썼다.

"군사, 오나라에서 또 노숙이 찾아왔소. 노숙을 만나면 어찌해야 좋겠소."

공명은 현덕에게 방책을 알려주었다.

"만약 노숙이 형주 얘기를 꺼내면 주군께서는 소리 내어 통곡하십시오."

"그다음에는?"

"뒷일은 제가 처리하겠습니다."

곧 노숙이 도착한지라 당상에 불러 상석을 권했다.

"송구스럽소. 어찌 내게 상석을 권하시오."

"사양하실 것까지야…."

"예전이면 모를까 지금은 우리 주군의 매제가 아니시오. 어찌 신하인 제가 상석에 앉겠소이까?"

"그대와는 오랫동안 친분을 쌓았으니, 그리 사양하지 않아도 괜찮소."

"허나 예만은 다해야…."

매사에 올곧은 노숙은 끝내 사양하며 그 옆자리에 앉았다.

답례도 끝나고 용건을 말할 때가 되자 그 겸허함도 모습을 감췄다.

"짐작하셨겠지만, 오후께서 내리신 명으로 제가 다시 이곳에 발걸음 한 이유는 형주를 양도 받기로 한 약속을 상기시키기 위함입니다. 이미 오가(吳家)와 유가(劉家)는 혼인으로 맺어졌으니 한집안 식구나 다름없소이다. 그런 상황에서 형주를 돌려주시지 않는다면 세간에 떠도는 평판도 낮아질 뿐만 아니라 장래를 위해서도 좋지 않습니다. 이번에는 본인 얼굴을 봐서라도 꼭 반환해주십시오."

노숙이 엄중한 태도를 내비치며 말을 꺼내자, 유현덕은 노숙이 말하는 도중에 얼굴을 감싸고 꺼이꺼이 통곡하기 시작했다.

"아니…. 무슨 일이오?"

노숙은 놀라며 현덕이 우는 모습을 망연히 지켜봤다.

2

그때 공명이 병풍 뒤에서 홀연히 걸어 나와 노숙에게 물었다.

"노숙 공, 그대는 황숙께서 어찌 통탄하시는지 그 이유를 아시겠소?"

"모르겠소이다."

"촉나라 유장(劉璋)은 한조 후손이오. 다시 말해 황숙과는 한 핏줄 형제 사이나 다름없소. 만약 아무런 이유 없이 군사를 이끌어 촉나라를 치면 세상 사람들은 침을 뱉으며 부덕함을 욕할 것이오. 그렇다고 형주를 오후에게 내어주면 더는 기거할 나라도 없지 않소."

"알겠소."

노숙은 자리에서 일어나 여전히 울며 괴로워하는 현덕에게 다가가 위로했다.

"황숙, 황숙… 울지 마십시오. 제가 공명과 함께 어떻게든 좋은 방법을 찾아보겠습니다."

노숙이 동정하는 기색을 보이자 공명은 이를 놓치지 않고 정감 어린 말투로 현덕을 위로했다.

"주군, 그리 슬퍼하시면 몸과 마음도 쇠해집니다. 부디 노숙 공의 협기와 의리를 신뢰하시어 마음을 편안히 하십시오. 노숙 공께서는 황숙이 이리도 번민하고 있음을 오후께 잘 전해주시겠소? 그리하시면 오후께서도 화내는 일이 없을 것이오."

노숙은 갑자기 정신을 차린 듯 다급히 손사래를 쳤다.

"잠깐. 또다시 어중간한 대답을 듣고 돌아가면 이번에야말로 오후께서도 어찌할지 알 수 없소이다."

"오후께서는 이미 매군을 우리 주군께 시집보내셨는데, 매군 남편 되는 사람이 괴로워하는 상황을 그냥 두고 보기만 하시겠소? 신하 앞에서야 겉으로는 엄숙하게 약속을 지켜야 한다고 하시겠지만, 속으로는 진심으로 화내지 않을 터."

온후하고 인정 많은 노숙은 그 말을 듣자 더는 반박하지 못했다. 그저 현덕이 처한 처지를 가엾이 여겼을 뿐만 아니라, 주군 마음속에도 일말의 동정심이 있으리라는 생각마저 들었다.

결국, 이번에도 빈손으로 귀국길에 올랐다. 도중에 시상에 배를 대고 하룻밤 묵어가는 김에 주유를 찾아갔다. 주유는 노숙의 얘기를 듣자마자 또다시 공명에게 속았다면서, 노숙이 내놓은 순진한 견해를 비판했다.

"그대에게는 외교관 자질이 전혀 없구려. 그저 인정과 덕이 넘치는 사람일 뿐이오."

주유는 화를 내며 노숙을 바보 취급했다.

"생각해보시오. 유비는 과거 유표의 비호를 받던 때부터 이미 형주를 차지하기 위해 기회를 엿보지 않았소. 마찬가지로 촉나라 유장에게 무얼 거리낄 게 있겠소. 모두 현덕과 공명이 시간을 벌기 위해 꾸며낸 말이 분명하오!"

이윽고 노숙은 안색이 새파래졌다.

오후에게 가서 할 말이 없어졌다.

"다시 한번 형주에 다녀오시오. 오후에게 이번 일을 태연하게 보고했다간 아마 그대는 뼈도 못 추릴 것이오."

주유는 계책을 하나 알려줬다.

'그대는 인정과 덕이 넘치는 인물이지만 정녕 외교관 자질이 없소.'

노숙은 주유에게 이런 말을 들었지만, 이를 불명예로 여기지 않았다. 자신이 가진 성격을 유지한 채 주유가 알려준 비책을 실행하러 다시 형주로 발걸음을 옮겼다.

그러고는 또다시 현덕을 만났다.

"돌아가서 귀공께서 겪는 고충과 제 앞에서 보이신 통곡을 주군 손권께 있는 그대로 말씀드렸소이다. 그러자 주군께서도 동정하시더니, 여러 신하와 협의한 끝에 이런 제안을 하셨소. 아마 황숙께서도 이론이 없을 방안이오…."

그러면서 주유가 생각해낸, 현덕이 차마 거절하기 쉽지 않은 제안을 꺼냈다. 현덕이 촉나라를 취하기 어렵다면 오나라가 대신 대군을 이끌고 직접 촉나라를 치겠다는 내용이다. 이를 위해 오나라 군사가 형주를 통과하게끔 허락하고 다소의 군수 물자를 지원하라는 조건을 내밀었다.

3

현덕은 이의 없이 협력하겠다고 약속했다.

그전에 미리 공명이 언질을 주어 오히려 기쁜 표정을 감추지 않았다.

"오나라 병력으로 촉나라를 취해준다니 이보다 더 고마운 일이 있겠소. 귀국 군사가 우리 영토를 통과함은 지당한 일이니 당연히 허락해야 하지 않겠소. 좋은 결과로 일이 마무리된 것도 귀공께서 몸소 고생해주신 덕분이오."

현덕은 노숙에게 감사의 마음을 전했다.

'이번에야말로 잘됐군.'

노숙도 속으로 몰래 기뻐하며 즉시 시상으로 돌아갔다. 현덕은 그 후에 공명에게 다시 물어보았다.

"오나라 군세로 촉나라를 취하고 이를 내게 주겠다니, 대체 무슨 속셈이겠소?"

"분명 오후 뜻이 아닐 것입니다. 주유가 세운 계략입니다. 불쌍하게도 자기가 세운 책략 덕분에 주유 수명이 다할 때가 더 가까워졌습니다."

"어찌 그렇게 확신하오?"

"분명 노숙은 오나라 도읍 남서까지 갔다 오지 않았을 겁니다. 도중에 시상에 들러 주유와 만나, 주유가 알려준 계책을 가지고 다시 형주에 온 것입니다."

"그렇군. 어쩐지 일수를 헤아려보니 너무 빠르다고 생각하던 참이었소."

"촉나라를 치겠다는 명분으로 형주를 통과하겠다는 제안은 필시 주유 머릿속에서 나온 모략입니다. 형주를 빼앗으려는 심산입니다."

"그리 잘 알면서 왜 군사는 노숙이 해온 요구를 받아들이라고 했는가?"

"때가 무르익었습니다. 걱정하지 마십시오."

공명은 조운을 불러 지시를 내리는 한편, 자신도 앞으로 벌어질 일에 대비하기 시작했다.

한편, 시상의 주유는 어땠을까?

노숙의 보고를 듣고 주유는 손뼉을 치며 기뻐했다. 그러고는 쾌연히 말했다.

"이번에야말로 해냈다. 처음으로 공명을 속였도다!"

노숙은 서둘러 배를 타고 남서로 내려가, 오후와 만나서 자초지종을 보고했다.

"과연 주유로다. 이만큼 지략이 뛰어난 이는 오나라뿐만 아니라 세상 어디에도 없을 것이다. 현덕과 공명의 운명도 여기까지구나."

오후도 주유 생각에 동조하며 즉시 전갈을 보내 주유를 격려하고, 정보를 대장으로 삼아 주유를 돕도록 지시했다.

이때 주유는 금창도 거의 아물어 고름도 나지 않았고, 걸어 다니는 데 아무런 문제가 없을 정도로 회복되어갔다. 해서 갑옷을 입고 직접 전장에 나서기로 용감하게 다짐했다.

감녕을 선군으로, 서성과 정봉을 중군으로, 능통과 여몽을 후군으로 삼아 총합 5만을 수군과 육군으로 편성했다. 주유는 2만 5000명을 이끌고 시상에서 나와 배에 올랐다.

기록에 따르면 그때 주유 심정은 이랬다.

뜻한 바를 이룬다며 몹시 즐거워했고

기쁜 마음으로 소강(溯江) 수백 리를 나아가 하구에 이르렀다.

하구에 도착하자 주유는 지역 관리에게 물었다.

"형주에서 마중 나온 자는 없느냐?"

관리는 머리를 조아리며 답했다.

"유 황숙이 내리신 명에 따라 미축이라는 고관이 들어 있습니다."

머지않아 강나루에서 배 1척이 유유히 다가왔다. 미축이다.

"먼 길 오시느라 고생이 많으셨습니다. 주군께서도 사전에 약속한 것처럼 금은과 군량 준비를 마치고, 지금은 어떻게 감사 말씀을 올리면 좋을지 고심하시는 중입니다."

미축은 선상에 올라 엎드려 절했다. 주유는 거만한 태도를 보이며 물었다.

"유 황숙은 지금 어디 계신가?"

"이미 형주에서 나와 오나라 군세를 기다리십니다."

답변을 듣자, 주유는 힘주어 말했다.

"이번 출진은 촉나라를 취하여 황숙께 진상하기 위함이다. 온전히 귀국을 위한 일이니 먼 길을 온 우리 장병을 예를 다해 맞이하고 후하게 대접하라."

4

미축은 유유낙낙 주유가 하는 말에 수긍하더니 서둘러 돌아 갔다.

그 후에 주유도 즉시 상륙했다. 강 일대에 병선을 남겨둔 채 육로로 형주로 향했다.

공안까지 왔는데도 유현덕은커녕 하급 관리조차 마중을 나 오지 않았다.

"형주까지 얼마나 남았는가?"

주유는 의아해하며 물었다.

"이제 불과 10리밖에 남지 않았습니다."

주유 수하들도 눈썹을 찌푸리며 소곤거렸다.

"수상쩍군."

휴식하던 중에 척후가 말을 타고 달려왔다.

"낌새가 이상합니다. 멀리서 바라보니 사람이 없었습니다. 형주성에는 마치 상이라도 난 듯 흰 깃발 2장이 힘없이 걸려 있을 뿐입니다."

"감녕과 정봉은 나를 따르라!"

주유는 이 소식을 듣자마자 정예 1000기만을 데리고 단숨에 형주성까지 달려갔다.

"공명도 바보는 아니다. 어쩌면 계략을 간파하여 서둘러 성 에서 도망쳤을지도 모른다."

주유가 십중팔구 예상했다.

"문을 열어라!"

헌데 성문으로 다가가 외치자마자 예상치 못한 답변이 돌아왔다.

"누구냐!"

뜻밖에 기가 세 보이는 목소리다.

"오나라 대도독 주유다. 어째서 유 황숙은 마중하러 나오지 않느냐!"

큰소리로 꾸짖자마자 갑자기 성 위에 걸린 백기가 쓰러졌다. 대신 눈 깜짝할 사이에 불꽃 같은 홍색 깃발이 내걸렸다.

"주 도독, 무슨 일로 왔소?"

누가 물어왔다.

하늘을 말끄러미 바라보니 누각 위에 대장 한 사람이 서 있는 게 아닌가.

"오, 조운 아니오. 유 황숙은 어딨소?"

"모르오!"

불쾌하다는 듯이 조운은 아래를 내려다보았다.

"우리 군사 공명은 이미 귀공이 가도멸괵지계(假道滅虢之計)를 꾸미는 줄 알고 내게 형주성을 지키게 했소. 다른 곳에 가서 알아보시오. 아니면 내게 용무라도 있소?"

그러면서 창을 머리 위로 들어 올려서 당장에라도 던질 듯한 자세를 취했다.

주유는 그 모습을 보고는 깜짝 놀라 말을 타고 되돌아갔다. 이때 성 아래 길거리에서 '영(令)'이라 쓰인 깃발을 등에 진 군사가 말을 타고 달려왔다.

"너무나 수상쩍습니다. 각지를 정찰해보니 관우는 강릉에서 군사를 이끌어 출격했고, 장비는 자귀(秭歸)에서 쳐들어오며, 황충은 공안 산그늘에서 나타났으며, 위연은 잔릉(屛陵) 샛길에서 몰려온다고 합니다. 병력 등 자세한 상황은 아직 알 수 없으나 여기저기서 함성이 들려오니 마치 사방 50여 리가 적으로 가득 찬 것 같은 분위기인데다 부근 촌락과 백성마저 현덕과 공명이 하는 말을 따라 하며 '오나라 장수 주유를 생포해라, 주유를 죽여라' 하고 외친다 합니다."

"으음…!"

주유는 말갈기 위에 풀썩 엎어지고 말았다.

겨우 낫는 중이던 금창도 다시 터져서 피를 토한다 싶더니 그대로 털썩 말에서 고꾸라졌다.

장수들은 몹시 놀라며 주유 몸을 일으켜 급히 약을 먹여 응급 처치를 했다. 그때 또 다른 척후병이 와서 알렸다.

"공명과 현덕은 저 너머에 있는 산 위에서 돗자리를 깐 다음 천막을 세우고는, 마치 놀러 나온 듯 술을 마시며 잔치를 벌이는 중입니다."

그 말을 듣고 주유는 더욱 이를 갈며 주먹을 움켜쥐었다.

5

군의와 시종들은 잇달아 주유를 달래며 편히 쉬라고 권했다.

"화를 낼수록 상처가 벌어지고 고통이 심해질 뿐입니다. 마음을 가라앉히고 조용히 안정을 취하십시오."

대군을 이끌고 멀리 강을 거슬러 올라와서 상륙한 첫날부터 안 좋은 일을 당하니 다들 당황하고 의욕을 잃었다.

이때 오후 손권의 아우 손유(孫瑜)가 원군을 이끌고 도착했다. 주유가 만나고 싶다는 전갈을 보내자 손유는 바로 찾아와서 주유를 위로했다.

"도독, 너무 애태우지 마시오. 내가 이곳에서 아군을 지휘하겠으니 귀공은 당분간 배로 돌아가 몸을 회복하시오."

여전히 주유는 몸에서 느껴지는 고통 따위는 조금도 입 밖에 내지 않았다. 불같은 말을 토해냈다.

"형주를 쳐서 현덕과 공명 목을 치지 않는 한 어찌 오후를 다시 뵐 수 있겠소."

주유는 이제 피눈물을 흘렸다.

손유는 주유가 흥분할까 봐 일부러 대답하지 않았다. 그 즉시 주유를 가마에 태워 일단 하구 부두까지 철수하기로 결정했다.

도중에 파구(巴丘)라는 곳까지 다다르자, 형주 군세가 앞에서 강나루로 가는 길을 막고 있는 게 아닌가. 척후를 보내 살피게 하니 유봉과 관우의 양자 관평이다.

"주유가 오면 반드시…"

마치 호랑이를 사냥하듯 엄중하게 지키고 서 있었다.

주유가 이 상황을 듣고 가마 속에서 몸부림치며 외쳤다.

"내려라! 가마에서 나를 내리란 말이다. 건방진 공명의 수하 따위 쓸어버리겠다."

아랑곳하지 않고 가마는 방향을 바꾸어 다른 길로 나아갔다. 손유가 내린 명으로 하구에서 대기하던 배 1척을 다른 강변으로 옮겨서, 가까스로 주유를 배에 태웠다.

그러자 형주의 사자가 그곳에 나타나 주유에게 홀연히 서간을 전하고 돌아갔다. 보아하니 공명의 필적이다.

한나라 군사중랑장(軍師中郞將) 제갈량이 대도독 공근(주유) 선생께 글을 올리오.

시상에서 헤어진 이래로 이제까지 그리워하며 잊지 못하던 참에 귀공이 서천(촉)을 친다는 소식을 들었소.

이는 내가 헤아려보기에 불가능하오. 익주(촉) 백성은 강하고 지형은 험난하오.

유장같이 어리석고 약한 자라도 충분히 막아낼 수 있소.

지금 오나라가 군사를 일으켜 만 리 길을 원정한다 해도 능히 이루어내기 쉽지 않소.

애당초 천하에 이토록 어리석은 이가 어딨겠소? 조조가 적벽에서 대패하는 모습을 보고도 굳이 똑같은 우를 범하려 하다니…. 지금 조조는 천하의 3분의 2를 차지하면서도 여전히 군마를 기르며 오나라를 공격하려 벼르는 중이오. 이때에 군사를 일으켜 원정을 떠나면 오나라 수비가 허술해지니 어찌 좋은 수라 할 수 있겠소. 조조가 군사를 일으키면 강남은 무너져 내릴 것이오.

이를 그냥 두고 볼 수 없어서 글을 올렸소. 잘 읽고 깊이 생각해보시오.

읽어 내려가는 중에 주유는 가슴에 원한이 사무쳤고 손은 와

들와들 떨렸으며 얼굴색도 흙빛이 되어갔다.

"으음…!"

주유는 괴로운 듯이 길고 굵은 숨을 토해내더니 갑자기 애끓는 목소리로 외쳤다.

"붓, 붓, 어서 붓을…. 종이, 벼루를 가져와라!"

이 물건들을 낚아채는가 싶더니 필사적인 표정으로 있는 힘을 다해 뭔가를 쓰기 시작했다.

글씨가 지저분하고 먹이 튀었으며 글은 끝없이 이어졌으나 결국 다 써내고는 붓을 집어던졌다.

"아아, 원통하도다…. 인생이 무정하고 숙명은 얄궂구나…. 하늘은 이미 주유를 이 땅에 내렸는데 왜 공명도 내렸는가!"

말을 마치자마자 혼절하여 한번 눈을 감았으나, 다시 번쩍 눈을 뜨더니 중얼거렸다.

"제군, 불충한 이 몸은 여기서 끝이니 오후를 부탁하네. 충절을 다하여…."

홀연히 거무스름한 눈꺼풀이 감겼고, 겨우 서른여섯의 젊은 나이로 세상을 떠났다. 때는 건안 15년 12월 3일 겨울이었다고 한다.

봉추, 떠나다

1

조기를 내걸고 관을 실은 배가 구슬프게 조적(弔笛)을 울리며 밤사이에 파구를 떠나 오나라로 내려갔다.

"뭐라, 주유가?"

손권은 주유가 쓴 유서를 읽을 때까지 믿지 않았다. 아니, 믿고 싶지 않았다.

유(瑜)가 죽음에 임하니 피눈물로 인사를 올리며 이 글을 주군께 올립니다.

이렇게 시작하는 주유가 쓴 편지는 지금 세상을 떠나는 원통함, 오나라 장래에 대한 걱정, 나라가 나아갈 방향 등이 자세히 적혀 있었다. 끝에는 이런 글을 남겼다.

제가 죽은 후에는 노숙을 대도독으로 임명하십시오. 노숙은

착실하고 충직한 인자(仁者)니 밖으로는 일을 그르치지 않고
안으로는 인심을 얻을 것입니다.

손권은 말할 필요도 없이 비탄에 잠겼다. 암담한 표정으로
장래를 생각하며 통곡했다.

"주유 같은 왕을 보좌할 인재를 잃었으니 앞으로 누구를 의
지해야 한다는 말인가."

장소 등 중신들은 언제까지나 슬픔에 잠겨서는 안 된다며 오
후를 격려했다. 손권은 주유가 남긴 유언대로 노숙을 대도독으
로 임명하여 이후로는 오나라 군사를 노숙 손에 맡겼다.

물론 주유 장례는 엄숙하게 국장(國葬)으로 치렀다. 나라에
사는 모든 이들이 상복을 입었고 아직 채 슬픔이 가시지 않았
을 때, 배 1척이 강을 따라 유유히 내려왔다.

"원훈(元勳) 유(瑜) 공이 세상을 떠났다는 소식을 듣고 삼가
조의를 표하러 왔습니다."

바로 조자룡이다.

함께 정식으로 파견된 사자는 다름 아닌 제갈공명이다. 공명
은 현덕 대리로 수하 500여 명을 데리고 상륙했다.

조의를 표하러 왔다며 찾아온 자를 내쫓을 수도 없는 노릇이
다. 노숙이 기꺼이 맞이하여 대면했다. 고인 주유의 부하와 오
나라 장수들은 한목소리로 주장했다.

"베어버려라."

"마침 잘 왔구나. 공명 놈 목을 영전에 바쳐 고인에게 맺힌
원한을 풀어야겠다."

서로 밀치락달치락하며 악을 써댔다.

하지만 공명 곁에는 조운이 빈틈없이 주변을 살피고 있어 쉽게 손쓸 수 없었다.

공명은 티끌만큼도 불안해하는 기색이 없었다.

넘치는 살기 속에서 천천히 물이 흐르듯 나아가 주유 제단에 다다르자, 그 앞에 엎드려 말없이 절을 올렸다. 이윽고 가져온 술과 여타 공물을 올리고 영정 앞에서 공손히 자필로 쓴 조문을 읽었다.

한나라 건안 15년에 남양 제갈량이 대도독 공근주부군(公謹周府君) 영전에서 삼가 제사를 지내노라.

아아, 공근은 불행히도 단명하니 하늘도 사람도 어찌 상심하지 않겠는가….

공명의 말 한마디 한마디가 오나라 장수들의 마음을 울렸다. 조문은 길고 절절한 명문이어서 듣는 사람은 울지 않고 배기지 못했다.

제갈량은 재주가 없는지라 방책을 묻고 계략을 구했으니 그대는 신묘한 지략으로 답했도다. 오나라를 도와 조조를 토벌하고 유비를 안정시켰네. 수미(首尾)가 짝을 이뤄 기각(掎角)으로 서로 도왔네. 아아 공근, 이제 영원한 이별이로다. 무엇을 생각하고 무엇을 원했던가. 아득히 사라져가는 그대여. 영혼이 있다면 내 마음을 헤아려주오. 앞으로는 천하에 그대 같은 지음(知音)이 다시없을 것이오. 아아, 슬프구나.

조문을 다 읽자 공명은 다시 엎드려 대성통곡했다. 진정으로 애통해하는 듯한 모습이 보기만 해도 애처로웠는지, 주변에 늘어선 오나라 장병도 덩달아 따라 울며 속으로 생각했다.

'주유와 공명은 서로 사이가 나빴으며 주유는 항상 공명을 없애려 애썼고 공명도 주유를 해하려는 뜻이 있었다고 들었는데… 지금 보니 피붙이를 잃은 것처럼 슬퍼하는구나. 아마 주유의 죽음은 공명 탓이 아니라 도리어 주유 자신이 가진 그릇이 작았던 탓에 스스로 죽음을 재촉한 게 아니었을까. 그렇다면 어쩔 수 없는 일이 아니겠는가….'

처음에 공명에게 품었던 살의는 되레 존경으로 바뀌었다. 노숙과 수하들이 만류했으나, 공명은 오래 머물면 폐가 된다며 붙잡는 이들을 만류하고 그날로 배편으로 돌아갔다.

그때, 성문 그늘에 숨어 있다가 몰래 공명 뒤를 쫓아오는 사람이 있었다. 누더기를 걸치고 죽관(竹冠)을 쓴 볼품없는 인물이다.

2

노숙은 강기슭까지 친히 공명을 배웅했다.

공명이 노숙과 작별하고 배에 타려는 순간, 죽관을 쓴 남자가 불쑥 나타났다.

"게 서라!"

남자는 느닷없이 달려와서 팔을 뻗어 공명 어깨를 잡았다. 그러고는 큰소리로 꾸짖었다.

"주 도독을 죽인 주제에 입을 싹 닦고 조의를 표한다는 핑계로 오나라에 찾아오다니, 오나라 사람이 전부 장님인 줄 아느냐. 이런 겁 없는 불한당 같으니. 오나라에도 깨어 있는 자가 여기 있다."

그러면서 한 손으로 검을 뽑아 공명을 찌르려 시도했다.

헤어져서 10걸음 정도 그곳을 떠나가던 노숙도 이 소리를 듣고 화들짝 놀랐다.

"무슨 짓이냐! 무례한 놈."

노숙이 외치며 달려오더니 남자의 팔을 잡아 팽개쳤다.

그러자 남자는 잽싸게 물러서더니 검집에 검을 도로 넣었다.

"하하하, 농이오."

보아하니 키가 작고 코가 납작하게 생겨서, 용모로 보나 풍채로 보나 참으로 초라한 남자다.

공명은 그 사람을 바라보더니 싱긋 웃었다.

"오, 누군가 했더니 방통 아닌가."

친근하게 다가가서 어깨를 두드렸다.

"이런, 귀공이었군."

"휴…."

노숙도 맥이 빠진 듯 가슴을 쓸어내렸다.

"장난이 지나치시오. 혈기를 주체 못 한 부하가 행패를 부리는 줄 알고 깜짝 놀랐소이다."

노숙은 한번 웃더니 그대로 성안으로 발걸음 하였다.

죽관을 쓴 사람의 이름은 방통, 자는 사원(士元)으로 양양에서 이름난 선비다. 공명이 양양 교외에 있는 융중(隆中)에 기거했던 시절부터 지식인들 사이에서는 이런 말이 돌았다.

방통은 어린 봉황이며
공명은 누운 용과 같다.

이처럼 장래를 주목 받던 인물이다.

형주가 멸망한 후 방통이 오나라를 떠돈다는 소문을 공명도 들은 적은 있었으나, 이곳에서 만날 줄은 꿈에도 몰랐다.

공명은 배를 매는 밧줄을 푸는 짧은 시간 동안 글을 1장 재빠르게 써서 방통에게 건넸다.

"아마도 그대가 가진 큰 재능을 오나라에서는 살리기 쉽지 않을 것이오. 그대도 평생 방랑하며 지낼 생각은 아닐 터이니 뜻이 있다면 이 문서를 들고 언제든 형주로 찾아오시오. 우리 주군은 어질고 도량이 넓은 인물이니 그분을 보좌하면 반드시 그대 뜻도 이뤄질 터."

하여 공명을 태운 배는 강을 거슬러 슬슬 올라갔다.

방통은 배가 보이지 않을 때까지 강변에 우두커니 서 있었으나 이윽고 어디론가 훌쩍 사라져버렸다.

그 후 오나라에서는 주유의 관을 무호(蕪湖, 안휘성 무호)로 옮겼다. 무호는 주유가 태어난 고향으로 아들과 딸이 살았고 수많은 고향 사람들도 슬퍼하는지라 배려한 것이다.

아무리 죽은 다음에 성대한 장례를 치러줘도, 여전히 고인이 가졌던 재능을 아까워하며 밤낮으로 통탄하던 이는 다름 아닌 손권이다. 대업을 이루려면 갈 길이 먼데 적벽에서 한 차례 대승을 거두었을 뿐이다. 이때에 손발과도 같은 가신을 잃었으니 당연히 마음에 난 상처는 쉬 아물지 않았다.

주유 후임으로 노숙을 대도독으로 삼기는 했으나, 노숙처럼 온후하고 인정 깊은 성격으로는 이 시대에 살아남을 수 있을지 의심스러웠다. 누구보다 노숙 자신이 잘 알 터.

"저는 하찮고 평범한 인물입니다. 주 도독이 남긴 유언과 주군 명령에 따라 일단은 그 자리를 승낙했습니다만 분명 천하를 찾아보면 더 나은 인재가 있을 것입니다. 부디 공명보다 뛰어난 인물을 찾아서 대도독으로 임명해주십시오."

"대체 어디에 그런 인물이 있느냐 말이다…."

손권도 노숙이 올린 정직한 의견을 받아들였다. 그런 인물이 있다면 추천하라는 뜻이다.

3

"딱 한 사람 있습니다. 양양에서 대대로 명망 있는 가문 출신으로 이름은 방통, 자는 사원, 도호는 봉추 선생이라는 사람입니다."

"오, 봉추 선생인가. 전부터 이름만은 들어본 적이 있소. 주유와 비교하면 어떤가?"

"고인을 평할 수는 없습니다. 봉추 선생은 공명도 인정할 정도로 뛰어난 인재며, 양양 선비들도 두 사람을 난형난제라 이릅니다."

"그토록 뛰어난 인재란 말인가."

"위로는 천문에 해박하고 아래로는 지리에 밝으며 모략은 관중과 악의 못지않고 국정을 다스리는 재능은 손자, 오자와 견줄 만하다 해도 과언이 아닙니다."

손권은 봉추를 절실히 원하며 데려오라고 명했다.

"아직인가, 아직인가…."

노숙이 며칠 동안 거리에서 방통을 찾아 헤매는 동안에도 손권은 몇 번이나 재촉했다.

곧 노숙이 방통을 찾아냈고 오나라 궁중으로 데려왔다. 손권은 방통의 겉모습을 한번 보더니 낙심한 표정을 지었다.

아무래도 풍채가 좋지 못했다. 얼굴에는 마마 자국이 가득했고 코는 납작했으며 수염이 멋대로 자라 볼썽사나웠다.

'이렇게 못생긴 자도 참으로 드물도다.'

손권은 마음이 내키지는 않으나 몇 가지 질문을 해봤다.

"그대는 어떤 재주가 있는가?"

"밥을 먹고 곧 죽을 것이외다."

"재능은?"

"그저 임기응변에 능하오."

방통은 무뚝뚝했다.

손권은 이제 방통을 업신여기며 물었다.

"그대와 주유를 비교하면 어떤가?"

"구슬과 기와 차이외다."

"어느 쪽이 기와고 어느 쪽이 구슬인가?"

"직접 판단하시오."

이 시커먼 곰보는 명백히 자신을 구슬이라 여기는 표정이다. 손권은 발끈하며 방통을 그 자리에 내버려 두고 안쪽 방으로 홱 들어가버렸다. 그러고 나서 노숙을 불러 성을 냈다.

"저런 놈은 쫓아버리시오."

노숙은 손권이 방통에게 품은 나쁜 감정과 그릇된 인식을 개선하려고 최대한 노력했다.

"언뜻 광인처럼 보이고 용모도 보잘것없으나 뛰어난 인재며 증거도 있습니다. 예전 적벽에서 싸울 때 주유에게 연환계를 권한 이가 바로 방통입니다. 그날 밤 적벽에서 대승리를 거둔 배경에는 방통이 내놓은 지략이 있었습니다. 물론 고인이 세운 공을 흠잡으려는 뜻은 아닙니다."

"아니오. 영 마음에 들지 않소."

"존의(尊意)에 맞지 않습니까?"

"그대가 말한 대로 천하에 다른 인재가 없는 것도 아닐 텐데, 굳이 저런 사내를⋯."

"그리 말씀하신다면 어쩔 도리가 없습니다."

밤이 되었다.

노숙은 안쓰러워하며 직접 성문 밖까지 방통을 배웅했다. 주변에 사람이 없음을 확인하고는 목소리를 한껏 낮추며 위로 했다.

"오늘 일이 잘 풀리지 않은 건 성급하게 천거한 내 탓이오.

선생도 언짢았겠소."

방통은 그저 웃기만 했다.

"선생은 이번 일을 계기로 오나라를 떠날 생각이오?"

"그럴지도 모르오."

"오나라 밖에서 주군을 찾는다면 누구를 모시려 하오?"

"물론 조조외다."

노숙은 방통이 조조에게 가는 일만은 진심으로 막고 싶었다. 해서 소매에서 소개장을 꺼내더니 넌지시 권했다.

"형주 유비에게 가보시오. 분명 귀공을 중용할 것이오."

노숙은 최대한 현덕의 덕을 칭송하며 소개장을 건넸다.

"하하하. 조조에게 가겠다는 말은 농이오. 그대가 가진 마음을 한번 시험해봤을 뿐."

"그 말을 듣고 안심했소. 선생이 현덕을 도와 하루빨리 조조를 쓰러뜨리면 오나라에도 경사일 것이오. 잘 가시오."

"안녕히."

두 사람은 헤어졌으나 몇 번이나 서로 뒤돌아보았다.

술 취한 현령

1

요즘 들어 공명은 형주에 없었다. 새로 얻은 영토에 자라는 민심을 알아보고 지방 특산물 등을 시찰하고 다니느라 바빴다.

공명이 형주를 비웠을 때 마침 방통이 형주에 발걸음을 하였다.

"나와 만나고 싶다고?"

"아마도 관직을 청하러 온 듯합니다."

"이름은?"

"양양의 방통이라 합니다."

"아니, 봉추 선생이란 말인가."

현덕은 놀라며 가신에게 바로 정중히 모셔오라고 명했다.

전에 공명이 얘기한 게 떠올랐다. 얼마 지나지 않아 방통이 안내를 받으며 들어왔다. 방 안에 들어와서 양손을 모아 절을 하는 등 예를 다하지도 않고 그저 우두커니 서 있기만 했다.

'과연 이 남자가 명망 높은 봉추 선생일까?'

현덕은 남자의 정체를 의심했다.

그뿐만 아니라 풍채가 미천해 보였고 용모도 몹시 추해 현덕도 손권처럼 낙담한 표정을 지을 수밖에 없었다.

"멀리서 무슨 일로 찾아오셨소?"

일단 상투적인 질문을 던졌다.

방통에게는 일전에 공명이 써준 소개장이 있었고, 노숙이 준 추천장도 있었으나 부러 꺼내지 않았다.

"유 황숙께서 이 땅에서 신정(新政)을 선포하고 널리 인재를 모은다는 말을 듣고, 만약 인연이 된다면 도움을 드리고자 찾아왔습니다."

"공교롭게도 형주는 이미 치안과 질서가 안정되어 관직도 지금은 결원이 없소. 다만 동북쪽 시골 뇌양현(耒陽縣) 현령 자리가 하나 비었는데, 그대가 원한다면 한번 부임해보시오."

"시골 현령입니까? 느긋하니 좋을지도 모르겠습니다."

방통은 흔쾌히 제안을 받아들여 그날로 뇌양현으로 향했다.

뇌양현은 형주에서 동북쪽으로 130리쯤 떨어진 아주 작은 마을이다.

방통은 현령으로 부임하고 나서 거의 관청 업무를 거들떠보지 않았다. 지방 관청 일은 대체로 백성들이 낸 소송을 심판하는 일인데 이를 내팽개치니 서류는 산처럼 쌓여가고 먼지로 뽀얗게 뒤덮였다.

당연히 그 지방에 사는 백성이 토해내는 원성이 자자했다. 급기야 형주까지 이 소식이 전해지니 온후한 현덕도 두고 보지 못했다.

"이런 부패한 선비가 다 있나."

즉시 장비와 손건에게 뇌양현을 시찰하라고 명하면서 만약 관리가 저지른 부정이나 태만을 발견하면 엄하게 다스리라고 명했다.

"알겠습니다."

두 사람은 수하 수십 기를 데리고 감찰관으로서 뇌양현으로 발걸음을 옮겼다.

"기다리고 있었습니다."

현민과 아전들이 소식을 듣고 마중을 나왔으나 현령 모습은 어디에도 보이지 않았다.

"관청에서 나온 자는 없느냐."

장비가 외치자 한 사람이 앞으로 나와 황공한 듯이 말했다.

"여기 있습니다."

"너희가 아니라 현령은 어딨느냐?"

"그게, 뭐라 말씀드려야 할지⋯."

"있는 그대로 말하라. 너희를 벌하러 오지는 않았다."

"현령 방통은 부임한 이래로 한번도 오늘 같은 공적인 일을 하러 나온 적이 없습니다."

"그럼, 매일 뭘 한다는 말이냐?"

"술만 마십니다."

"매일 술만 마신다?"

장비는 조금 부러운 기색이었으나 바로 표정을 다잡았다.

"발칙한 놈."

그길로 현청 관사로 무거운 발걸음을 옮겼다.

"방통은 없느냐?"

장비가 외치자 안에서 의복도 제대로 갖춰 입지 않은 술주정 뱅이가 붉은 게 같은 얼굴을 하고는 비틀비틀 걸어 나오는 게 아닌가.

"내가 방통인데⋯."

낮부터 온몸에서 술 냄새를 풀풀 풍기며 겨우 입을 열었다.

2

"네놈이 현령 방통이냐?"

"흠⋯. 맞네."

"그 꼬락서니는 뭐냐?"

"일단 앉게나. 귓속에 벌이라도 들어갔나? 그대가 연인 장비 인가."

방통은 전혀 놀라지 않았다.

장비가 쏘아보는 매서운 눈초리 앞에서도 이토록 태연한 남 자는 드물었다.

"한잔하겠나?"

"지금은 술 마실 때가 아니다. 형님께서 내리신 명을 받고 시 찰을 나온 길이다. 부임 이래로 네놈은 관청 업무를 거의 보지 않았다 들었다."

"슬슬 할까 생각하던 참이네⋯."

"게으른 놈. 공사 소송도 산처럼 쌓이지 않았느냐?"

"마음만 먹으면 식은 죽 먹기지. 정치란 사무가 아니네. 간단할수록 좋은 법. 백성이 가진 선한 성향을 일깨우고 악한 성향을 억누르는 일이네. 억누르는 것으로는 조금 모자라지. 악한 성향을 거의 잊게 해야 하네. 어떤가, 이리하면 되지 않겠나?"

"참 훌륭한 입이군그래?"

"잘 마시는 편이네."

"술 얘기가 아니다!"

장비는 호랑이가 기지개를 켜듯 몸을 일으켜 세우며 소리를 질렀다.

"내일까지 그 실력을 내게 보여라. 변명은 그다음에 듣겠다. 만약 그저 허풍이라면 끌어다가 죄를 묻겠다."

"좋다."

방통은 태연자약하게 자음자작하여 술을 연거푸 들이켰다.

장비와 손건은 일부러 민가에 묵었다. 그다음 날 관청에 가보니 소송을 담당하는 관청에 긴 행렬이 늘어서 있는 게 눈에 띄었다.

"대체 무슨 일이냐?"

알아보니 오늘 새벽부터 현령 방통이 갑자기 재판을 시작하여 일일이 판결을 내리는 중이란다.

농지 다툼, 상품 거래, 싸움, 가족 문제, 도난, 인사 등 잡다한 문제를 방통은 두 귀로 듣자마자 바로 판결을 내렸다.

"이렇게 해라."

"그리 화해해라."

"그건 갑이 잘못했다. 채찍질한 다음 놔줘라."

"이래서는 을이 불쌍하다. 병은 얼마를 배상해라."

산처럼 쌓인 소송은 마치 물이 흐르듯 저녁까지 말끔하게 해결되었다.

"어떻습니까, 장비 선생?"

방통은 빙그레 웃으면서 저녁을 함께 들자고 권했다.

"여태까지 대형 같은 명사를 본 적이 없소이다."

장비는 바닥에 넙죽 엎드리며 전날 한 말을 뼈저리게 사과했다.

방통은 장비가 돌아갈 때 문서 1장을 건넸다.

"주군께 전해주시오."

노숙이 써준 소개장이다. 현덕은 장비가 올린 보고를 듣고 서간을 읽더니 대단히 놀랐다.

"아아, 하마터면 위대한 현자를 잃을 뻔했구나. 역시 사람은 풍모만 가지고 알 수 없는 법….."

이때 지방 순찰을 마치고 공명이 막 돌아온 참이다. 이미 방통이 찾아왔다는 소식을 들은 모양이다.

"방통은 잘 있습니까?"

현덕은 겸연쩍은 표정을 지으며 방통을 뇌양현 현령으로 보냈다고 솔직히 말했다.

"방통같이 그릇이 큰 자를 시골에 보내면 시간이 남아도는 나머지 술만 마셔대겠지요."

"진짜 그 말대로 되었소."

현덕은 자초지종을 설명했다.

"저도 소개장을 써주었는데 보이지 않았습니까?"

"보여주기는커녕 말도 꺼내지 않았소."

"뇌양현에는 다른 사람을 대신 현령으로 보내고 방통은 어서 형주로 불러들이십시오."

이윽고 방통은 형주로 돌아왔다.

현덕은 자신이 식견 없이 행동한 일을 진심으로 사과하고 공명과 방통에게 극진히 술을 대접했다.

"그 옛날 서서 선생이 복룡과 봉추 둘 중 하나라도 아군으로 삼는다면 천하를 위한 위업도 이룰 수 있을 거라 하였소. 이토록 모자란 본인을 두 사람이 다 도와주다니…. 아아, 지나친 행운이 아닌가. 자칫 자만하거나 도를 넘지 않게 조심해야겠소이다."

마등과 일족

1

현덕은 그날로 방통을 부군사중랑장(副軍師中郎將)으로 임명했다.

전군 사령을 겸해 최고 참모부에서 군사 공명을 보좌하는 요직이다.

건안 16년 초여름.

조조가 심어둔 세작이 도읍으로 파발을 띄웠다. 세작은 승상부에 위와 같은 정보를 보고하면서 이렇게 덧붙였다.

"새로 일어난 형주 세력은 결코 만만하게 볼 수 없습니다. 공명 아래 관우, 장비, 조자룡 세 호걸이 있는데다 이번에 부군사 방통이 합세하여 참모부에서 용봉(龍鳳)이 쌍벽을 이루었습니다. 필요한 인재가 다 모인 꼴입니다. 해서 최근에는 병사를 확충하고 군수 물자를 비축하는 데 힘을 열심히 쏟는 중입니다. 지금 형주에서는 매일 병마를 조련하고, 군수 물자 생산이 활발하며, 교통은 사방팔방으로 뚫려 편리합니다. 심지어 상업마저 교류가 눈에 띌 정도로 원활합니다."

이 사실은 곧 조조 귀에도 들어가서 적잖은 관심을 불러일으켰다.

"예상대로군. 세월이 흐를수록 현덕은 위나라 최대 화근이 되어가는구나. 순유, 그대에게 뭔가 생각은 없는가?"

"내버려 둘 수도 없으나 우리는 아직 적벽에서 입은 상처가 아물지 않아 지금 당장 급하게 대군을 일으키기는 어려운 상황입니다."

과연 순유는 항상 주군 곁에 있으면서 군 사정을 정확히 파악한 사람이다.

조조도 고개를 끄덕이며 솔직한 심정을 토로했다.

"사실은 나도 적국이 부흥하는 것 이상으로 그 일이 가장 격정된다."

"이렇게 하십시오."

순유는 바로 계책을 생각해냈다.

"서량주(西涼州, 감숙성甘肅省 섬서陝西 오지 일대) 태수 마등(馬騰)을 불러 현덕을 토벌하라 명하십시오. 마등이 보유한 용맹한 흉노족 병사와 오늘날까지 비축한 군수 물자로 현덕을 치게끔 어루꾀면 됩니다. 그 후에 대대적으로 형주 토벌을 선포하면 각지 제후들이 너도나도 참전할 것입니다."

"그래, 그게 좋겠군. 변방 오지에는 아직 인재도 자원도 무한히 쌓여 있겠구나."

조조는 바로 서량으로 파발을 띄웠고 이어서 유력한 인물을 뽑아 두 번째 사자로 삼아서 출병을 재촉하라고 명했다.

양주(涼州) 땅은 중국 외곽이다. 몽골과 경계를 둔 수원(綏遠, 오늘날 오르도스로 몽골 부족명인 동시에 그 부족이 점거한 지역 명칭 – 옮긴이), 영하(寧夏, 몽골 고원 지대 남부에 자리잡은 회족자치구 – 옮긴이)와 인접한 황하 상류 지역이다. 문화는 중원처럼 화려하지는 않으나, 몽골족 혈통을 이어받은 병사들은 용맹하고 무예와 말타기에 능했다. 게다가 북방 민족의 전통을 계승하여 남쪽 지방으로 진출하려는 야망이 셌다.

이 땅을 다스리는 태수 마등의 자는 수성(壽成), 키가 8척이 넘고 얼굴이 험상궂었지만, 성격은 온화한 사람이다.

옛날에 한제(漢帝)를 모시던 복파장군(伏波將軍) 마원(馬援) 후손으로, 아버지 마숙(馬肅)이 관직에서 물러난 다음 마등을 낳았다.

해서 마등에게는 몽골 기질이 섞여 흐른다. 슬하에는 장남 초(超), 차남 휴(休), 삼남 철(鐵)을 두었다.

"칙명이니 가봐야겠다."

마등은 가족들과 작별하고 도읍으로 발걸음을 옮겼다. 자식 셋은 양주에 남겨두고 조카 마대(馬岱)만 동행했다.

허도에 도착해 우선 조조와 만나 형주 토벌 임무를 부여받고, 다음 날 조정에서 천자를 배알했다.

비록 조조가 내린 명령이라 해도 형식상 칙명이다. 다시 말해 이번 명령은 조조가 원하는 바이지 결코 천자가 원하는 바는 아니다.

"이 늙은이에게 형주를 토벌하라는 대명을 내려주시다니 황송하옵니다…"

마등이 칙명에 대한 감사 인사를 올리자 황제는 말없이 마등을 데리고 기린각(麒麟閣)으로 올랐다.

그러고는 아무도 없는 곳에서 처음으로 입을 열었다.

"그대 조상 마원은 역사에 길이 남을 충신이었다. 조상이 닦아놓은 명예를 더럽힐 일이 있겠는가. 생각해보라. 현덕은 황실 종친이다. 한나라 역적은 현덕이 아니라 조조다. 조조야말로 짐을 괴롭히고 황실을 우롱하는 대역적이다. 마등! 그대 군사는 어느 쪽을 토벌하러 왔는가?"

2

황제 눈가에는 눈물이 그렁그렁했다.

마등은 황공한 나머지 넙죽 엎드린 채 황제 마음을 헤아리며 가슴 아파했다.

'아아, 조정이 이토록 쇠하다니….'

보라, 허도 부중은 영화롭고 조조 위세는 하늘을 찌른다. 봄에 동작대에서 연회를 벌이는 등 세상 이목을 끄는 반면, 이곳 한나라 궁궐은 마치 100년 동안 꽁꽁 얼어붙은 것만 같았다. 누각은 허연 거미줄이 곳곳에 지저분하게 걸렸고 주렴은 너덜너덜 해어졌으며 난초는 말라 죽은데다 황제가 입은 옷마저 안쓰러울 정도로 추워 보였다.

"마등…. 잊지는 않았겠지. 옛날 짐의 장인 동승(董承)과 그대에게 내린 옥대 밀서를 말이다…. 그때는 뜻대로 되지 않았지만 이번에 그대가 찾아온다는 소식을 듣고 짐이 얼마나 고대했을지 그 뜻을 잘 헤아려보라.”

“반드시 폐하 마음을 편안케 해드리겠습니다. 마음을 굳게 다지시옵소서.”

마등은 울어서 새빨개진 눈을 들키지 않게 조심하며 그길로 퇴궐했다.

그러고는 저택에 돌아가서 몰래 일족을 불러 황제가 품은 뜻을 전했다.

“그런 줄도 모르고 조조는 내게 병마를 맡기어 남쪽 지방을 토벌하라고 명했다. 그야말로 하늘이 내린 기회가 아닌가.”

하여 마등은 몰래 황제를 위해 차근차근 조조를 토벌할 계획을 세웠다.

그로부터 사흘 뒤 일이다.

조조 신하 중 문하시랑(門下侍郎) 황규(黃奎)라는 자가 마등을 찾아와 출병을 재촉했다.

“승상께서 남방 토벌을 서두르라 명하셨소. 언제 출발할 예정이오? 본인도 행군참모로서 동행할 것이오.”

“모레쯤 출발하겠소.”

마등은 황규에게 술을 거하게 대접했다.

황규는 대취하여 옛 시를 읊거나 세상 돌아가는 일을 논하다가 불쑥 이런 말을 꺼냈다.

“장군은 진정으로 토벌해야 할 자는 대체 천하 어디에 있다고 보시오?”

마등은 그 어느 때보다 경계를 게을리하지 않았다. 의중을 떠보기 위한 질문이라 여겼다.

그러자 황규는 비겁한 태도를 꾸짖으며 눈꼬리를 올리고 입술을 깨물며 말했다.

"내 아버지 황완(黃琬)은 예전에 이각(李傕)과 곽사(郭汜)가 난을 일으켰을 때 황궁 문을 지키다 세상을 떠난 충신이오. 그 충신 자식이 지금은 본의 아니게 제 분수를 모르는 간적 시중이나 들며 녹을 먹으니 어찌 비참한 처지가 아니겠소. 장군은 서량주라는 지반과 용맹한 군사가 있는데도 왜 불충한 간웅의 수하 노릇을 하오?"

마치 마등을 비난하는 듯한 어조다.

마등은 계속 시치미를 뗐다.

"간적, 불충, 이는 대체 누굴 가리키는 말이오?"

"당연히 조조가 아니겠소."

"목소리를 낮추시오. 승상은 그대가 섬기는 주군이 아닌가?"

"본인은 한나라 명장의 자식이고, 장군도 한조 충신 마원의 후예요. 그 두 사람이 한조 종친인 유현덕을 토벌하겠다? 그것도 역적이 내린 명령을 듣고…."

"진심으로 하는 말이오?"

"아…, 안타깝도다. 장군은 제 뜻을 의심하시는 듯하오."

황규는 그 자리에서 손가락을 깨물어 피를 내더니 하늘에 대고 맹세했다.

행군참모 황규가 아군이라면 일이 성공할 확률은 더 커진다. 마등은 마침내 황규 앞에 속마음을 드러냈다. 황규는 무릎을 치며 기뻐했다.

"다름 아닌 장군인 만큼 그러리라 생각했소만, 설마 은밀하게 칙명까지 하사 받았을 줄은 몰랐소. 아아, 때가 온 것 같소."

우선 두 사람은 서쪽 지방에 띄울 격문 초안을 작성했다. 도읍을 떠나는 날 아침에 열병식을 핑계로 조조를 불러낸 다음 징을 울리면 조조를 죽여버리자는 계획까지 세웠다.

황규는 밤늦게 귀가했다. 더는 술을 마실 수 없어 바로 침실로 들었다. 황규는 아내가 없었고 조카딸 이춘향(李春香)이 뒷바라지했다.

이춘향은 어떤 남자에게 시집가고 싶었으나 숙부 황규는 상대 인물이 좋지 않다며 허락지 않았다. 그날 밤에도 그 남자가 놀러 왔다. 이춘향은 어두운 복도에 서서 그 남자와 이야기를 나누느라 시간 가는 줄 몰랐다.

3

그 남자는 이춘향에게 속삭였다.

"오늘따라 황규 낌새가 이상하지 않아?"

"잘 모르겠어요."

"아니야. 마등이 머무는 저택에서 오랫동안 일한 내 아우가 묘한 얘기를 했거든. 춘향, 황규에게 하나뿐인 조카딸인 네가 물어보면 뭔가 알려줄지도 몰라. 살짝 물어봐."

춘향은 아직 세상이 얼마나 무섭고 복잡한지 몰랐다. 시키는 대로 그날 밤 숙부 의중을 떠봤다.

그러자 황규는 화들짝 놀랐다.

"내 기색이 이상하다는 기미를 너같이 어린 아녀자도 알아챘다는 말인가. 아아, 과연 감추기 어려운 일이로구나."

황규는 탄식하며 중대한 계획이 있어서 준비와 걱정을 하느라 그랬다며 그만 속마음을 털어놓았다. 상대가 가족인데다 세상 물정 모르는 아이니 방심하고 만 것이다.

그러고는 유언까지 남겼다.

"이번 일이 성공하면 나는 단번에 제후 반열에 오르겠으나 실패하면 살아남기 어려울 것이다. 내가 실패한다면 너는 모든 것을 버리고 고향 땅 노인들 곁으로 도망치고 당분간은 시집을 가지 마라."

그 남자는 밖에서 대화를 엿들었으나, 춘향이 숙부 방에서 나왔을 때는 이미 흔적조차 없었다. 그 남자는 깜깜한 밤길을 바람처럼 달렸다. 그러고는 부리나케 승상부 문을 두드렸다.

"큰일입니다. 승상 곁에서 무서운 일을 꾸미는 모반인이 있습니다!"

이를 하급 관리가 부장에게 알리고, 부장이 중당사(中堂司)에게 알리는 식으로 보고가 차차 올라갔다. 늦은 밤이긴 하나 마침내 조조 귀에도 들어갔다.

"그자를 청문각(聽聞閣)에 부르라."

조조는 벌떡 일어났다.

한번, 꺼졌던 승상부 등불은 잠에서 깨어나 대낮처럼 활활 타올랐다.

한편, 마등이 보낸 격문에 따라 서쪽 지방과 가까운 곳에서 병사와 군마가 연이어 허도로 향했다. 마등은 조조에게 나아가 말했다.

"이제 출발 준비도 갈무리되어서 가까운 시일 내로 열병식을 거행하겠사오니, 승상께서도 문 앞에 납시어 원정에 나서는 장병들에게 격려 말씀을 한마디 부탁합니다."

조조는 쓴웃음을 지으면서 속으로 비난했다.

'대체 누가 그런 계략에 빠지겠느냐.'

은밀하게 수하를 보내서 황규를 사로잡은 다음 마등 집을 습격하여 즉시 두 사람을 끌어다 놓았다.

승상부에 끌려온 마등은 황규 얼굴을 쳐다보더니 이를 드러내며 길길이 화를 냈다.

"이 한심한 놈 같으니! 어째서 이토록 중요한 일을 입 밖에 냈단 말이냐. 아, 이제는 끝이다. 하늘도 한조를 버리셨구나. 두 번이나 계획했으나 두 번 다 시도하지도 못하다니!"

조조는 이런 추태를 손가락으로 가리키며 비웃었고, 무사에게 명하여 단칼에 운명을 달리했다.

황규 목도 베었다. 마등이 붙잡힌 후에 수많은 군사가 포리(捕吏)와 함께 마등 저택을 사방에서 둘러싸더니 불을 질렀다. 저택은 삽시간에 아비규환이 되어 안에서 비명을 지르며 도망나온 가신, 노인, 아이, 시종까지 붙잡히거나 목이 베여 거리에 내걸렸다. 차마 눈 뜨고 볼 수 없는 잔혹한 참상이다.

아버지를 따라 본국에서 올라온 마등의 두 아들도 목숨을 잃었으나 조카 마대만 가까스로 성 밖으로 도망쳤다.

여기서 재밌는 부분은 계획을 밀고하여 상을 받으려 한 묘택

(苗澤)이라는 남자 이야기다. 사건이 마무리되고 나서 묘택은 조조에게 이춘향을 아내로 삼고 싶다고 청하였으나, 조조는 묘택을 비웃었다.

"그대에게는 따로 줄 게 있다."

조조는 불의하고 염치없는 소인배 또한 벌 받아 마땅하다며 묘택 목을 베어 며칠 동안 거리에 효시하였다.

불구대천

1

그 무렵 승상부에서는 형주에 관한 중대한 정보를 입수했다.

"현덕이 마침내 촉나라를 공략하려는 듯합니다. 드러내놓고 활발하게 준비를 서두릅니다."

조조는 이 말을 듣고 고민에 빠졌다. 만약 현덕이 촉나라를 취하면 연못에 웅크리던 용이 구름을 타고 승천하는 일이나 마찬가지며, 강변에 머무르던 물고기가 너른 바다로 나가는 것과 같았다. 다시는 현덕을 벽지로 몰아세우지 못할 것이다. 위나라를 위협하는 강국이 탄생하는 것이다. 조조는 며칠 동안 관청에 틀어박혀 대책을 세웠다.

승상부에서 치서시어사(治書侍御史) 참군사(參軍事)로 일하는 한 남자가 있었다. 이름은 진군(陳群), 자는 문장(文長)이라 하는데, 조조에게 조언을 했다.

"현덕과 오나라 손권은 지금 진정으로 친밀하지는 않으나 표면상 입술과 이처럼 서로 의지하는 관계입니다. 따라서 현덕이

촉나라로 향하면 승상께서 대군을 이끌고 **오나라를 치시면 어**
떻겠습니까? 오나라는 현덕에게 협력을 청하고 지원을 강요할
것입니다."

"흠···. 현덕은 진퇴양난에 빠지겠군. **과연 잘될까? 현덕에게**
는 공명이 있다. 오나라 요청대로 **군사를 움직이거나, 함부로**
목적을 잃고 망설이지는 않을 터."

"그 또한 우리에게는 좋습니다. 만약 **현덕이 촉나라를 치는**
데 몰두하여 오나라를 저버린다면 그 또한 **절호의 기회입니다.**
단번에 오나라를 수중에 넣어버리십시오. **현덕 없이 위나라와**
오나라가 싸운다면 명백히 우리가 **승리합니다."**

"그러하군."

조조는 안심하는 눈치다.

"너무 어렵게 생각할 것까지는 없었군그래. **나는 너무 무겁**
게 여긴 나머지 생각이 과했다. 어떤 문제든 **해결 방법이 다 있**
는 법."

즉시 남쪽을 향해 30만 대군을 **슬금슬금 움직이기 시작했**
다. 합비성을 지키는 장료는 이런 **격문을 받았다.**

그대는 선봉으로 오나라를 쳐라!

대군이 근처에 당도하기도 전에 **오나라는 심하게 흔들렸다.**
이 소식은 급히 오후 손권 귀에 들어갔다.

손권은 서둘러 신하를 모아 긴급 **대책을 논의했다. 결론은**
이랬다.

"이럴 때야말로 그동안 현덕과 쌓은 친분을 이용해야 합니다. 사신을 보내 협력을 청하십시오."

즉시 사신이 노숙이 쓴 서간을 들고 형주로 내달렸다.

현덕은 서간을 열어보더니 일단 사신을 객관에서 쉬게 한 다음 공명이 돌아오기만 기다렸다.

남군 지방에 갔던 공명은 소식을 듣자마자 말을 걸터타고 부리나케 돌아왔다. 그러고는 현덕에게 상세한 내용을 듣고 노숙이 보낸 서간을 읽어보더니 현덕 얼굴을 물끄러미 들여다보며 물었다.

"대답은 하셨습니까?"

"아직. 그대와 상의한 다음에 결정할 것이오."

"답장은 제게 맡겨주시겠습니까?"

현덕은 고개를 주억거렸다.

공명은 사신에게 줄 답장을 그 자리에서 쓱쓱 써 내려갔다.

걱정하지 마시오. 오나라 사람들은 안심하고 잠잘 수 있을 것이오. 만약 위군 30만이 쳐들어온다 해도 공명이 여기 있소. 즉시 격퇴하겠소.

오나라 사신은 공명의 답장을 들고 본국으로 돌아갔다.

왠지 현덕은 마음이 영 편하지 않았다.

"군사, 그리 큰소리를 쳐도 괜찮겠소?"

"괜찮습니다."

"허도에서 진군하는 위군 30만뿐만 아니라 합비의 장료도 가세하지 않겠나."

"그것도 괜찮습니다."

"어찌 그리 자신만만하오?"

"서량의 마등이 얼마 전에 도읍에서 죽임을 당했다고 들었습니다. 아들 둘도 함께 화를 당했으나, 서량에는 장남 마초가 남아 있습니다. 주군께서는 마초에게 밀사를 보내십시오. 지금이라면 마초를 설득하기 쉽고, 마초를 움직인다면 조조 30만 정예도 위나라에 발이 묶일 것입니다."

2

마초는 어느 날 밤 신기한 꿈을 꿨다.

"길몽일까 흉몽일까…."

다음 날 수하팔부(手下八部)에게 그 꿈 얘기를 했다.

수하팔부란 서량주에서 우수한 여덟 장수를 이르는 말이다.

이름은 각각 후선(候選), 정은(程銀), 이감(李堪), 장횡(張橫), 양흥(梁興), 성의(成宜), 마완(馬玩), 양추(楊秋)다.

"글쎄, 잘 모르겠습니다. 길몽인지 흉몽인지…."

다들 무관이라서 꿈의 길흉을 판단하지 못했다.

마초가 꾼 꿈 내용은 이렇다. 길을 가다가 해가 저물고 1000장이나 되는 눈 속에서 쓰러진 참에, 호랑이 여러 마리가 달려와서 몸을 물어뜯기기 직전에 잠에서 깨어났다.

좋은 꿈인지 나쁜 꿈인지 도무지 알 수 없었다. 그때 갑자기 누가 방에 들어오며 말했다.

"흉한 꿈이오."

그 사람은 남안(南安) 환도(獂道) 사람으로 이름은 방덕(龐德), 자는 영명(令明)이다.

"예부터 눈 속에서 호랑이를 만나는 꿈은 불길한 징조라 여겼소. 혹시라도 도읍에 계신 마등 장군께 무슨 변고라도 생기진 않았을지…."

마등의 장남 마초는 방덕이 하는 말을 듣자 안색이 이내 어두워졌다.

아니, 마초뿐 아니라 먼 곳에 있는 주군을 걱정하는 수하팔부도 불안한 표정을 지었다.

"꿈은 반대라는 말도 있습니다. 큰 도련님께서는 너무 걱정하지 마십시오. 꿈에 그리 연연할 것까지야 있겠습니까…."

부러 주연을 권하며 침울해진 마초 기분을 달래려 애썼다.

이 꿈은 역시 흉몽이었다. 그날 밤 사촌 마대가 초라한 모습으로 서량 땅을 밟았다. 허도에서 가까스로 살아남아 도망쳐 온 마대가 눈물을 줄줄 흘리며 자초지종을 설명했다.

"숙부 마등 장군께선 조조 손에 돌아가셨습니다. 그뿐만 아니라 조조는 저택에 불을 지르고 안에 있던 장군의 아들 둘과 가신 등 800여 명을 죽이고 목을 베는 등 만행을 저질렀는데 차마 눈 뜨고 볼 수 없는 참사였습니다. 저는 재빨리 탈출하여 보시다시피 거지 행세를 하며 가까스로 이곳까지 도망쳐 왔습니다. 너무나 원통한 일입니다."

"뭐라, 아버지께서?"

마초는 깜짝 놀라 외쳤다. 그러고는 창백한 얼굴을 쳐들고 신음하더니 뒤로 쓰러지며 정신을 잃고 말았다.

수하들이 쏟은 극진한 간호로 의식은 돌아왔으나, 밤새 마초 침소에서는 원통하게 곡하는 소리가 들려왔다.

그사이에 형주에서 온 밀사가 현덕이 쓴 서간을 가지고 서량에 도착했다. 아마 서간 내용은 공명이 생각해냈을 터. 우선 한 나라 황실이 쇠퇴했음을 언급하고 뜻을 다하지 못한 마등의 죽음에 조의를 표한 다음 조조가 저지른 악행과 죄상을 매섭게 비난함과 동시에 마초를 위로하고 격려하는 내용이리라.

마무리는 이랬다.

조조는 귀공 아버지를 해한 불구대천(不俱戴天, 하늘을 함께 이지 못한다는 뜻으로 이 세상에서 같이 살 수 없을 만큼 큰 원한을 가짐을 비유적으로 이르는 말 – 옮긴이) 원수고 백성에게 악정과 횡포를 부리는 모적(蟊賊)일 뿐만 아니라 나라를 어지럽히고 황제 권위를 짓밟는 역적이오. 조조를 토벌하지 않는 무문(武門)에게 무슨 대의명분이 있겠소. 부디 귀공은 양주에서 군사를 일으켜주시오. 본인도 형주에서 북쪽을 향해 출병하겠소.

다음 날 일어난 일이다.

아버지 마등의 둘도 없는 친구인 진서장군(鎭西將軍) 한수(韓遂)가 사람을 보내 조용히 마초를 불렀다. 마초가 찾아오자 한수는 다른 사람이 없는 방으로 안내했다.

"사실은 조조가 서면을 보내왔소."

한수는 조조가 보낸 문서를 보여주었다. 만약 마초를 사로잡으면 한수를 서량후로 봉하겠다는 내용이다.

마초는 스스로 검을 버리고는 순순히 머리를 조아렸다.

"귀공께서 나를 사로잡겠다면 어쩔 수 없소이다. 어서 조조에게 끌고 가시오."

한수는 마초를 꾸짖으며 도리어 진심을 물었다.

"만약 그럴 생각이었으면 그대를 이곳에 부르지 않았소. 그대에게 아버지 원수 조조를 토벌할 뜻이 있다면 나도 의(義)에 따라 기꺼이 힘을 보태겠소이다. 그대는 각오가 되었소?"

3

마초는 깊이 감사하는 마음을 전하고 발걸음을 옮겼다.

"답변은 조금 있다가 저택에서 드리겠소."

마초는 바로 조조가 보낸 사신을 죽이고 목을 한수에게 보냈다.

"과연 마등 자식이오. 그대 뜻을 잘 알았소이다."

한수는 즉시 마초 군대에 합세했다.

서량에서 용맹한 정예 수만이 일제히 동관(潼關, 섬서성陝西省)으로 쳐들어갔다.

장안(長安, 섬서성 서안西安) 태수 종요는 까무러칠 듯이 놀라며 조조에게 파발을 띄워 알리고 맞서 싸웠으나, 서량 군 선봉마대를 당해내지 못하고 금세 장안성에 틀어박혔다.

장안은 비록 버려졌으나 과거 한나라 황조(皇祖) 때부터 도읍이었던 땅이다. 당연히 요새로서 방비가 철통 같았고 주변 지형도 방어하기 유리했다.

"이 땅이 오래 번영하지 못한 이유는 두 가지 결점 탓입니다. 첫째는 토질이 거칠고 단단한데다 물이 짜서 마시기 쉽지 않은 점입니다. 둘째는 나무가 적어 항상 연료가 부족하다는 점입니다. 따라서 이렇게 하시면 쉽게 함락할 수 있습니다."

방덕이 낸 의견이다.

그 말을 받아들여 마초는 갑자기 포위를 풀고 수십 리를 물러났다.

태수 종요는 군사와 백성에게 엄중히 명했다.

"적들이 포위를 풀었다고 하나 함부로 성 밖에 나가서는 안 된다. 적에게 어떤 계책이 있을지 모르는 일이다."

사나흘이 지나자 안심했는지 성문이 하나씩 열리며 사람들이 성 안팎을 나오기 시작했다.

다들 물을 긷거나 나무하러 나가느라 바빴다. 그 밖에도 식량 등을 앞다퉈 들여오기도 했다.

"아무 일도 없구려."

"적은 저 멀리 있다니까."

"맞는 말이오. 만에 하나 적이 쳐들어와도 충분히 도망칠 수 있겠소."

이처럼 다들 안일하게 여겼다.

끝내 떠돌이 광대나 잡다한 상인들마저 자유롭게 들락거리기 시작했다.

그러던 참에 다시 서량 군이 쳐들어왔다. 사람들은 소나기를 피하듯 성안으로 도망쳤다. 마초는 서문 앞까지 말을 타고 와서 사납게 소리를 질렀다.

　"문을 열지 않으면 모조리 불태워 죽일 테다!"

　종요의 아우 종진(鍾進)이 서문을 굳건히 지켰는데 누각 위에서 마초가 하는 말을 듣고 껄껄 웃어젖혔다.

　"마초, 말만 한다고 이 성이 그리 쉽게 함락되겠느냐?"

　아뿔싸! 해가 지고 나서 성 서쪽에 있는 산에서 불이 났다. 종진이 앞장서서 불을 끄는데 어둠 속에서 누가 외치는 소리를 들었다.

　"서량의 방덕이 이미 며칠 전부터 성안에 들어와 오늘 밤을 기다렸노라!"

　누가 적인지 누가 아군인지 알 수 없을 정도로 혼잡한 상황 속에서 종진은 단칼에 목숨을 잃었다.

　방덕 부하들은 서둘러 서문을 활짝 열어 아군을 성안으로 들여보냈다. 마초와 한수가 지휘하는 대군이 성안으로 물밀 듯이 들이닥쳐서 그날 밤 사이에 장안성을 점령하고 말았다.

　종요는 겨우 동문으로 성을 빠져나가 동관으로 가서 다시 파발을 띄웠다.

　"급히 대군을 보내주시지 않으면 오래 버틸 수 없습니다."

　거의 비명 같은 내용이다.

　조조는 경악을 금치 못했다. 다급하게 군 방침을 바꿀 수밖에 없었다.

　"오나라를 토벌하려던 계획은 일단 미룬다."

참모부를 통해 선언한 다음 조홍과 서황을 불러 병사 1만을 내주며 명했다.

"어서 동관으로 달려가라. 열흘 동안 성을 단단히 지키고, 나서서 공격하지는 말라."

이때 조인이 간언했다.

"조홍도 서황도 지나치게 젊으니 혈기를 주체 못 하고 공에 집착하다가 일을 그르칠지도 모릅니다."

조인은 함께 가겠다고 청했으나 조조는 다른 임무를 맡겼다.

"그대는 내 곁에서 군량 운반을 지휘하시오."

조조는 열흘쯤 뒤에 충분한 군비를 갖추어 동관으로 출발했다. 이를 통해 조조가 서량 병사를 경계하여 단단히 준비했음을 짐작할 수 있다.

4

군사 1만을 이끌고 동관에 도착한 조홍과 서황은 중요 대신 성 수비를 지휘했다.

"우리가 왔으니 더는 적이 침범하지 못할 것이다. 안심하라."

이제 조조가 입성하기만을 기다렸다.

서량 군세는 힘만으로 공격하던 전술을 그만두었다. 매일 해자 너머에 나타나 하품을 하거나 손으로 코를 풀었으며 엉덩이를 두드리거나 큰 소리로 욕설을 내뱉으며 심리전을 펼쳤다.

끝내 풀밭에 턱을 괴며 드러누웠다.

적은 어딨나

동관 안에 있다네

성루에 있는 건 까마귀인가

까마귀가 아니라 조홍과 서황이네

딱히 다른 점이 있겠나

겁쟁이를 상대하면 지루하구나

곧 조조가 오겠지

낮잠이라도 잘까?

전우여 귀지라도 파다오

이런 식으로 조롱에다 가락을 붙여 노래까지 불렀다.

"두고 봐라. 본때를 보여주마."

조홍이 이를 부드득부드득 갈며 성문을 나서려 움직이자 서황이 극구 말렸다.

"승상께서 내리신 명을 잊었소? 열흘 동안은 굳게 지키고 나서지 말라고 당부하셨소."

안타깝게도 젊은 피가 들끓는 조홍은 만류를 뿌리치고 성 밖으로 달려 나가는 게 아닌가.

성안에서 대군이 단번에 밀려 나와 그동안 쌓였던 울분을 시원하게 풀었다. 서량 군은 당황하며 꽁무니를 뺐다.

"똑똑히 깨달았느냐?"

조홍은 적들을 쫓아다니며 사방팔방으로 무찌르고 다녔다.

서황도 어쩔 수 없이 수하를 이끌고 뒤에서 쫓아와 목청껏 아군을 말렸다.

"너무 멀리 쫓아가지 마라! 쫓아가지 마란 말이다."

이때 긴 제방 그늘에서 갑자기 북소리와 징 소리가 천지를 울렸다. 그러더니 군마 한 무리가 달려 나오는 게 아닌가.

"서량의 마대가 여기 있노라!"

조홍 군세는 잠시 주춤하다 다시 진형을 추스르려 애썼으나, 이어서 전령이 달려와 보고했다.

"큰일입니다. 적장 방덕이 퇴로를 끊었다 합니다."

"이런 제길! 퇴각하라."

부리나케 발길을 돌렸으나 이미 때는 늦었다. 어떻게 길을 우회했는지 서량의 마초와 한수가 관문을 공격하는 게 보였다. 서황과 조홍이 성을 비운 탓에 방비가 허술하여 서량에서 뽑힌 정예들이 애벌레처럼 줄줄이 성벽을 기어오르는 모습도 눈에 띄었다.

성에 남아 있던 종요는 이미 꽁무니를 빼고 도망쳐버렸다. 분통이 터졌지만 어쩔 도리가 없었다. 조홍과 서황도 결국 성을 버리고 줄걸음을 쳤다.

마초, 방덕, 한수, 마대가 이끄는 1만여 명에 달하는 대군은 성을 돌파하더니 동관 점령 따위는 안중에도 없다는 듯 도망치는 적을 끈덕지게 추격했다. 밤낮으로 숨 돌릴 틈도 주지 않았다.

"섬멸하라!"

함성과 함께 적을 쫓아다니느라 동분서주하였다.

조홍과 서황은 수많은 군사를 잃었을 뿐만 아니라 제 몸 하나 지키기도 벅찼다. 허나 허도를 향해 도망치던 끝에 조조 군

선봉대와 만나서 가까스로 목숨은 부지했다.

"당장 조홍과 서황을 데려와라."

이 소식을 들은 조조는 두 사람을 중군으로 불렀다. 그러고는 군법에 따라 패전 원인을 물었다.

"열흘 동안은 반드시 수비에 힘쓰고 함부로 싸우지 말라고 했거늘, 어째서 경솔하게 싸움에 나서서 적이 놓은 덫에 빠졌느냐? 조홍은 젊다 하나 서황도 있었는데 어찌 일이 이 지경이 되었는가 말이다."

서황은 질책 받자 궁색하게 둘러댔다.

"말씀하신 것처럼 거듭 말렸으나 조홍 장군은 혈기를 주체하지 못하고 제 만류를 듣지 않았습니다."

조조는 호되게 역정을 냈다.

"군법에 따라 책임을 묻겠다."

조조가 몸소 검을 뽑아 사촌 조홍을 베려는 찰나.

"저도 동죄입니다. 조홍 장군을 벌하신다면 저도 함께 벌해 주십시오."

서황이 앞에 나서며 간절히 부탁했다. 다른 이들도 조홍 목숨을 구걸하니 조조는 다소 표정을 누그러뜨리고 잠시 처벌을 미뤘다.

"공을 세우면 이번 일을 용서하겠다."

위수를 사이에 두고

1

조조 본군과 서량 대군은 다음 날 동관 동쪽에서 당당히 정면으로 대전했다.

조조 군은 세 군단으로 나뉘어 진을 쳤고 조조는 중앙에 서 있었다.

조조가 말을 걸터타고 나아가자 우익을 맡은 하후연과 좌익을 맡은 조인은 둘 다 징을 울리고 북을 치며 위풍에 기세를 더했다.

"조정을 받들 줄 모르는 오랑캐 자식아. 어디로 가느냐. 나와라. 인간 도리를 알려주마."

조조가 외친 말이 바람을 타고 상대 진에 이르자 우렁찬 답변이 돌아왔다.

"그래. 나는 마등의 아들 마초, 자는 맹기(孟起)다. 아버지 원수를 마주하니 참 기쁘구나. 게 서라, 조조!"

북소리와 함께 마초가 흰 바탕에 얼룩무늬가 있는 난폭한 말을 걸터타고 들판을 비스듬히 가로질러 들입다 달려왔다. 마초는 은갑(銀甲)을 입고 선홍색 전포를 걸친 용모가 단정한 약관의 청년이다.

"큰 도련님을 지켜라!"

마초가 걱정되었는지 방덕과 마대가 뒤따라왔다. 수하팔부도 질세라 일제히 달려 나왔다.

"저놈이 마초인가!"

가까이 오기 전부터 조조는 내심 놀란 눈치다. 문화를 모르는 북방 오랑캐라 얕잡아봤는데, 조조가 보기에 마초는 결코 미개한 야만인이 아니다.

"마초여."

"오, 조조인가."

"그대는 천자께서 각 나라를 통치하심을 모르는군."

"시끄럽다. 천자가 계심을 어찌 모르겠느냐. 그뿐만 아니라 천자 권위를 무시하며 조정을 핑계로 폭거를 저지르는 역적이 있음도 안다."

"중앙 군대는 곧 조정 군대다. 왜 스스로 나서서 역적이 되려 하느냐?"

"적반하장이란 바로 이를 두고 하는 말이구나. 조정을 모독하는 죄는 하늘과 백성이 용서치 않으리라. 게다가 죄 없는 내 아버지를 해하다니…. 누가 마초 깃발을 불의한 군세라 부르겠는가?"

마초는 말하는 것도 논리정연했다. 말로는 억누를 수 없다고 여겼는지 조조는 물러나서 좌우에 있는 장수에게 명했다.

"저 어린놈을 반드시 생포하라."

우금과 장합이 동시에 마초에게 덤벼들었다. 마초는 좌우로 덮쳐 오는 적을 능수능란하게 피하다가 말의 배를 보이며 한 바퀴 돌아서 뒤에 있던 적장 이통을 창으로 찔러 고꾸라뜨렸다.

그러고는 유유히 창을 들어 올리며 외쳤다.

"으아아…!"

그러자 구름과 안개처럼 가만히 대기하던 서량 대군이 단번에 들판을 새까맣게 휩쓸며 몰려왔다.

그 중후한 진형과 끈질긴 전투력은 허도 군세와 비할 바가 아니었다.

순식간에 진형이 밀리며 조조 군은 뿔뿔이 흩어졌다. 마대와 방덕은 당연히 조조를 노렸다.

"내 손으로 조조 뒷머리를 잡아서 끌고 가겠다."

난전을 헤치고 적의 중군에 파고들며 눈에 쌍심지를 켜고 조조를 찾아다녔다.

서량 병사는 곳곳에서 외쳐댔다.

"붉은 전포를 입은 자가 대장 조조다."

도망치다 그 소리를 들은 조조는 다급히 전포를 벗어던졌다.

"이걸 보고 쫓아오겠군."

그러자 쫓아오는 서량 군사들이 이렇게 외쳤다.

"수염이 긴 게 조조다. 조조는 수염이 길다."

"오늘이야말로…."

마초는 마대와 방덕보다 먼저 조조를 사방팔방으로 찾아다녔다. 마초가 아버지 원수 조조의 목을 베기 전까지는 돌아가지 않겠다고 다짐하며 말을 달리던 중에, 수하 한 사람이 달려와서 알렸다.

"수염이 긴 자를 찾아도 소용없습니다. 조조는 자기 수염을 자르고 도망쳤습니다."

그때 조조는 혼란스런 상황을 틈타 바로 옆을 지나던 참에 그 말을 들었다.

"안 되겠군."

조조는 다급히 깃발로 얼굴을 감싸고 두세 번 말을 채찍질했다.

"얼굴을 감싼 자가 조조다."

또 사방에서 외치는 소리가 들려왔다. 조조는 수풀 사이로 혼이 빠지게 달아났다. 그때 누가 옆을 창으로 찔러 들어왔다. 운 좋게 창은 나무에 박혀 쉽게 빠지지 않았다. 조조는 그 틈에 간신히 도망칠 수 있었다.

2

"오늘 난전 중에 내 후방을 지키며 계속 마초의 추격을 막은 자는 누구냐?"

조조는 아군 진영으로 돌아오자마자 공을 세운 자부터 확인했다.

이에 하후연이 나섰다.

"조홍입니다."

그러자 조조는 당연하다는 표정을 지으며 기쁘게 치하했다.

"그렇군. 조홍이리라 여겼다만…. 지난번 죄는 오늘 세운 공을 봐서 용서하겠다."

조홍이 하후연과 함께 감사를 올렸다.

조조는 오늘 있었던 위기를 떠올리며 몇 번이나 죽음을 각오했다고 일갈했다.

"나도 여러 번 전장에 나서서 참패를 당해보기도 했지만, 오늘만큼 격렬한 싸움터는 처음이다. 마초는 비록 적이긴 하지만 대단한 인물이다. 그대들도 결코 가벼이 여겨서는 안 될 터."

패군을 재정비한 조조는 강변을 따라 가시나무 울타리를 치고 팻말을 세워 군령을 내렸다.

"함부로 행동하는 자는 베겠다."

건안 16년 8월도 다 가고 가을이 다가왔다. 조조 군은 가을바람 아래서 고요히 진지를 지킨 채 한번도 싸우지 않았다.

"오랑캐 병사들이 오늘도 강 맞은편에서 욕설을 퍼붓는구나. 가증스러운 놈들!"

하루는 부아가 치민 장수 여럿이 조조를 찾아와 진언했다.

"북방 병사는 창술이 뛰어나고 말도 훌륭해 접전이 되면 민첩하고 용맹하기 비할 데가 없으나 활과 불화살 등은 잘 다루지 못합니다. 활을 가지고 싸움에 임해보면 어떻겠습니까?"

그러자 조조는 언짢아하며 답했다.

"싸우든 말든 내가 정할 일! 왜 군이 적군이 원하는 대로 싸우려 하느냐?"

그러고는 거듭 군령을 내렸다.

"명령을 거스르는 자는 군벌에 처하겠다. 각자 맡은 자리를 굳게 지키고 한 발짝도 진 밖으로 나가지 마라."

조조 마음을 깊게 헤아리지 않은 장수들은 서로 수군대며 고개를 갸웃거렸다.

"어떻게 된 일일까…. 아무리 마초에게 쫓겨서 혼이 났다고는 하나 이번에는 지나치게 소극적인 전법만 고집하시는군."

"나이 드신 탓이 아닐까. 동작대 연회를 치른 후로 흰머리도 눈에 띄던데…. 꽃도 사람도 필 때가 있으면 질 때가 있지. 봄이 가고 가을이 오는 걸 막을 수 없는 법."

정말로 조조가 늙어서였을까?

평범한 사람 눈에 비치는 객관과 영웅이 가지는 주관 사이에는 큰 차이가 있고 신념도 달랐다.

조조는 아직 자신이 늙었다고 여기지 않았으리라. 설사 젊은 날에 비해 몸과 마음이 쉽게 피로해진다는 사실을 자각하여 늙었다는 생각이 들었을지라도, 즉시 상념을 억누르고 '나는 아직 젊다!'며 혈색을 유지하려 노력했을 것이다.

며칠 후에 아군 척후가 보고했다.

"동관 마초 군에 새 병사가 2만쯤 증강된 것 같습니다. 이번 지원군도 북쪽에서 온 용맹한 오랑캐 병사입니다."

이 보고를 듣자마자 조조는 어째서인지 혼자 호탕하게 웃어젖혔다.

"승상, 어째서 웃으십니까? 적이 증원되었다는 소식이지 않습니까?"

한 사람이 물었다.

"주연부터 열어서 축하하자꾸나."

조조는 이리 말할 뿐이다.

그날 저녁 성대하게 축하연을 열어 다 함께 잔을 나누었다.

이번에는 장수들이 키득거리며 웃는 게 아닌가.

조조는 취기가 오른 눈으로 장수들을 바라보며 일갈했다.

"그대들은 내가 마초를 쓰러뜨릴 계책이 없다고 비웃었겠지…."

그러자 다들 황송해서 입을 다물고 말았다. 조조는 추궁했다.

"다른 사람을 비웃을 정도로 뛰어난 계책을 생각했다면 말해 보아라. 기꺼이 듣겠다."

3

장수들은 서로 얼굴을 빤히 마주 볼 뿐이다.

단 한 사람 서황만이 앞으로 나와서 거리낌 없이 의견을 말했다.

"이대로 동관에 있는 적과 마주 보고만 있으면 1년이 지나도 승패를 가르지 못합니다. 제가 보기에 위수(渭水) 상류와 하류에는 적의 병력이 적을 테니, 아군을 두 부대로 나누어 한 부대는 서쪽 포판진(蒲阪津)을 건너고 승상께서 다른 한 부대를 몸소 이끌고 북쪽에서 강을 건너면 적은 앞뒤에서 밀려오는 아군으로 인해 혼란에 빠져 궤멸할 것입니다만…."

"서황이 세운 계책은 아주 좋다."

조조는 칭찬하며 즉시 그 의견을 받아들였다.

"귀공은 주령(朱靈)을 대장으로 삼아 병사 4000명과 함께 먼저 서쪽에서 도강하여 맞은편에 있는 골짜기에 숨어 아군 신호를 기다려라. 나도 즉시 북쪽에서 위수를 건너 호응할 기회를 기다리리라."

곧 서량 진영 정찰병이 마초에게 보고했다.

"조조 군사들이 배다리를 만들며 도강 준비를 서두릅니다."

한수는 손뼉을 치며 좋아했다.

"마 장군, 드디어 적이 기회를 거저 주었소. 병법에서 이르길 '강을 절반쯤 건넜을 때 공격해야 한다'고 하오."

"다들 실수하지 마라."

팔방으로 척후병을 보내 조조 군이 도강하는 지점을 철저하게 감시했다.

조조는 그런 줄도 모르고 대군을 셋으로 나누어 위수 상류인 북쪽에서 도강했고 여봐란듯이 성공했다.

"좋아, 첫 단계는 멋지게 성공했군."

조조는 물가에 의자를 두고 앉아서 시시각각 전달되는 전황을 들었다.

"상륙한 아군은 이미 맞은편 요소마다 진지를 설치하고 흙으로 보루를 쌓습니다."

두 번째, 세 번째로 도착한 전령이 보고했다.

"지금 남쪽에서 적인지 아군인지 알 수 없는 한 무리가 뽀얀 흙먼지를 일으키며 달려옵니다."

다섯 번째 전령은 오자마자 허둥지둥 외쳤다.

"방심할 수 없습니다. 준비하십시오! 백은(白銀) 갑옷과 하얀 전포를 입은 대장을 선두로 2000명쯤 되는 적이 어떻게 강을 건넜는지 역습하러 왔습니다. 아마도 뒤쪽에서 도강한 모양입니다."

그때 조조 군은 거의 강을 건너간지라 조조 주변에는 고작 100여 명밖에 남아 있지 않았다.

"마초 아닌가?"

사람들은 화들짝 놀라 떠들기 시작했으나 조조는 대담했다.

"소란 떨지 마라."

의자에서 일어서지도 않았다.

이때 허저가 배를 타고 돌아와서 상황을 보더니 조조에게 재촉했다.

"승상, 적은 이미 우리 계획을 역이용하여 뒤쪽에서 몰려오고 있습니다. 배에 오르십시오."

조조는 여전히 태연했다.

"마초가 온다고 무슨 일이 벌어지겠는가. 치러야 할 결전을 벌일 뿐이다."

그때 이미 흙먼지는 코앞까지 다가왔고 마초, 방덕, 수하팔부 등이 맹렬한 기세로 100보 거리까지 육박했다.

"이런 제길, 큰일이다."

허저는 재빨리 조조에게 달려가 재촉했고, 너무나 일이 급한 나머지 조조를 등에 둘러업었다.

그러고는 강변까지 단숨에 달려 나갔으나 배는 이미 물가에서 1장이나 떨어져 있는 게 아닌가. 허저는 조조를 업은 채로 발만 동동 구를 뿐이다.

"얍!"

단숨에 몸을 날려 가까스로 갑판으로 올라탔다.

100여 명에 달하는 시종과 무사들은 첨벙첨벙 강에 뛰어들었다. 물에 빠져 죽는 자도 있었고 헤엄쳐서 도망치는 자도 있었으며 주변에 있는 작은 배나 뗏목을 붙잡는 자도 보였다. 개중에는 무턱대고 조조가 탄 배에 매달리는 자까지 있었다.

"떨어져라! 배가 기운다."

허저는 배를 붙잡는 아군들을 삿앗대로 밀어내며 도망쳤으나, 물살이 급하여 순식간에 하류로 떠내려갔다.

"놓치지 마라."

"저기 조조가 있다."

서량 병사들은 활을 겨누어 화살비를 쏘아댔다. 허저는 한 손으로 말안장을 들고 다른 한 손으로는 갑옷 소매를 들어 조조 몸을 철두철미하게 감쌌다.

4

조조마저 구사일생으로 겨우 살아남을 정도였으니, 조조 군이 다른 곳에서 입은 피해는 어마어마했다.

위수는 순식간에 붉은빛으로 물들었다. 떠내려오는 시체는 거의 위나라 병사다.

그나마 위남(渭南) 현령 정비(丁斐)가 발휘한 기지가 아니었으면 조조 군 피해는 두 배로 커졌으리라. 조조 군에게 패색이 역력하자 정비는 남산(南山)에 있는 목장에서 마소를 일제히 풀었다. 마소는 날뛰면서 서량 군을 향해 이리저리 뛰어들었다.

보통은 마소가 날뛴다고 전투력을 잃을 리가 만무하지만 서량 군 병사는 근본이 북방 오랑캐다.

"좋은 말이다. 아깝구나."

"저 소는 고기가 맛있겠군."

서로 말을 차지하려 다툼이 일어났고 욕심을 부리며 소를 쫓아다니기에 바빴다.

해서 서량 군은 기껏 이기던 싸움을 도중에 멈추고 각적을 불며 퇴각했다.

그 무렵 조조는 북쪽 기슭에 다다라 잠시간 쉬었다. 위나라 장수들도 하나둘 괴어들었다. 허저는 마치 도롱이를 걸친 것처럼 온몸에 화살이 박혔다. 사람들이 간호하려 애써도 거부하며 오로지 조조 걱정만 했다.

"승상께선 무사하신가?"

"괜찮으시다."

사람들은 허저를 안심시키고 나서야 겨우 진지 안에 허저를 누일 수 있었다.

한편, 조조는 부하들에게 시종 유쾌한 표정으로 오늘 있었던 위기를 마치 농처럼 얘기했다.

"그래, 위남 현령을 불러와라."

정비는 조조 앞으로 불려 나왔다.

"그대가 오늘 남산 목장을 열어 관청에 있던 마소를 풀어놓왔다지?"

정비는 당연히 벌을 받을 것이라고 각오했다. 그렇다고 주눅이 든 기색을 보이지도 않았다.

"그렇습니다. 처벌해주십시오."

"그래, 처분을 내려주마."

조조는 서기를 돌아보며 무언가 지시했다. 서기는 바로 문서를 작성한 뒤 정비에게 건넸다.

"정비, 읽어봐라."

정비가 조심스럽게 문서를 들여다보니, 이럴 수가!

오늘부터 그대를 전군교위(典軍校尉)로 임명하노라.

교위 정비는 감격하여 눈물을 흘렸다.

"오랫동안 이곳 위남에서 현령으로 있어 지리에 밝습니다. 제 둔한 지혜 중 일부라도 써주신다면 황송할 따름입니다."

정비는 은혜에 감복한 나머지 생각해낸 계략을 풀어놓았다.

한편, 서량성으로 돌아온 마초는 한수와 아쉽다는 듯 이야기를 나눴다.

"오늘은 참 아까웠소이다."

"조금만 더 빨랐으면 조조를 사로잡았을 텐데…. 한 남자가 조조를 등에 둘러업고 배에 뛰어오른 걸 보셨소이까? 지금도 그 모습이 눈에 선한데 비록 적이지만 대단한 호걸이었소."

한수는 연이어 고개를 주억거리며 맞장구쳤다.

"당연하오. 그 남자는 유명한 위나라 장수 허저요."

"허저라⋯."

"그대에게 수하팔부가 있듯이 조조도 부하 중 정예를 뽑아 친위대로 삼아 호위군(虎衛軍)이라 부른다오. 호위군 대장은 둘인데 하나는 진국(陳國) 사람 전위(典韋)로 철로 만든 80근짜리 극(戟)을 휘두르는 맹장이었으나 이미 세상을 떠났소. 또 한 사람이 바로 초국(譙國) 사람 허저니 당연히 강할 것이오."

"그랬구려."

"힘은 장사로 날뛰는 소꼬리를 잡아서 끌고 다녔다는 말까지 있소. 세간에서는 허저를 두고 호치(虎癡)나 호후(虎侯)라 부르기도 한다오."

그러면서 한수는 마초에게 단단히 충고했다.

"앞으로 그 남자와 만나도 일대일로 싸우지는 마시오."

척후가 보고하는 바에 따르면, 조조 군세는 그 후로 계속 도강하여 서량의 배후를 치려 하는 모양이다.

5

한수는 말을 이어 나갔다.

"우리에게는 골칫거리가 있소. 만약 이 싸움을 오래 끌면 조조는 진지에다 보루를 쌓아서 굳건한 요새를 만들 텐데 그러면 위수를 뚫기 곤란하오."

마초도 동감이다.

"그 말이 맞소. 지체 없이 공격해야겠소."

"이 한수가 경병(輕兵)을 이끌고 조조 중군으로 돌격하겠소. 그대는 북쪽 기슭을 막으며 적이 도강하지 못하게끔 본진을 지켜주시겠소?"

"좋소. 수비만 한다면 본인 하나라도 충분하오. 귀공께선 방덕도 데려가시오."

한수와 방덕은 서량 장병 1000여 기를 이끌고 늦은 밤부터 새벽에 걸쳐 조조 진을 기습했다.

아뿔싸! 한수와 방덕이 지휘하는 군세는 이미 조조 손바닥 위에 있었다. 조조는 이번에 새로 등용한 전 위남 현령인 교위 정비가 알려준 책략대로, 강변 제방을 따라 가짜 진지를 세웠다. 가짜 진지에는 인형과 깃발을 세워 그럴듯하게 꾸미고 진짜 본진은 이미 다른 곳에 옮겨놓은 다음이다.

그뿐만 아니라 강변에는 함정도 파놓았다. 이런 줄도 모르고 서량 군은 강변을 향해 기세등등하게 나아갔다.

"와아!"

서량 군이 함성을 지르며 가짜 진지로 돌진했다.

그러자 갑자기 땅이 푹 꺼지며 사람과 말이 구덩이에 떨어져 버렸다.

현장은 순식간에 아비규환이 되어 마치 물통에 가득 찬 미꾸라지를 보는 듯했다.

"이런 제길!"

방덕은 손발에 달라붙는 아군을 짓밟고 겨우 함정에서 빠져나온 다음 함정 앞에서 창을 비처럼 내리 찌르는 적병 10여 명을 단번에 쓰러뜨렸다.

"한수 장군! 한수 장군!"

방덕은 주군을 찾아다니며 동분서주했다.

그러던 중에 조인 일족 조영(曹永)이라는 자와 마주쳤다.

방덕은 조영을 단칼에 베어 죽인 후 말을 뺏어 걸터타고 적 중으로 달려갔다.

한수도 함정에 빠졌으나 방덕이 적을 쫓아버린 사이에 함정에서 빠져나와 말을 잡아타서 가까스로 목숨을 부지했다.

이번 기습은 대실패다!

마초가 패군을 수습한 다음 피해를 알아보니 1000여 기 중 3분의 1을 잃었다.

비록 전사자는 적었으나 수하팔부 중에서 정은과 장횡 두 사람을 잃어서 마초는 타격이 컸다.

그러나 마초는 역시 패기 넘치는 장수다.

"이리된 이상 조조가 보루를 짓게 내버려 두면 필승하기는 어려워지리라."

그날로 2차 습격 작전을 세우는데 돌입했다. 이번에는 몸소 선두에 서서 마대와 방덕을 후방에 거느리고 위군 진지를 야습했다.

조조도 노회한 총수(總帥)다.

"오늘 밤 또 오리라."

2차 습격을 당연히 예상했다.

조조는 마초가 가진 성격과 적이 입은 피해가 작았다는 점을 근거로 2차 습격을 예상했으니, 마초가 계획한 야습도 의미가 없었다.

6리 길을 우회하여 서량이 이끄는 야습 부대가 조조 중군으로 돌격했으나, 사방에 깃발이 서 있을 뿐 병사는 없었다.

"맙소사! 빈 진이다."

"설마….."

허탕을 친 군마와 병사들이 허무하게 되돌아가려는 순간, 굉음을 신호로 사방에서 복병이 새까맣게 몰려왔다.

"마초를 살려 보내지 마라!"

서량 군 장수 성의는 이날 하후연에게 목숨을 잃었고, 다른 장병들도 적지 않은 피해를 보았다. 마초, 방덕, 마대 등은 불꽃을 튀기며 선전했으나 종내에는 패퇴할 수밖에 없었다.

이처럼 서량 군과 중앙군은 위수를 사이에 두고 일전일패를 반복하여 승패는 쉽게 나지 않았다.

화수목금토

1

위수는 큰 강이지만 수심이 얕고 지류가 여러 갈래며 모래밭이 많고 물살이 빨랐다.

곳곳에 수심이 깊은 곳도 있었지만 얕은 곳은 말을 타거나 걸어서 건널 수도 있었다.

위수를 사이에 두고 조조는 북쪽 평야에 진지를 세우고 서량군과 대치했으니 밤낮으로 기습 걱정이 끊이지 않았다.

"조인, 서둘러라."

조조는 지시한 일을 끊임없이 재촉했다.

바로 반영구적인 성채를 건설하는 일이다. 조인은 건설 지휘관이 되어 위수에 배다리를 놓고, 인부 2만에게 석재와 목재를 운반시켰으며, 밤낮으로 서둘러 연안 세 곳에 요새 건설을 진척시켰다.

서량에 있는 마초도 이 사실을 눈치챘다.

"그냥 내버려 두어라."

마초는 가만히 지켜보다가 공사가 8~9할 정도 끝날 무렵이 되어서야 공격하기 시작했다.

"가서 불태워버려라!"

서량 군은 남쪽과 북쪽에서 도강하여 화약, 낙엽, 기름 등을 성채에 마구잡이로 집어던졌다. 강에는 기름을 무자비로 흘려 보내 불을 붙였다.

배다리는 순식간에 불타고 말았다. 복숭아만 한 크기 공을 마구 던져댔는데 밟아도 밟아도 꺼지지 않았다. 이 공은 대체 무엇으로 만들었을까? 공은 깨지면서 연기를 뿜어내어 그 주변에 있는 사람들에게 화상을 입혔다. 그러고는 또다시 활활 불타올랐다.

이런 골치 아픈 무기를 가진 서량 군이 눈에 밟히는지라 조조는 골머리를 앓았다.

지혜로운 순유가 의견을 하나 제시했다.

"위수 제방을 이용하여 장장 몇 리에 걸쳐 흙으로 성채를 높이 쌓아, 흙벽과 참호로 이루어진 지하 성을 만들면 어떻겠습니까?"

"지하 성이라…. 옳거니! 흙으로 만든 성이라면 불에 타지 않겠구나."

인부 3만을 더 동원하여 부지런히 참호를 팠다.

파낸 흙으로는 층층이 벽을 쌓아 올려 성채를 만들었다. 마치 개미지옥을 만드는 듯한 토목 공사가 달포나 이어졌다.

흡사 이집트 피라미드처럼 생긴 토성이 거의 다 세워졌다.

물론 서량 군에서도 아주 잘 보였으리라. 한동안 손쓸 방도가 없는지 야습도 화공도 없었다.

헌데 위수에 날이 갈수록 수량이 차차 줄어드는 게 아닌가. 비가 줄기차게 쏟아지는데도 수량이 늘지 않았다. 이상하다고 여기던 참에 한밤 내내 거센 비가 주룩주룩 내렸다. 그다음 날 아침이 되자.

"큰물이다!"

"홍수다!"

망을 보던 병사가 절규했다.

병사와 말을 높은 곳으로 옮길 틈도 없이 저 멀리 상류에서 시커먼 물보라와 함께 거센 물살이 밀려 내려왔다.

서량 군은 보름이나 그전부터 상류에 둑을 만들어 일종의 댐처럼 강물을 모아두었던 것이다.

모래흙으로 지은 벽이 어찌 버티겠는가. 토성은 하루아침에 무너졌다. 참호도 메워져서 흔적도 없이 사라지고 말았다.

9월이 되었다.

북쪽 지방답게 벌써 눈이 내리기 시작했다. 며칠 동안 짙은 회색 구름이 하늘을 뒤덮었고 눈이 하염없이 내려 양군 모두 병사를 물리고 서로 노려보기만 했다.

"서량 오랑캐 놈들은 추위에 강하고 동관에 틀어박힐 수도 있지만, 아군은 이대로 가다간 겨우내 야외에서 눈보라에 시달리고 만다. 뭔가 좋은 방책은 없겠느냐?"

조조와 장수들이 그날도 줄곧 회의하던 중에 표연히 한 남자가 조조 진영을 찾아왔다.

"나는 종남산(終南山)에 은거하는 늙은이로 도호는 몽매(夢

梅)라 하오."

생긴 모습도 범상치 않았다.

"무슨 일로 오셨는가?"

"이번 여름 무렵부터 승상께선 위수 북쪽에 성채를 지으려 하신 모양이오만, 어째서 불과 물에 무너지지 않는 성을 짓지 않소?"

몽매 도인은 한 가지 제안을 했다.

"이제 곧 북풍이 불어닥칠 것이오. 자갈 섞인 모래흙이라도 재빨리 성을 쌓은 다음 물을 뿌려두면 하룻밤 사이에 얼어붙어, 이듬해 봄이 올 때까지 녹지 않을 것이오. 얼음 성이니만큼 불에 타지 않으며 강물에도 떠내려가지 않소."

말을 마치고 노인은 다시 어디론가 떠나버렸다.

2

하루는 북풍이 불었다. 조조는 몽매 거사가 알려준 가르침대로 성을 쌓기 위해 낮부터 인부 3~4만을 동원했다.

해가 지자 즉시 명했다.

"내일 동트기 전까지 다시 한번 토성을 지어라."

이날 밤은 장병들도 다 함께 성을 쌓는 데 몰두했다.

기초는 다져놓았으니 동틀 무렵에는 거의 다 갈무리할 수 있었다.

"물을 뿌려라. 성 전체에 물을 뿌려라."

자루 수만 개를 준비해두었다. 강물을 길어서 손에서 손으로 넘기며 성채까지 일일이 옮겼다. 흙으로 만든 문, 성루, 벽, 망루, 방, 창문까지 꼼꼼하게 물을 뿌리고 또 뿌렸다.

서량 군세는 아침 햇살이 비치는 강 맞은편을 바라보고 놀라 마지않았다.

"맙소사, 성이 생겼다."

"어느새…."

"하룻밤 사이에 짓다니…."

"봐라. 저건 지난번 같은 토성이 아니다. 얼음 성곽이다. 빙성(氷城)이다. "

마초와 한수도 나와서 의아해하며 손을 이마 위로 가리며 바라봤다.

"조조가 또 꾀를 부렸나 보군. 쳐들어가서 성곽 정체를 확인해주마."

즉시 북을 울려 병력을 집결한 다음 강을 건넜다.

"오랑캐 자식이 나타났군."

조조는 말을 걸터타고 가서 기다렸다.

마초는 조조를 보자 이를 빠득빠득 갈았다.

"네 이놈!"

당장에라도 뛰어가서 베어버리고 싶었지만, 조조 곁에 얼굴이 붉고 호염(虎髥)이 난 남자가 잘 연마된 거울 같은 눈으로 지긋이 이쪽을 바라보고 있어서 함부로 나서지 못했다.

'예의 그 호치라 불리는 남자로군?'

정체를 직감한 마초는 평소와 달리 자중하면서 시험 삼아 말을 한번 걸었다.

"모름지기 서량의 대장은 말한 바는 반드시 행하고, 행하면 철저하게 결과를 맺는다. 내가 듣기로 조조는 입만 살았고 도망을 잘 친다던데, 그대는 도망치지 않고 나와 승부를 겨룰 용기가 있는가?"

그러자 조조가 말을 받아쳤다.

"그대는 모른단 말인가, 이 시골뜨기 같으니라고. 호치 허저는 항상 내 곁을 지키는 맹장이다. 어째서 천하의 호걸이 쥐를 두려워하겠느냐?"

조조의 말이 채 끝나기도 전에 호치는 말을 걸터타고 달려 나오는 게 아닌가.

"내가 초현(譙縣) 사람 허저다. 그대는 도망치지 않고 나와 싸울 용기가 있느냐?"

비록 사람 목소리였지만 맹렬한 기운이 백수의 왕과 같았다.

마초는 예전에 한수가 한 말을 생각해내고 두려움을 느꼈다.

"또 만나자."

이 말만 남기고 말 머리를 돌려 군사를 퇴각시켰다.

이를 지켜보던 양군 병사는 깜짝 놀랐다.

'마초조차 두려워하는 허저는 대체 얼마나 강할까?'

긴장하지 않는 자가 없었다고 한다.

조조는 빙성에 들어가 장수들을 모아놓고 허저를 칭찬했다.

"어떤가, 호후의 용맹함을 잘 보았느냐. 내 오른팔답도다."

허저는 큰 명예를 얻자 당당하게 큰소리를 쳤다.

"내일은 반드시 마초를 생포하겠습니다."

허저는 그날 바로 적에게 도전장을 보냈다.

"내일 나오지 않으면 천하의 비웃음거리로 삼겠다."

마초는 길길이 화를 내며 답장을 보냈다.

"반드시 가겠다."

날이 밝아오자 방덕, 마대, 한수 등이 당당하게 쳐들어왔다.

기다렸다는 듯이 허저는 말을 걸터타고 나가 마초를 불렀다. 마초도 응답하고 과감하게 나가서 싸웠다.

100여 합을 싸우자 쌍방 모두 말이 지치는 바람에 각각 진지로 돌아가서 말을 바꿔 타고 다시 일대일로 싸웠다.

3

계속 싸웠으나 도무지 승부가 나지 않았다.

마초와 허저는 서로 창을 부수고 극을 바꿔가며 불꽃을 튀겼다. 서로 무기를 맞부딪치며 다시 겨루기를 100여 합!

"아아…."

각 진영에 있는 사람들은 모두 그저 손에 땀을 쥐고 가만히 숨을 죽이며 그 모습을 지켜봤다.

'호치 허저를 상대로 저만큼이나 싸우는 마초도 여간내기가 아니다.'

'서량의 마초와 대등하게 겨룰 자도 허저밖에 없으리라. 호치도 대단하다.'

이렇게 말을 뱉을 여유조차 없었다. 지켜보는 이들 중 감탄하지 않는 자가 없었다.

한창 싸우던 중 허저가 갑자기 먼저 말을 걸어왔다.

"아, 덥다. 땀이 뚝뚝 흘러서 눈 뜨고 싸우지를 못하겠구나. 마초, 잠시 기다려라."

허저는 말을 마치자마자 아군 진영으로 빠졌다.

'무슨 일이지?'

마초가 의아해하며 기다리는 동안 허저는 갑주와 전포를 벗어던지고 벌거숭이가 되어 나타났다.

"자, 와라."

다시 허저가 큰 칼을 들고 결투 장소에 나섰다.

그사이에 마초도 땀을 닦고 창을 바꾸며 잠시간 숨을 골랐다. 다시금 모래 먼지를 일으키고 벽력같은 소리를 지르며 시작된 3차 결투는 이번에도 용호상박이다.

"이얍!"

온 천하에 위세를 떨치는 허저가 기합을 내지르며 달려들었다. 마초 또한 노련하고 용맹한 무장이다. 눈으로 좇지 못할 만큼 재빠른 움직임으로 불을 뿜듯 거세게 창을 찔러댔다.

검이 쨍하고 창 자루를 쳤다. 마초는 잽싸게 물러났고 허저는 다시 칼을 들어 올렸다.

"으라차!"

공격을 피하며 마초는 적의 가슴을 노리며 맹렬하게 찔렀다.

"젠장!"

이를 악물고 허저는 공격을 옆으로 쳐내며 칼을 땅에 던짐과 동시에 적이 내민 창 자루 끝을 잡고 옆구리에 꽉 꼈다.

'빼앗기지 않겠다.'

'빼앗아 주마.'

두 사람은 마치 검은 구름 속에서 서로 울부짖는 천둥 같았다. 만약 한쪽이 창을 빼앗으면 다른 한쪽은 그 창으로 찔리리라. 주지 못한다. 줄 수 없었다.

급기야 와지끈하며 창이 부러졌다. 따다닥 따다닥 쌍방의 말이 뒤로 휘청거리다 소리 높여 울며 앞발을 들고 섰다. 두 사람은 부러진 창을 한쪽씩 들고 다시 맹렬하게 싸울 기세다.

"징! 퇴각을 알리는 징을 울려라."

조조가 다급하게 외쳤다. 만에 하나라도 호치가 당하기라도 한다면 전군 사기에 큰 영향을 미치리라.

이를 기회로 여긴 방덕과 마대 군세가 단번에 조조 군을 덮쳐 왔다.

하후연과 조홍 등이 힘껏 싸웠지만 서량 군 사기가 훨씬 높았다. 조조 군은 밀리는 처지고 허저도 팔꿈치에 화살을 2대나 맞았다.

"수비만 하라."

조조는 급히 퇴각하고 빙성 문을 꽁꽁 닫았다. 얼음 성곽이 제구실을 톡톡히 했다.

마초도 그날 병사를 물리며 이런 생각을 했다.

'나도 어릴 적부터 수많은 무장을 만났으나 아직 허저만한 자를 본 적이 없다. 역시 호치로구나.'

조조도 딱히 뾰족한 대책은 없어 서황과 주령 두 사람에게 4000기를 내주어 위수 서쪽에 병사를 매복시켰다. 조조도 직접 도강하여 정면을 찌르려 시도했다. 하지만 마초 쪽에서 병사 수백 기를 이끌고 빙성 앞으로 와서 이곳저곳에서 소란을 피워댔다.

흙으로 지은 누각 안에서 이 광경을 바라보던 조조는 쓰고 있던 투구를 벗으며 한탄했다

"마초는 평범한 적이 아니구나. 이자가 살아 있는 한 안심하고 잠을 잘 수 없겠다."

"아군에 인재가 수두룩한데 고작 마초 하나를 꺾지 못해 마음고생 하실 것까지는 없습니다. 제가 죽을 각오로 마초 목을 베어 오겠습니다."

하후연은 그날 밤 조조가 말리는 것도 듣지 않고 부하 1000기를 이끌고 출격했다.

4

역시나 곧이어 하후연 군세가 고전 중이라는 보고가 득달같이 올라왔다.

내버려 둘 수도 없는 노릇이라 조조는 몸소 하후연을 구하러 출격했다.

"조조가 나왔다."

적들은 조조가 왔음을 서로 알렸고 되레 사기가 올랐다.

결국, 마초는 조조가 이끄는 중군을 쪼개버린 다음 조조를 졸졸 쫓아다녔다.

"천하 역적 조조야. 게 서라!"

힘으로는 당해낼 수 없다고 판단했는지 조조는 또다시 얼음 성채로 도망쳤다. 사실 조조는 병력을 둘로 나누어 한쪽은 이미 위수 서쪽에서 도강하라고 지시해두었다.

"당장 나와라, 조조. 언제까지 번데기나 오소리처럼 안에 틀어박혀 있을 테냐!"

마초는 빙성 아래서 조조를 도발했다.

그러던 중에 후진에 있는 한수가 전갈을 보내왔다.

"후방에 이상이 생겼소."

아침 일찍 마초는 군세를 이끌고 진지로 돌아갔다. 그날 이런 보고가 올라왔다.

"어젯밤 위수 서쪽으로 조조 대군이 강을 건넜고 이미 아군 뒤쪽에서 진지를 짓기 시작했습니다."

한수가 소스라치게 놀랐다.

"아군 뒤로…, 벌써 뒤로 돌아갔다?"

이 보고를 받고 한수는 이제 방법이 없다고 생각했는지 마초에게 휴전을 권했다. 여태까지 점령한 땅을 잠시 조조에게 돌려주고 화친을 맺어서 겨울 동안 쉰 다음 이듬해 봄에 다시 계책을 세워보자는 말이다. 과연 뛰어난 통찰력이다.

"좋은 생각입니다."

양추나 후선 등 다른 장수도 동의하며 마초에게 간언했다.

며칠 후 양추는 사자로서 문서를 들고 화친을 제의하러 조조 진을 찾았다.

조조는 내심 때마침 잘됐다고 생각했으나 일단 사신을 돌려 보낸 다음 휘하 중 지략이 뛰어난 가후(賈詡)와 상의했다.

"명백히 적에게 다른 뜻이 있는 화친입니다. 그렇다고 거부해도 좋지 않습니다. 제안을 받아들이되 우리도 손을 써두면 됩니다."

"어떻게 손을 쓰면 좋겠는가?"

"마초는 한수가 꾸미는 전략이 있어 강합니다. 한수가 세우는 작전도 마초가 용맹하니 빛을 발합니다. 따라서 두 사람을 이간질하여 분열시키면 서량 군 따위는 마치 늦가을 낙엽을 쓸어내듯 쉽게 처리할 수 있지 않겠습니까?"

다음 날.

조조가 마초에게 답장을 보냈다. 긍정적인 내용이다.

마초는 여전히 조조를 의심했다.

"조조 군은 요 사나흘 동안 후방 지류에 배다리를 놓고 도읍으로 돌아갈 준비를 하는 모양인데 우리를 속이기 위한 시늉 같소. 조조 부하 서황과 주령 부대가 여전히 위수 서쪽에서 움직이지 않는 게 그 증거요."

"전장에선 모름지기 기습과 정면 공격을 둘 다 준비하는 법이니 지나치게 걱정할 이유는 없소이다. 대신 경계를 늦추면 아니 되오."

한수도 방심하지 않았다. 서량 군은 서쪽에 있는 적군에 대비하는 한편 정면에 있는 조조 본진도 예의주시하며 긴장을 풀지 않았다.

적군이 경계한다는 소식을 듣고 조조는 가후를 바라보며 빙긋 웃었다.

"일단은 성공했군."

마침내 약속한 날이 오자 조조는 화려하게 차려입고 수많은 장수와 무사를 이끌며 조약을 맺으러 나왔다.

이토록 호화롭고 현란한 군대를 처음 보는데다가 조조 얼굴도 모르는 서량 군사들은 줄줄이 늘어선 채로 신기하다는 듯이 수군거렸다.

"저게 뭐지?"

"저놈이 조조인가."

조조는 아름다운 말을 걸터타고 비단옷과 금으로 된 관을 쓴 눈부신 모습을 조금 좌우로 움직이며 농을 했다.

"어이, 서량 병사들아. 내 모습이 그리 신기한가. 이 몸도 눈이 4개가 아니고 입도 2개가 아니다. 특이한 점은 지략의 깊이뿐이다."

농담하며 웃는 조조를 보고 서량 군사들은 두려움에 벌벌 떨며 입을 다물어버렸다.

적중작적(敵中作敵)

1

하루는 한수 막사에 조조가 보낸 사자가 발걸음 하였다.

"흠, 무슨 일이지?"

사신이 가져온 문서를 읽어보니 조조가 직접 쓴 서간이다.

그대와 나는 원수가 아니오. 그대 부친은 내 선배였고 그대는
역사와 병법을 논하며 천하를 위해 대성하겠다고 맹세한 내
친구였소.

그랬던 우리가 시간이 지나며 서로 적이 되니 몰인정한 일이
아닐 수 없소. 화살과 돌이 우리 사이를 갈랐지만 나는 옛정을
하루라도 잊은 적이 없소.

이제는 다행히 양군이 화친을 맺었고 나는 며칠 더 위수에 머
무를 예정이오.

부디 내 오랜 벗으로서 우리 진영을 찾아주었으면 하오.

"조조도 나를 잊지 않았구나."

한수는 옛정에 마음이 움직였는지 다음 날 갑옷도 입지 않고 호위병도 없이 불쑥 조조를 찾아갔다.

"어서 오시오."

조조는 웬일인지 한수를 진 안으로 안내하지 않았다. 몸소 진 밖으로 나와서 친근하게 말을 걸며 그동안 너무 소원해서 미안하다고 사과했다.

"생각나지 않소? 그대 부친과 나는 함께 효렴(孝廉)으로 천거되어 내가 어렸을 적에 부친께 신세를 꽤 졌소. 시간이 흘러 그대도 도읍에서 대학을 나오고 관직을 하사 받은 후에는 언제 인지도 모르게 소원해졌소만⋯. 지금 나이가 어떻게 되시오?"

"이제 마흔이외다."

"옛날에 도읍에서 함께 청춘을 보내던 시절에는 자주 학문을 논하거나 말을 타고 꽃놀이에 나서기도 했건만, 그대도 이제는 중늙은이가 다 되었소이다."

"승상도 만만치 않습니다. 수염도 조금 희끗해지셨구려."

"하하하. 언젠가 다시 태평성대를 이루면 옛날처럼 동심으로 돌아가고 싶구려. 아, 오늘은 초대해놓고 진중으로 안내하지 못해서 죄송하오. 아쉽게도 지금 막사 안에서 장수들을 모아놓고 회의를 하던 참이었소."

"괜찮소. 또 봅시다."

한수는 마음 편히 돌아갔다.

이 모습을 지켜보던 자가 마초에게 가서 낱낱이 보고했다.

마초는 표정에 불편한 기색이 역력했다. 다음 날 용무가 있다며 한수를 불러서 물었다.

"그러고 보니 귀공은 어제 위수 강변에서 조조와 친근하게 밀담을 나눴다고 들었소만…."

"밀담이라니…."

한수는 눈을 둥그렇게 뜨면서 손사래를 쳤다.

"푸른 하늘 아래 서서 이야기를 나누었을 뿐, 밀담을 나눈 적은 없소. 게다가 군사 얘기는 눈곱만큼도 하지 않았소이다."

"귀공이 말하지 않았더라도 혹시 조조가 뭔가 얘기하지는 않았소?"

"소년 시절에 함께 도읍에서 지내던 추억을 새록새록 되새겼을 뿐이오."

"그렇소? 귀공은 그리 오래전부터 조조와 친한 사이였다는 말이구려."

마초는 질투 어린 눈으로 한수를 바라봤다. 허나 한수는 전혀 켕기는 바가 없으니 이야기를 조금 더 나누다가 돌아갔다.

조조는 그날 밤 진중에 있는 으슥한 막사로 가후를 불러들였다.

"오늘 계책은 어떠하던가?"

"그야말로 기상천외한 묘수였습니다."

"서량 군 병사도 잘 보았겠지."

"물론입니다. 이미 마초 귀에도 들어갔을 것입니다. 한 가지 아쉬운 점이 있습니다. 아직 마초가 한수를 마음속 깊이 의심하게 하기는 어렵습니다."

"그런가?"

"승상께서 다시 한번 한수에게 친서를 보내십시오."

"용무도 없는데 서간을 자주 보내면 이상하지 않겠느냐?"

"개의치 마십시오. 문장으로 상대에게 뭔가를 시키려는 의도가 아닙니다. 글자는 일부러 흐리게 쓰시고 몇몇 중요해 보이는 부분은 나중에 지운 것처럼 먹칠하십시오. 글을 여러 차례 고쳐서 언뜻 보기에 대단히 복잡하고 중요해 보이게 쓰시면 됩니다."

"어렵구면."

"병마를 동원하는 일에 비하면 그 정도 노고는 아무것도 아닙니다. 한수도 서간을 받아보면 분명히 깜짝 놀라고 무슨 일인지 의아해하면서 마초에게 보여줄 것입니다. 만약 그리되면 이미 계략이 성취된 것이나 다름없습니다."

2

그 후 마초는 몰래 심복을 한수 진문 앞에 세워두고 누가 출입하는지 감시했다.

"오늘 저녁 또다시 조조가 보낸 사자가 한수 영내에 와서 서간을 전달했습니다."

심복이 마초에게 득달같이 보고했다.

"역시!"

마초는 한수를 시기하고 의심하던 중에 증명할 만한 증거를 잡았다고 여겼다. 저녁도 들지 않은 채로 나가서 한수가 머무는 진문을 두드렸다.

"혼자서 무슨 일이오?"

한수는 적잖이 놀라며 마초를 맞이했다. 휴전 중이기도 해서 다소 여유 있게 저녁을 들던 참이다.

"그게, 갑자기 싸움도 끝나서 한가하다 보니 함께 저녁이나 들고 싶어 들렀소."

"미리 연락을 주었으면 진중 요리와 술이라도 마련하여 기다렸을 텐데…."

"뜻밖에 이런 일이 생기는 편이 더 흥이 나지 않소? 한잔 받아도 되겠소?"

"차린 게 없어 송구스럽구려."

"상관없소이다."

마초는 술을 한잔 받았다.

"그나저나 그 후로 조조에게 소식은 없소?"

"그 후로 보지는 못했으나 방금 이상한 서간을 보내왔소. 술안주 삼아 보면서 대체 무슨 뜻인지 고민하던 참이었소이다."

한수는 탁상 위에 펼쳐놓은 서간을 보며 답했다.

"어디…."

마초는 마치 처음 들었다는 듯 서간에 손을 뻗었다.

"당최 무슨 말인지 알 수가 없을 거요. 본인도 읽어봤으나 잘 모르겠소."

마초는 대답도 잊은 채 가만히 글을 하나하나 살펴보았다.

글자도 흐릿했으며 곳곳에 먹으로 지우거나 고쳐 쓴 부분이 더러 눈에 띄었다. 아무리 봐도 수상한 서간이다. 마초는 서간을 소맷자락에 넣으며 부탁했다.

"잠시 빌리겠소."

"그러시오…."

한수는 대답하면서 묘한 표정을 지었다.

'대체 무엇에 쓰려는 것일까.'

다음 날 마초가 사자를 보내 한수를 불렀다. 한수가 찾아가자 마초는 낯빛을 바꾸고 노려보았다.

"간밤에 돌아오고 나서 조조 서간을 불빛에 비쳐 보니 심상치 않은 글자가 보이오. 그대는 설마 나를 조조에게 팔아넘길 생각이오?"

"지금 무슨 소리를 하시오?"

한수도 이내 안색이 달라졌다.

"얼마 전부터 귀공 태도가 이상했던 이유를 이제야 알겠소. 변명을 해봤자 소용없겠구려."

"할 말이 있다면 해보시오."

"그보다는 귀공에 대한 신뢰를 명백한 행동으로 보이겠소. 내일 조조 성채를 찾아가서 지난번처럼 진 밖에서 조조와 담소를 나눌 테니, 그대는 부근에 숨어 있다가 불시에 조조를 덮쳐 목을 베시오. 조조 목이 떨어지면 의심도 자연히 얼음이 녹듯 사라지지 않겠소."

"정말로 그리할 수 있겠소?"

"염려 마시오."

한수는 바로 다음 날 수하 이감, 마완, 양추, 후선 등을 데리고 갑작스레 조조 성채를 찾았다.

조조는 얼마 전부터 예의 빙성에 머물렀다. 한수가 찾아왔다는 말을 듣자 조인을 불러 명했다.

"조인, 대신 나갔다 와라."

그러면서 조인 귀에 대고 한두 마디 속닥였다.

조인은 수하들을 거느리고 위엄 있게 진문에서 나오더니 말을 걸터탄 채로 한수 곁으로 다가왔다.

"간밤에는 편지 감사하오. 승상께서도 기뻐하셨소. 미리 발각되면 큰일이오. 부디 방심하지 말고 마초를 조심하시오."

조인은 이리 말을 툭 뱉고 잽싸게 진중으로 들어가서 진문을 닫아버렸다.

주위에 숨어 있던 마초는 격노하며 한수가 돌아오자마자 처벌하겠다고 길길이 날뛰었다. 수하들이 극구 말리자 어쩔 수 없이 잠시 무기를 내려놓았다.

3

한수는 맥없이 진영으로 발걸음을 옮겼다.

곧 수하팔부 중 다섯 장수가 찾아와서 위로했다.

"우리는 장군이 가진 군은 충절을 잘 아오. 해서 더더욱 뜻밖의 일이오. 마초는 용맹하나 지략이 모자라니 조조를 당해내지 못할 터. 차라리 이번 기회에 장군도 조조에게 항복하여 부귀영화를 누려보면 어떻겠소?"

"말을 삼가시오. 제정신이오? 내가 군사를 일으킨 이유는 마

초의 아버지 마등과 생전에 나눈 의리에서 비롯되었소. 이제
와 마초를 버리고 조조에게 투항할 이유가 어딨단 말이오."

"그건 장군의 일방적인 생각일 뿐이오. 마초가 되레 장군을
배신자로 여기는 마당에 대체 누구에게 의리를 지키겠다는 말
이오?"

양추, 이감, 후선 등이 번갈아 마초를 배반하자고 부추겼다.

다섯 장수는 이미 마초에게 가망이 없다고 여긴 듯했다.

결국, 다섯 장수가 설득한 끝에 한수마저 변심하고 말았다.

그날 밤 양추를 밀사로 보내 조조와 내통했다.

"해냈도다."

조조는 손뼉을 짝짝 치며 기뻐했으리라. 조조는 성의를 다하
여 한수에게 답장을 썼는데 지극히 세밀한 계책을 알려주었다.

내일 저녁 마초를 연회에 초청하는 게 어떻겠소? 먼저 막사 주
변에 마른 잡목을 쌓은 다음 불을 붙여서 거대한 쥐를 질식시
키시오. 불길이 피어오르면 이 조조가 직접 군사를 이끌고 도
우러 나설 터. 그때 북소리와 함성에 휩싸인 마초를 생포하면
되오.

한수는 다음 날 다섯 장수를 모아서 의견을 나누었다. 조조
가 알려준 계략이 꼭 완벽하지는 않아서다.

"지금 마초를 초청해봤자 오지 않을 거요."

한수는 이 부분을 가장 걱정했다.

"의외로 올지도 모르오. 장군이 사죄한다고 간곡히 아뢰며

부른다면…."

양추가 옆에서 거들자 후선도 동의했다.

"아무래도 아직 젊은 대장이다 보니 말로 살살 구슬리면 찾아올 듯싶소."

이감도 자신 있게 권했다.

"제가 기필코 마초를 설득하여 데리고 오겠습니다. 부디 제게 맡겨주십시오."

하여 저녁까지 천막을 치고 몰래 마른 가지를 주워 모으며 연회를 착착 준비했다. 그러고는 한수를 중심으로 거사 전에 한잔 걸치며 계획에 대해 논의하는 순간.

"그 자리에 꼼짝 마라, 반역자들아!"

일갈하며 들어온 자가 있었다.

바로 마초다.

"아니…. 이럴 수가…."

갑자기 나타난 마초를 보자 한수는 당황하였고 마초가 검을 뽑으며 한수를 덮쳐 왔다.

"이놈들이, 간밤부터 무슨 작당을 했느냐!"

무섭게 검을 휘둘렀다.

한수는 극을 잡을 새도 없어 왼쪽 팔꿈치를 올려 검을 막아냈다. 순간 마초가 휘두르는 검은 한수의 왼손을 뎅겅 잘라내 버렸다.

"어딜 도망치느냐!"

마초가 한수를 끈질기게 쫓아가려 들자 다섯 장수가 좌우에서 마초를 공격해 들어왔다.

천막 밖에는 시뻘건 불길이 타오르기 시작했다. 마초는 푸른 피가 묻은 칼을 든 채로 한수를 찾는 데 혈안이 되었다.

"한수, 한수는 어딨느냐…"

마초 앞을 가로막은 마완은 순식간에 목숨을 잃었다. 마초를 따라온 방덕과 마대 등도 한수 부하를 찾아서는 하나하나 베어 죽였다. 이때 위수를 건너온 기마병 세 무리가 말없이 불길 속으로 달려 들어왔다.

"마초를 생포하라."

"조무래기는 내버려 두고 마초를 베어라."

기마병들은 목청껏 외쳐댔다.

그중에는 호치 허저를 비롯하여 하후연, 서황, 조홍 등 조조 군 맹장들도 모조리 가세하였다. 이 모습을 본 마초는 흠칫 놀랐다.

"보아하니 적들은 단단히 별렀나 보군."

마초는 급하게 진 밖으로 달아났지만 이미 방덕과 마대 모습은 보이지 않았다.

마초조차 당황했을 정도로 서량 군은 극심한 혼란에 빠졌고 진영 이곳저곳에서 뭉게뭉게 검은 연기가 피어올랐다.

해는 떨어졌으나 불길이 하늘을 태웠고 위수가 붉게 물들어 갔다.

병법 강의

1

같은 편끼리 시기하고 의심해서는 안 된다. 자기도 모르는 사이에 아군 중에 적을 만드니 말이다.

하지만 반간지계를 꾀한 조조 쪽에서 보면 서량 마초 군에게 쓴 '적중작적지계(敵中作敵之計)'가 완벽하게 성공한 셈이다.

내부 분열과 동시에 화친도 결렬되었다. 마초는 스스로 놓은 불과 자기가 만들어낸 적병에게 쫓겨 간신히 위수 가교까지 도망쳤다.

돌아보니 마초를 따르는 병사는 불과 100기뿐이고 방덕과 마대는 도중에 뿔뿔이 흩어지고 말았다.

"오, 저기 오는 자는 이감 아닌가."

함께 서량을 나선 수하팔부 중 한 사람이다. 마초는 철석같이 아군이라 믿었으나 정작 이감은 수하를 이끌고 다가오며 외쳤다.

"앗, 마초가 저기 있다. 반드시 처치하라."

그러면서 자기도 선두에 서서 창을 꼬나들고 마초를 가열차게 공격해 왔다.

맙소사! 마초는 놀라는 한편 격노했다.

"네놈도 배신자냐!"

마초는 당당히 맞서 싸웠고 이감은 기세에 밀려 말 머리를 돌리려 돌아섰다.

그러자 한쪽에서 조조 부하 우금이 이끄는 군세가 밀려오는 게 아닌가. 우금은 난전 속에서 활로 마초를 겨누었다.

활시위 소리가 피웅! 울리는 순간 마초는 말 위에 엎어졌고 화살은 횡! 빗나갔다.

공교롭게도 이감이 그 화살을 등에 맞고 말에서 고꾸라져 죽었다.

마초는 한눈팔지 않고 우금 군세로 달려들었다. 그러고는 힘껏 적을 무찌른 다음 위수 다리 위에 서서 한숨을 몰아쉬었다.

혼돈의 밤은 점점 깊어갔고 곧 동이 트려는지 희붐히 날이 밝아왔다.

마초는 다리 위에 자리 잡고 아군이 모이기를 기다렸으나 적병이 내지르는 함성과 화살이 닥쳐올 뿐이다.

적들은 마치 불어나는 강물처럼 끈덕지게 몰려와 다리를 겹겹이 포위했다. 마초는 몇 번이나 분기탱천하며 대군을 향해 돌격했으나 그때마다 번번이 상처를 입고 다리로 되돌아올 수밖에 없었다.

그뿐만 아니라 주변에 있던 부하들은 다시 다리로 돌아오지 못하거나 화살을 맞고 픽픽 쓰러져갔다.

"이곳에서 우왕좌왕할 바에는 마지막으로 한번 더 돌격해보자. 성공하면 포위를 뚫고 이 자리를 벗어나 재기를 노릴 수 있으리라. 설사 실패하여 목숨이 다한다 한들 온몸에 화살을 맞고 죽는 것보다는 낫다."

마초는 남은 수하를 독려하며 마치 불붙은 소가 미쳐 날뛰는 것처럼 다리 위에서 달려 나갔다.

"내 뒤를 따르라."

"한 치도 떨어지지 마라."

마초 휘하 장병 40~50명도 죽을힘을 다해 돌진했다. 사람이 사람을 밟고 말이 말을 밟으며 피바람이 일었다. 결국, 조조 군의 일각이 무너지며 좌우로 갈라졌다.

아쉽게도 마초를 따르던 장병들은 곳곳에서 쓰러지더니 결국 아무도 남지 않았다.

"어디 한번 다가와 봐라. 내 목숨이 붙어 있는 한은 가만두지 않겠다."

창은 부러져서 이미 버린 지 오래다. 적이 휘두르던 모를 빼앗아 후려쳤고 쇠뇌를 집어서 휘둘렀다. 말도 사람도 붉게 피 칠갑한 귀신 그 자체였다.

아무리 마초라 해도 체력에 한계가 있기 마련이다. 이제는 더 버틸 수 없었다.

'이제 진짜 끝이군.'

문득 이런 생각을 했을 때 인생은 최후를 맞이하는 법이다.

"젠장, 아직 목숨은 붙어 있다."

마초는 정신을 번쩍 차리며 나약해지는 마음을 질타했다. 그러고는 이루 헤아릴 수 없이 많은 적군 사이에서 반각이나 분투했다.

때마침 서북쪽에서 한 군세가 달려왔다. 뜻밖에도 아군 마대와 방덕이다. 고맙게도 마대와 방덕이 지휘하는 무리는 조조군 측면으로 치고 들어와 적을 뿔뿔이 흩어놓았다.

지금이 기회라는 듯이 방덕이 마초 몸을 끌어안고서 구름이 밀려가듯 말을 들입다 내달렸다.

2

적중작적지계가 보기 좋게 성공하자 조조는 말을 걸터타고 전선으로 나왔다. 그러고는 마초를 놓쳤다는 보고를 듣자 중얼거렸다.

"화룡점정은 쉽지 않구나."

이어서 주변 부하에게 물었다.

"마초를 따라 도망친 병력은 얼마나 되느냐?"

대장 하나가 나서서 답했다.

"방덕과 마대 등 1000기쯤입니다."

"뭐라, 1000기? 이미 놈들은 무력하다. 너희는 밤낮을 가리지 말고 마초를 추적하여 서로 공을 겨루어라. 만약 마초 목을 가져오는 자가 있다면 상으로 천금을 내리리라. 마초를 생포해 온 자는 신분을 묻지 않고 만호후(萬戶侯)로 봉하여 제후 반열에 오르게 해주마."

어마어마한 포상이다. 모든 군사가 분기등천하여 앞다투어 마초 추격에 가담하였다.

욕망에 눈이 먼 자들이 쫓는 목표가 되니 천하의 마초도 버티기가 쉽지 않았다. 가던 길을 되돌아가면 적과 마주쳤고 자리에 멈추면 쫓아온 적과 싸웠으며 끊임없이 궁지에 내몰렸다. 끝에 가서는 마초 일행은 30기밖에 남지 않았다. 밤에 자지도 않고 낮에 먹지도 않으며 오로지 서량을 향해 도망치고 또 도망쳤다.

함께 가던 방덕과 마대도 도중에 뿔뿔이 흩어지고 말았다. 마초는 농서(隴西) 지방을 향해 패주했는데 조조도 금방 알아차리고 명령을 내렸다.

"지금 놈들을 지방으로 놓쳐서는 안 된다."

아예 화근을 뿌리 뽑아버릴 생각으로 추격 고삐를 늦추지 않았다.

하여 장안 교외까지 다다랐을 때 조조는 도읍에 있는 순욱에게 급전을 받았다.

"북쪽 구름이 급한 움직임을 보이며 남강 물이 제방을 넘을 듯 말 듯합니다. 한시라도 빨리 병사를 물리시어 허도로 회군하십시오."

조조는 전군에 군령을 내렸다.

"일단 퇴각하자."

조조는 왼손이 잘린 한수를 서량후로 봉했다. 함께 항복한 양추와 후선 등도 제후로 삼으며 명했다.

"위수 부근을 지켜라."

이때 양주 참군(參軍)이던 양부(楊阜)라는 자가 나서며 의견을 냈다.

"마초의 용맹함은 옛 한신(韓信), 영포(英布)와 견줄 정도입니다. 이번에 마초를 처치하지 않고 물러간다면 산불을 끄러 갔다가 불씨를 남겨두고 돌아오는 꼴과 같으니 위험천만한 일입니다."

"나도 안다. 마초 목을 베고 반년 정도 전후 처리까지 하여 만전을 기하고 싶으나, 도읍 사정과 남방 형세가 급하니 어쩔 도리가 없구나."

"이전에 저와 함께 양주 자사로 일하던 위강(韋康)이라는 인물이 있습니다. 양주 사정에 밝고 민심을 얻은 자니 그 위강에게 군사를 맡겨 기성(冀城)을 지키게 하면 잘 다스릴 것입니다. 설사 마초가 재기를 꾀하더라도 위강이 있다면 얼마 못 가 자멸하고 말 것입니다."

"그러면 그대에게 맡기겠다. 위강과 그대는 힘을 합쳐서 다시 마초가 세력을 키우지 못하게끔 힘써라."

"명 받들겠습니다. 휘하 병력으로 장안성만은 철저하게 지켜주셨으면 합니다."

"물론이다. 장안 경계에는 충분한 병력과 우수한 장수를 남겨두고 가겠다."

조조는 하후연을 불러 명했다.

"옛 도읍인 장안에는 한수가 있으나 왼손을 잃었으니 거동이 불편할 터. 그대는 내 심복이니 대신 이곳을 잘 지켜주오."

"이름은 장기(張旣), 자는 덕용(德容)이라는 자가 있습니다.

고릉(高陵) 출신입니다. 이자를 경조윤(京兆尹)으로 기용하십시오. 장기와 힘을 합쳐서 승상께서 두 번 다시 서량 때문에 근심하는 일이 없게끔 힘쓰겠습니다."

"좋다, 장기도 남아라."

조조는 하후연이 올린 청을 기꺼이 들어주었다.

3

조조는 도읍으로 돌아가기 전날 밤을 휘하 장수들과 함께 마음껏 즐겼다.

그 자리에서 신하 하나가 조조에게 물었다.

"후학을 위해 여쭈겠습니다. 처음에 싸울 때 마초 군세는 동관 근처에 자리 잡아 위수 북쪽은 차단된 상태였습니다."

"으음….'

"그러면 당연히 강 동쪽을 공격하실 줄 알았는데 승상께서는 공연히 야외에서 진을 치는 위험을 범하시거나 북쪽 기슭에 진지를 세우시는 등, 전에 없이 전술에 혼란스러움이 보였습니다만…."

"험난한 곳에서 싸우지 말고 편한 곳에서 싸우라는 병법에서 이른 말을 따랐을 뿐이다."

"예. 하지만 이번 싸움에서는 오히려 그 반대로 움직인 것처럼 보였습니다."

"처음에는 일부러 적 정면에서 싸우는 척하며 적 병력을 모조리 아군 쪽으로 돌려 서황과 주령 등이 지휘하는 별동대가 서쪽에서 쉽게 도강하게끔 배려했다. 아군이 유리한 상황을 만들려고 적을 이용한 셈이다."

"그렇군요. 승상께서 실현하시려던 진정한 목적은 별동대였다는 말씀입니까?"

"일단 그렇다."

"우리 군 주력은 북쪽으로 건너가 제방을 따라서 요새를 지으려 하다 여러 차례 실패하고 마침내 얼음 성채까지 만들었는데, 승상께서도 처음에는 이렇게 빨리 싸움이 끝나리라고는 예상하지 못하셨습니까?"

"아니다. 일부러 아군의 약한 모습을 과하게 보여줘서 적이 자만에 빠지게 하려는 의도가 숨어 있었다. 게다가 서량 병사는 사나운 말처럼 성질이 급하니 그 예리한 뿔 같은 성미를 둔하게 만들려 노력했고, 느긋하게 대처하며 서량 병사를 안달나게 했을 뿐이다."

"적중작적지계는 오래전부터 계획하셨습니까?"

"싸움 속에서 기회는 직감으로 잡아야 한다. 이는 하늘에서 나는 소리다. 상투적인 생각으로는 결코 이를 수 없다. 싸우기 전에 작전을 세울 때는 신중을 기하므로 그저 패배만 피하는 전술이 되기 쉽다. 막상 전투가 시작되면 질풍신뢰(疾風迅雷, 사납게 부는 바람과 빠른 번개라는 뜻으로, 행동이 날쌔고 과격하거나 사태가 급변함을 비유하는 말 – 옮긴이)같이 빠른 판단을 해야 한다. 첫 싸움이 벌어질 때 양 진영 참모가 보인 지능은 차이가 나지 않고 상식선에서 대치한다. 싸우다 보면 하늘의 소리, 다시 말해 직감을 느낀 쪽이 상대방의 평범한 전술을 무너뜨리게 된다. 이때가 승패를 가르는 갈림길이다. 병법에서 드러나는 신묘함은 말로 설명하기가 참으로 어렵구나."

조조가 말해주는 해설은 마치 제자에게 강의하는 것처럼 친절했다. 여러 장수가 저마다 물었다.

"처음 싸움터로 나가실 때 승상께서는 서량 군 병력이 시시각각 늘어나며 그중에는 수하팔부 같은 맹장들도 많다는 소식을 듣자 손뼉을 치며 기뻐하였는데 그 이유는 무엇입니까?"

"서량은 중앙에서 멀리 떨어진 곳이고 땅은 험난하다. 왕화(王化, 중국 제도를 본받고 중국 천자의 제후국이 되게 함 – 옮긴이)가 제대로 되지 않은 폭도 군세가 한군데 모였다는 말은 사슴이나 멧돼지가 저 스스로 사냥터에 모여든 꼴이나 마찬가지다. 그렇지 않은가?"

"그렇습니다."

"만약 적들이 서량에서 나오지 않은 채로 그저 변경에서 조정 권위에 불복하기만 했다면 이를 토벌하려고 막대한 군비와 병력과 세월이 필요했으리라. 아마도 1년이나 2년 가지고는 이번만큼 전과를 내기는 쉽지 않을 터. 뜻밖에도 서량 군이 대거 밀려온다는 말을 듣고 기뻐한 나머지 환호했는데 이를 의아하게 여겼다 함은 그대들도 이제 병법에 눈뜨기 시작했다는 뜻이다. 앞으로도 일상 속 얕은 지혜에 얽매이지 말고 실전을 겪으면서 웅숭깊은 지혜를 갈고 닦아라."

말을 갈무리하며 조조는 잔을 높이 들었다.

"과연, 승상께선 아직 늙지 않았습니다."

장수들은 저마다 탄복하며 진심으로 조조를 찬양했다.

　조조가 도읍으로 돌아오자 헌제(獻帝)는 더욱 두려워하여 몸소 가마를 타고 나가서 개선군을 맞이하고 조조를 한나라 상국(相國) 소하(蕭何)같이 중히 여기라고 명했다. 다시 말해 조조는 이제 신발을 신은 채로 전상에 오르고 칼을 찬 채로 조정에 출입할 수 있는 몸이 된 것이다.

촉나라 사람 장송

1

근년에 한중(漢中, 섬서성)에 사는 민중 사이에서 한 도교 교단이 유달리 위세를 떨쳤다.

오두미교(五斗米教, 중국 후한 말기에 나타난 도교 일파로 정치적으로 혼란한 상황에서 백성에게 종교적 구원을 선전하여 크게 성행. 오두미도五斗米道, 줄여서 미무米巫, 미적米賊, 미도米道라고도 불림. ─옮긴이)다.

정확한 이름은 아니지만 일단 이렇게 부르자. 그 종교 신도가 되려면 쌀 5말을 바쳐야 하므로 그리 부르게 되었다.

"우리 집 식구는 웬일인지 자꾸 병에 걸린다."

"자꾸 재난이 생기는 이유는 저주 받아서래."

"우리 집 앉은뱅이가 일어섰다."

"오두미교 부적을 문에 붙이니 신통하게도 도적이 진짜 오지 않는다."

미신과 뜬소문과 거짓말과 참말 등 온갖 잡다한 말이 뒤섞

이더니, 언제부터인가 이 수상한 종교가 가지는 교세와 전당은 한중의 왕을 능가할 정도다.

교주는 사군(師君)이라 불렸다. 사군은 촉나라에 있는 곡명산(鵠鳴山)에서 도교를 가르치던 장형(張衡)이라는 도사 아들로, 이름은 장로(張魯)고 자는 공기(公祺)다.

장로는 한중에 와서 '오두미교'를 만들어 우민들에게 설파하기 시작했다.

"불쌍한 이들아, 내게 오라. 너희 고뇌는 내가 없애주마."

이때만큼 백성이 고난과 역경을 겪던 시대는 없었다. 아무리 둘러봐도 즐겁게 사는 집을 찾을 수 없었다. 게다가 교양도 없고 미래에 대한 희망도 없는 민중에게 장로가 설파하는 말은 잘 먹혀들었다.

"이분이야말로 하늘이 내린 도사님이다."

쌀 5말을 들고 묘당(廟堂)에 예배를 드리러 오는 사람이 문전성시를 이루었다.

사군 장로 아래에 치두(治頭)와 대제주(大祭酒)라는 도인이 있었고, 그 아래에는 귀졸(鬼卒)이라 불리는 제관(祭官)을 몇백 명이나 거느렸다.

불구나 병자 등이 기도를 부탁하러 오면 '참회하라'며 어두운 방에 두었다. 그리고 이레 후에 이름을 쓴 부적을 주면서 1통은 천신에게 바치기 위해 산에다 묻으라고 시켰다. 또 1통은 물에 가라앉히게 하고는 '네 죄업은 수신(水神)께 청하여 흘려보냈다'고 말했다.

몽매한 민중은 이 가르침을 잘 믿고 잘 따랐다. 어쩌다가 좋은 일이 생기면 크게 제사를 올렸다. 한중은 악랄한 종교가 설파하는 가르침에 물들어갔고 묘당에는 사람들이 바친 돼지, 닭, 옷감, 사금, 차 등이 산을 이루었으며 쌀자루는 창고 10채에 가득 차고도 남았다.

사교(邪敎)가 창궐하는 일은 해마다 기승을 더했고 올해로 벌써 30년째였으나 아무리 폐단이 심하다 한들 그곳은 중앙에서 아득히 먼 파촉(巴蜀) 땅이다. 칙령을 내려 금지하지도 못했고 군사를 보내 토벌하지도 못했다.

도리어 교주 장로를 회유하는 비굴한 방책을 택했다. 장로에게 진남중랑장(鎭南中郎將)이라는 관직을 내리고 한녕(漢寧) 태수로 봉하는 대신 다짐을 주었다.

"매년 조공을 바쳐라."

하여 오두미교는 중앙 정부로부터 공인을 받은 종교로서 더욱더 백성을 현혹했고 파촉 지방은 일종의 종교 국가로 변모해 갔다.

바로 얼마 전에 발생한 일이다.

한중의 한 농민이 자기 밭에서 황금 옥새를 파내고 깜짝 놀라며 관청에 가져갔다.

장로 신하들은 하나같이 입을 모았다.

"사군께서 한녕왕(漢寧王)으로 즉위해야 한다는 하늘이 내린 뜻입니다."

장로에게 왕위에 오르기를 권했다.

이때 염포(閻圃)라는 자가 염려했다.

"이번에 중앙의 조조는 서량의 마초를 토벌하면서 더욱 거만

해졌고 사람으로서 오를 수 있는 최고 위치에 올랐습니다. 확실히 조조를 쳐야 할 시기이긴 하나, 촉 41주를 먼저 통일한 다음에 거사를 치르시는 편이 좋겠습니다. 사군께서는 어떻게 생각하십니까?"

2

사군 장로 아우 장위(張衛)라는 대장이 있었다.

방금 염포가 한 말을 듣자 장위도 동조했다.

"그 말이 맞소이다. 염포가 하는 주장이 바로 대계가 아니겠소이까?"

장위는 앞에 나와서 염포가 내놓은 계책을 지지하며 호언장담했다.

"얼마 전에 서량의 마초가 조조에게 패하니 마초가 다스리던 영토가 혼란에 빠져 서량에서 한중으로 옮겨온 백성이 이미 수만 호에 이른다고 들었소. 게다가 예부터 한천 인구는 수십만 호가 넘으며 재물이 풍족하고 식량은 남아돌며 산천은 험준하고 길은 험난하니 이를 잘 지킨다면 1만 대군으로도 뚫지 못한다는 말이 있소이다. 촉나라를 통일하여 아래로는 군센 무력과 어진 정치로 기반을 다지고 위로는 제왕을 정한다면 이로써 천년을 누릴 기업(基業)을 열 수 있지 않겠소이까? 형님, 장위에게 촉나라를 칠 병마를 내주시오. 맹세코 이 원대한 이상을 실현해 보이겠소이다."

두 사람이 설득하는 말을 듣고 마음이 동했는지 장로는 기꺼이 허락했다.

"좋다. 준비하라."

한중의 병마가 은밀하게 촉나라를 노릴 때, 과연 촉나라는 어떤 상황이었을까?

파촉, 오늘날 사천성(四川省)을 말한다.

장강 1000리 상류에 양자강 물은 삼협(三峽)에 둘러싸여 흐른다. 하늘이 멀고 물이 맑으며 물살이 센 아름다운 경치 속에서 배를 타고 며칠을 가다 보면 눈앞이 확 트이며 일대 고원 지대가 펼쳐진다.

아시아 지붕이라 불리는 파미르 고원에서 뻗어 나온 곤륜(崑崙) 산맥은 중국 서부에 들어서면 민산(岷山) 산맥이 되고, 산맥 여러 봉우리를 흐르는 물은 민강(岷江), 금타강(金沱江), 부강(涪江), 가릉강(嘉陵江) 등으로 나누어졌다가 다시 양자강이라는 하나의 대동맥으로 모여든다.

사천이라는 이름은 여기서 유래했다. 하천 유역 분지에는 쌀, 보리, 동유(桐油, 유동 씨에서 짜낸 건성乾性 기름. 독성이 있어 먹지 못한다. 동유지桐油紙를 만들거나, 도료·인쇄 잉크 원료로 씀 - 옮긴이), 목재 등이 풍부했고 기후가 온난하며 한나라 초기부터 이미 수많은 민족이 들어온 상태여서 파촉 문화가 번창했다. 그 도읍이라 할 수 있는 중심지는 성도(成都)다.

다만 이 지방 교통이 얼마나 불편한지는 이루 다 말할 수 없다. 북쪽 섬서성으로 가려면 험하기로 유명한 검각(劍閣)을 거쳐야 했다. 남쪽은 파산(巴山) 산맥에 가로막힌 형국이다. 관중

(關中)으로 나가는 길 넷과 파촉으로 통하는 길 셋도 왕래가 곤란했다. 험준하고 깊은 골짜기 사이에 난 다리를 건너고 덩굴에 매달려 바위를 기어올라야 겨우 사람과 말이 지나갈 수 있을 정도니, 세간에선 '촉잔도(蜀棧道)'라 불렀다.

이제는 촉나라도 시대 흐름에서 떨어진 별천지가 아니다.

촉나라 유장은 한나라 노공왕(魯恭王) 후손으로 아버지 유언(劉焉) 뒤를 이었는데 무사태평한 국가에 익숙해진 나태하고 연약한 암군(暗君)이다.

"한중의 장로가 쳐들어온다니…. 어찌해야 하나. 아, 어찌한단 말인가."

유장은 난생처음으로 적이 가까운 곳에 있음을 깨달았다.

촉나라 장수들도 하나같이 두려움에 벌벌 떨었다. 그때 한 사람이 분연히 자리에서 일어났다.

"허락해주신다면 제가 세 치 혀를 굴려 장로 군세를 물리쳐 보겠습니다. 걱정하지 마십시오."

일어서서 말한 자를 보니 키 5척에 팔이 긴데다 심지어 코가 납작하고 뻐드렁니가 났으며 머리가 벗겨져서 청룡도처럼 이마가 넓었다.

오직 목소리만 클 뿐이다. 마치 종이 울리는 듯 여운과 무게 있는 목소리다.

"오, 장송(張松)인가. 그리 큰소리를 치다니 뭔가 좋은 계책이라도 있느냐?"

유장을 비롯하여 휘하 대장들이 반신반의하며 물었다.

"100만 대군도 겨우 한 사람 뜻으로 움직이는 법. 만약 그 한 사람을 제 혀로 설득할 수만 있다면 무엇인들 움직이지 못하겠습니까?"

장송은 허도로 가서 조조와 만나 향후 이해득실과 대계를 설명하여 전화위복할 수 있는 기회로 삼겠다고 차근차근 계책을 피력했다.

장송이 생각해낸 방책이란 대체 무얼까? 그 제안은 채택되어 장송은 사신으로서 도읍을 향해 먼 길을 떠나게 되었다.

장송은 여행 준비를 서두르는 한편 집에 화공(畫工)을 불러모아 서촉(西蜀) 41주를 담은 정교한 조감도를 그리게 하여 두루마리로 만들었다.

3

화공은 50일 정도 걸려 겨우 다 그려냈다. 41주에 걸친 촉나라 산천 계곡, 도시와 촌락, 갖은 통로, 뱃편, 짐 끄는 말이 달리는 길, 물류까지 수십 척이나 되는 단 1권짜리 두루마리에 담아냈다.

"이 그림을 보면 자리에 앉은 채로 촉나라를 두루 살필 수가 있겠구나. 아주 잘했다."

장송은 화공이 그동안 들인 노고를 위로했다.

장송은 즉시 유장을 알현하여 출발 준비가 되었음을 알리고 작별을 고했다. 유장은 그동안 준비해둔 금은, 주옥, 비단 등을 백마 7마리에 실은 다음 장송에게 맡겼다. 물론 조조에게 바칠 예물이다.

장송은 험난한 산을 넘고 골짜기를 돌아서 도읍으로 향했다.

이때 조조는 동작대에 놀러 갔다가 막 도읍에 돌아온 참이다.

강남을 휘도는 풍운은 여전히 가늠하기 어려웠으나 서량에서 떨치는 맹위를 일격에 분쇄하고 나니 조조는 한층 더 오만해졌다. 신하들도 기고만장하여 조조 수하가 아니면 사람도 아니라는 풍조에 취하며 인생에 만연한 봄을 만끽했다.

"과연 꽃의 도시로구나."

장송도 제법 놀란 눈치다. 위나라 문화가 찬란한 것을 마주하니 백마 7마리에 실어 온 예물을 바치기가 부끄럽다는 생각마저 들었다.

일단은 여관에 자리를 잡은 다음 상부에 입국했음을 알리고 영사부(迎使部) 관리를 통해 배알부(拜謁簿)에 이름과 관직 등을 기록했다.

절차를 마치자 관리가 말했다.

"승상께서 기별하실 때까지 기다리시오."

장송은 관리 말대로 연락을 기다렸다. 며칠이 지나도 상부에서 연락이 오지 않아서 의아하게 여기자 여관 주인이 와서 슬쩍 충고해주었다.

"아마도 이름을 배알부에 적을 때 담당 관리에게 뇌물을 주지 않아서일 거요."

이 말을 듣고 여관 주인을 통해 상부 관리에게 막대한 뇌물을 건네고 닷새가 지나서야 소식이 와 장송은 조조와 겨우 알현할 수 있었다.

조조는 장송을 노려보더니 죄를 꾸짖었다.

"촉나라는 어째서 매년 공물을 바치지 않느냐?"

"촉나라 길은 험준할 뿐만 아니라 도적 무리가 들끓어 안전하게 공물을 보내기가 어렵습니다."

조조는 자기 위엄에 흠집이 났다는 표정으로 반문했다.

"중국이 떨치는 위엄은 사방에 두루 미쳤으며 각 지방에서 도사리던 해악은 축출되었으니, 나는 지금 천하를 평정한 셈이다. 어찌 도적이 나타날 수 있겠느냐?"

"아닙니다. 아직 천하를 평정하시지는 않았습니다. 한중에는 장로가 있고, 형주에는 현덕이 있으며, 강남에는 손권이 있습니다. 더하여 산적이나 무뢰한 소굴이 우글거리는 지방이 얼마나 더 있을지 알 수 없습니다."

조조는 자리에서 벌떡 일어나더니 그 자리를 떠나버렸다. 격노한 모양이다. 장송은 멍하니 바라보기만 할 뿐이다.

계단 아래에 서 있던 신하들도 흥이 깨졌는지 장송의 어리석음을 비웃었다.

"타국 사신으로 먼 길을 와놓고서 구태여 승상에게 거역하다니 눈치가 없구려. 또다시 승상 분노를 사기 전에 어서 촉나라로 돌아가는 게 좋겠소."

그러자 장송은 납작코로 후후후 하고 비웃었다.

"보아하니 위나라 사람은 거짓말로 점철된 듯하오. 우리 촉나라에는 간사한 아첨꾼은 없소."

"말을 삼가시오. 지금 하는 말은 위나라 사람은 아첨꾼이라는 말이오?"

"누구시오?"

장송이 놀라며 휙 뒤돌아봤다. 조조 곁에 있던 신하 중 한 사람으로, 어딘지 모르게 기품이 느껴지는 청년이 성큼성큼 다가와 장송 앞에 섰다.

나이는 스물네다섯으로 보였다. 용모가 말쑥하고 눈썹이 가늘며 눈이 맑았다. 그이는 홍농(弘農) 사람이자 육상(六相)과 삼공(三公)을 배출한 명문가 출신으로, 양진(楊震)의 손자다. 이름은 양수(楊修), 자는 덕조(德祖)라 했다. 조조 신하로 양랑중(楊郎中)이라 불리며 안팎에 있는 창고 주부(主簿)다.

"타국 사신이라고 하나 잠자코 들어보니 참 무례한 말씀을 하시오. 귀공에게 할 말이 있으니 나를 따라오시오."

양수는 장송을 전각 안에 있는 서원으로 데리고 왔다. 장송은 이 청년이 풍기는 매력에 마음이 끌려 말없이 총총 따라갔다.

《맹덕신서》

1

"이곳은 안쪽 서원이오. 하급 관리는 출입하지 않으니 잠시 간 조용히 얘기를 나눠봤으면 하오. 앉으시겠소?"

양수는 장송에게 자리를 권하였고 몸소 차를 끓이며 먼 길을 온 장송의 노고를 위로했다.

"촉나라 길은 천하에 둘도 없이 험난하다고 들었소이다. 이 곳까지 오는데 고생이 많았겠소."

장송은 고개를 저으며 답했다.

"주군께서 내리신 명을 받들고 갈진대 만 리를 가야 한들 어 찌 멀다 하겠소. 불난 곳을 밟고 칼날 위를 걷는 험준한 길이라 할지라도 기꺼이 가야 할 것이오."

양수는 거듭 물었다.

"촉나라 국정과 지리는 어르신들께 들은 이야기와 서적으로 읽은 내용밖에 모르고 직접 촉나라 사람에게 물어본 적이 없 소. 혹시 괜찮다면 촉나라 이야기를 해줄 수 있겠소?"

"촉나라는 우리 대륙 서쪽에 위치하며 길은 금강(錦江)에 가로막혀 험난하고 지세는 검각의 수많은 봉우리에 둘러싸였으며 둘레는 208정(程)이고 길이는 3만여 리며 닭 우는 소리와 개 짖는 소리가 잘 들리고 시장이 발달했으며 토지는 비옥하고 수풀이 무성하며 홍수와 가뭄 걱정이 적고 나라가 풍요롭고 백성이 풍족하며 집집마다 악기가 있고 서로 화목하며 학문을 가까이하고 무예를 숭상하며 오랫동안 전란을 모르는 나라요."

"이야기만 들어도 한번 놀러 가보고 싶은 곳이오. 그대는 촉나라에서 어떤 임무를 띠고 오셨소이까?"

"본인은 그리 대단한 인물이 아니고 오히려 미천한 몸이오. 그나마 주군 유장께 별가(別駕) 직위를 하사받기는 했소. 실례지만 그대는 어떻소?"

"승상부 주부요."

"양가(楊家)라면 여러 대에 걸친 명문이 아니오. 대대로 재상 같은 높은 직책에 있었을 터인데 그 후손인 그대는 무슨 이유로 승상부 일개 관리가 되어 미천하게 조조 심부름이나 하며 지내오? 어째서 조정에서 천자를 보좌하여 온 나라를 두루 다스리는 일에 신명을 바치려 하지 않으시오?"

"…."

양수는 제 몸이 부끄럽다는 듯이 낯을 붉히며 잠시 고개를 숙였다.

"조 승상 휘하에서 군사와 군량 다루는 법을 배우고, 평시에는 서고를 관리하며 수많은 책을 읽으니 온갖 공부를 다 할 기회가 아니겠소."

"하하하. 조조 아래서 배울 게 있겠소이까? 내가 듣기로 조 승상은 공자와 맹자 도리조차 명확하게 모르고 병법 또한 손자 와 오자 경지에 이르지 못한다지 않소. 다시 말해 학문도 병법 도 둘 다 어중간하고 유달리 돋보이는 점은 패도(霸道)를 강하 게 밀어붙이는 신념뿐이오. 우리는 이리 알고 있소."

"장 공, 그대가 잘못 알고 있소. 변방인 촉나라에 있다 보니 사회와 인물을 보는 견식이 좁아서 승상의 위대함을 잘 헤아리 지 못한 것 같소."

"오히려 중앙에서 화려한 문화에 심취하여 이를 만능이라 여 기면서 천하를 보는 사람의 주관에는 병적인 독선이 가득한 법 이오. 조조가 가진 재능을 단적으로 드러낼 만한 증거는 없소 이까?"

"좋소. 이걸 한번 보시오."

양수는 일어서서 서가에서 책 1권을 뽑아 장송에게 건넸다.

《맹덕신서(孟德新書)》다.

장송은 대충 내용을 훑어봤다. 총 13편으로 나누어 병법 핵 심을 풀어서 설명하는 내용인 듯했다.

"누가 쓴 책이오?"

"조 승상이 군무를 보시면서 틈날 때마다 후세를 위하여 몸 소 작성하신 병법서요."

"호오, 재주도 좋구려."

"옛 병법에 빗대어 오늘날 전술을 풀어 설명하셨소. 손자 13편 을 본떠서 '맹덕신서'라 이름 붙이신 책이오. 이것만 봐도 승상 의 위대함을 헤아리기에는 충분할 터."

장송은 웃으면서 양수에게 그 책을 돌려주었다.

"우리 촉나라에서 이 정도는 삼척동자도 알고 동네 서당에서도 배운다오. 이런 걸《맹덕신서》라 하다니. 아하하, 어딜 봐서 신서요. 사람을 이리도 바보 취급하다니…."

"지금 뭐라 하였소. 비슷한 책이라도 있다는 말이오?"

"춘추 전국 시대에 이미 똑같은 저서가 존재했소. 저자를 모르는 책이나 승상은 그대로 옮겨 적어서 자기 머리에서 나온 양 학식 없는 이들에게 자랑하는 듯하오. 정말 대단한 신서가 다 있구려."

장송은 입을 쩍 벌리며 하염없이 웃어댔다.

2

양수는 조금 전까지만 해도 장송에게 호감을 느꼈으나 끊임없는 웃음소리와 무례한 큰소리를 듣고는 반감을 품은 듯했다. 경멸하는 눈빛을 감추지 않은 채 말했다.

"아무리 그래도 삼척동자가 난해한 내용을 외울 리가 없잖소? 허풍도 지나치면 그저 가소로울 뿐."

"내가 하는 말이 거짓 같소?"

"그런 말을 누가 믿겠소? 사실이라면 그대가 한번 암송해보시겠소?"

"삼척동자도 할 수 있는 일을 왜 내게 시키시오?"

"일단 그대 말이 사실인지 확인한 다음에 얘기를 들어보겠소이다."

"좋소."

장송은 가슴을 활짝 펴고 무릎에 손을 가만히 올려놓더니 동자가 책 내용을 음독하듯《맹덕신서》를 처음부터 끝까지 한 글자도 빠짐없이 읊었다.

양수는 두 눈이 휘둥그레진 나머지 눈알이 튀어나올 뻔했다. 바로 자리에서 일어나 장송에게 공손히 절하며 사죄했다.

"알아뵙지 못하여 죄송하오. 나도 그동안 저명한 학자나 현자와는 만나봤으나 귀공 같은 인물은 처음이오. 잠시간 이곳에서 기다리시오. 조 승상에게 말씀을 올려 다시 한번 대면하시게끔 청하고 오겠소이다."

양수는 청년답게 달떠서 이내 조조를 찾아갔다.

"승상, 어째서 촉나라에서 보낸 사신에게 그리 냉담하게 대하셨습니까?"

"딱 보면 알 수 있잖은가. 키가 작고 팔이 긴 꼴이 마치 긴팔원숭이 같다. 마음에 들지 않는다."

"용모를 가지고 인물을 고르시다 보면 가짜만 집어내고 진짜는 놓치실 수도 있습니다. 승상께서는 예전에 예형(禰衡)이라는 기인조차 등용하시지 않았습니까?"

"예형은 글을 쓰는 능력이 탁월하여 민심을 휘어잡았다. 장송 따위에게 무슨 재주가 있다는 말이냐?"

"함부로 단정 지어서는 아니 됩니다. 장송에게는 마치 바다를 뒤집고 강 흐름을 바꾸는 듯한 말솜씨가 있습니다. 승상께서 지은《맹덕신서》를 단 한 번 봤을 뿐인데 경을 읽듯 암송해냈습니다. 그뿐만 아니라 박학다식하여 그 실력을 가늠하기 어렵습니다.《맹덕신서》를 보더니 전국 시대에 이름 모를 사람이 쓴 책으로 아마도 승상이 쓴 책이 아니라고 단언하였습니다. 그뿐만 아니라 촉나라에서는 삼척동자도 외운다고 합니다."

양수는 장송을 과찬했다. 청년이니 어쩔 수 없는 일이지만 마지막 말을 듣고 조조가 어떤 표정을 지었는지 헤아리지 못한 채로 그저 장송을 격찬하느라 바빴다.

"중국 문화를 잘 알지 못하는 변방 사신이다. 우리 대국의 기상도 진정한 무력도 알지 못한 채 그런 헛소리를 지껄이는 모양이구나. 양수여."

"예."

"내일은 위부(衛府) 서쪽 교장으로 열병하러 갈 예정이니 그대도 장송을 데리고 구경하러 와라. 그자에게 위나라 군대가 어떤 것인지 똑똑히 보여줘라."

양수는 조조가 내린 명대로 다음 날 장송을 데리고 연병장에 나갔다.

이날 조조는 위부 연병장에서 찬란한 갑옷을 입고 황제가 탈 법한 명마에 올라탄 채로 5만 군사를 통솔하며 열병을 거행했다.

호위군 5만 명, 창기대(槍騎隊) 3000명, 의장(儀仗) 1000명, 전차, 석포, 노궁수, 고수, 나수(螺手), 간과대(干戈隊), 철궁대 등이 네 부대로 나뉘어 8열로 서 있다가 학익진을 펼치기도 하고, 5열로 정렬한 다음 다시 흩어져 조운진을 펼치는 등 웅대하고 장렬한 훈련을 펼쳐 보였다. 그 후에 조조는 관람석 아래로 말을 걸터타고 내려왔다.

　얼굴에 약간 땀이 흐르고 낯빛이 붉어진 채로 조조는 장송에게 득의양양하게 말을 걸어왔다.

　"어떤가, 촉나라에서 온 사자여. 촉나라에는 이런 군대가 있느냐?"

　장송은 눈을 비스듬히 하여 구경하다가 싱긋 웃으며 답했다.

　"촉나라에는 없습니다. 허나 문치와 도의로써 능히 나라를 다스리니 귀국 같은 군대가 필요 없습니다."

　양수는 옆에서 장송이 또다시 조조 심기를 건드리지는 않을지 노심초사했다.

서촉 41주 지도

1

패자(霸者)는 자신보다 뛰어난 이를 꺼린다.

조조는 장송이 드러내는 눈초리와 태도가 처음부터 마음에 들지 않았다.

게다가 장송은 조조가 자랑하는 5만 호위군의 교련을 보고도 냉소하는 듯했다. 조조는 그만 노기를 감추지 못했다.

"장송, 방금 그대는 촉나라가 어진 정치를 펼치니 강한 군사가 필요 없다고 했으나 만약 내가 서촉을 취하고자 정예를 이끌고 쳐들어간다면 어찌하겠느냐? 생쥐처럼 도망치고 숨는 능력이라도 있다고 자랑할 텐가?"

"하하하. 무슨 말씀이십니까?"

장송은 입꼬리를 씰룩 올리며 답했다.

"조 승상께서는 옛날에 복양(濮陽)에서 여포(呂布)에게 농락당했고 완성(宛城)에서 장수와 싸우다 패주했으며 적벽에서는 주유를 두려워했고 화용에서는 관우를 만나자 울며 매달려 겨우 목숨을 건졌으며 최근에는 위수 동관 싸움에서 수염을 자르고 전포를 버리며 간신히 도망쳤다고 들었습니다. 그런 승상이 지휘하는 장수라면 설사 100만이나 200만이 서촉으로 쳐들어온다 해도 촉나라 자연이 빚어낸 험준함과 병사들이 떨치는 용맹함으로 충분히 격퇴할 수 있습니다. 혹여 승상께서 아직 촉나라 산천이 품은 아름다움을 본 적이 없다면 언제든 놀러 오시기 바랍니다. 아마도 두 번 다시 동작대에 돌아갈 날은 오지 않을 것입니다.”

위압하려다 도리어 위압당하는 분위기다. 타국 사신과는 수도 없이 만나봤지만, 조조 앞에서 이만큼이나 직설적으로 말하는 자는 여태까지 단 한 사람도 없었다.

당연히 조조는 격노했다. 부들부들 떨면서 양수에게 명했다.

“언어도단이로다. 당장 이자 목을 베어 소금에 절인 다음 촉나라로 돌려보내라.”

양수는 힘껏 변호하며 애원했다.

“비록 말하는 태도는 불손하나 장송이 가진 재주는 헤아리기 어려울 정도니 부디 관대한 처분을 내려주십시오. 차라리 저를 벌해주십시오.”

“그렇게는 못 한다.”

조조는 귓등으로도 듣지 않았다. 하지만 순욱까지 나서서 특이한 재주를 가진 자를 죽였다는 사실이 천하에 알려지면 반드시 승상의 부덕함을 비난하는 근거로 쓰일 것이라며 뜯어말렸다. 다들 입을 모아 죽이지는 말라고 간언했다.

“그렇다면 봉으로 100대 치고 쫓아내라.”

이번에는 병사에게 명했다.

수많은 병사가 장송을 둘러싸더니 다짜고짜 연병장 밖으로 끌고 나갔다. 그러고는 사정없이 주먹질과 발길질을 하고는 초주검이 된 장송을 쫓아냈다.

"분하구나."

장송은 서둘러 촉나라로 돌아가려다가, 애초에 위나라로 온 이유를 곰곰 생각해봤다. 촉나라는 이제 우둔한 유장이 통치하기는 어려운 상황이다. 곧 한중이 쳐들어올 것이다. 만약 조조 인물이 좋았다면 촉나라를 조조에게 내어주어 위나라와 병합하거나 속국으로 삼으려 할 심산이었다.

"좋아, 복수할 겸 반드시 조조가 후회하게 해주마. 나 자신도 촉나라에서 나올 때 여러 사람 앞에서 호언장담한 마당에 이대로 본국에 돌아간다면 치욕스러울 뿐."

장송은 부어오른 얼굴을 치료했고, 그다음 날 상부에 알리지도 않은 채 시종들을 데리고 허도를 떠났다.

"촉나라 소인배가 더 작아져서 제 나라로 돌아갔구나."

도읍 사람들은 비웃었지만, 누가 예상이나 했을까? 장송은 도중에 방향을 바꾸어 형주를 향해 서둘렀다. 영주(郢州) 근처에 다다르자 멀리서 군마 한 무리가 정연히 다가왔다. 선두에 선 대장이 물어왔다.

"게 오는 사람은 촉나라 별가 장송 공이 아니오?"

"그렇다."

장송이 답하자 무장은 말에서 훌쩍 내려 예를 다했다.

"나는 형주 신하 조자룡이오. 주군 현덕께서 내리신 명에 따

라 마중을 나왔소이다. 먼 길을 오시느라 피곤하시겠소. 잠시
쉬었다 가시오."

자룡이 친절히 안내한 정자에는 술과 차를 차려놓았고, 목욕
준비까지 해놓은 게 아닌가.

2

사신으로서 위나라에 갔으나 소임을 다하지 못하고 실의와
치욕을 품은 채 형주를 찾아간 자신이 정중한 대접을 받다니
정말로 뜻밖이다.

"어째서 유 황숙께서는 나를 후하게 대접해주시는 거요?"

"귀공에게만 특별한 대우를 하지는 않소. 우리 주군은 어떤
손님이든 성의를 다해 대접하는 분이시오."

거기서부터는 조운이 해주는 안내를 받으며 아무런 걱정 없
이 형주를 향해 나아갔다.

며칠 후 형주 경계로 접어들었다. 해 질 녘에야 역관에 도착
할 수 있었다.

문밖에는 병사 100여 명이 두 줄로 정렬한 모습이 보였다.

장송이 보이자 일제히 북을 치고 징을 울리며 성대하게 환영
했다. 장송이 창황하여 멈춰 서자 수염이 길고 체구가 큰 대장
하나가 장송이 탄 말을 향해 저벅저벅 다가왔다.

"어서 오시오. 무사히 도착하셔서 다행이오."

마중 나온 대장은 미소를 띤 채로 예를 다하더니 몸소 재갈

을 잡고 말을 이끌었다.

장송은 당황하며 말에서 재빨리 내리더니 물었다.

"귀공은 관우 장군 아니오?"

"그렇소. 잘 부탁하오."

"송구스럽소. 몰랐다고는 하나 그만 말 위에서 인사를 받고 말았소. 용서해줬으면 하오."

"무슨 말씀을. 본인은 황숙께서 내리신 명을 받고 귀공을 마중하러 나온 일개 신하일 뿐이오. 귀공은 국빈이니 염려 마시오. 용무가 있다면 무슨 일이든 말씀해주시오."

역관으로 들어가자 관우는 장송을 손님으로 밤새 극진하게 대접했다.

다음 날에는 드디어 형주성으로 들어갔다. 보아하니 성안 문까지 길을 깨끗이 청소해놓았고 저 멀리서 비단 번과 오색 깃발을 휘날리며 인마 한 무리가 다가왔다.

맑게 퍼지는 나팔 소리와 함께 맨 앞에서 말을 걸터타고 오는 사람이 바로 유현덕이다. 좌우에는 복룡과 봉추, 다시 말해 공명과 방통이 보이는 게 아닌가.

장송은 눈이 휘둥그레져서 말에서 내렸고 황급히 땅바닥에 넙죽 엎드려 절하려 했으나 현덕이 먼저 말에서 내려 장송 손을 잡으며 말을 걸어왔다.

"예전부터 귀공 명성은 익히 들은 바 있으나, 구름과 산에 가로막힌 머나먼 곳에 거하시다 보니 그동안 배움을 청하러 찾아뵙지도 못했소이다. 마침 촉나라로 돌아가시는 길에 들른다는 소식을 듣고 모친을 기다리듯 고대하였소. 귀공을 흠모하던 제 마음을 헤아려 잠시간 성에 들러주시오.”

“저처럼 미천하고 때 묻은 자에게 가신까지 보내신데다 오늘은 직접 마중까지 나와주시다니 과분한 대접입니다. 그저 황송할 따름이옵니다.”

조조 앞에서는 그토록 무례하던 장송도 현덕 앞에서는 겸허한 태도다.

사람 간 응대란 한마디로 거울과도 같다. 교만함은 교만함을 비추며 겸손은 겸손을 비춘다. 상대가 보인 무례함에 화냈다면 자신이 드러낸 무례함에 화를 낸 것과 같다.

성안에서 받은 환영은 비록 호화롭지는 않았으나 만 리 길을 여행한 장송에게 따뜻한 감동을 주었다.

현덕은 세상 돌아가는 얘기를 할 뿐 촉나라 사정은 한마디도 물어보지 않았다.

도리어 장송이 먼저 말을 꺼내서 질문했다.

“지금 황숙께서 다스리는 영토는 형주를 중심으로 몇 십 주나 됩니까?”

공명이 곁에서 조심스레 답했다.

“형주를 포함해서 모두 빌린 땅에 지나지 않소. 형주를 온전히 영토로 삼아도 결코 불의한 일이 아니라고 주군께 늘 말씀드리나, 주군께서는 누구보다도 의리가 굳어 매부 손권의 권위를 존중하느라 아직 진정으로 내 것이라 할 만한 영토를 얻지 못했소이다.”

방통도 옆에서 거들었다.

“주군 현덕은 아시다시피 한조 종친이나 전혀 자기 자신을 강하게 주장하지 않소. 정작 지금 한조에서 최고 자리에 올라 정치를 쥐락펴락하는 자는 미천한 출신이건만….”

방덕은 답답하다는 듯이 말하며 장송 잔에 술을 한잔 따랐다.

<h1 style="text-align:center">3</h1>

“맞습니다. 그렇고말고요.”

장송은 방통이 따라주는 술을 받으며 연신 고개를 끄덕였다.

“오로지 덕 있는 사람이 다스려야 천하는 안정되고 백성이 마음 편히 살아갈 수 있는 법입니다. 삼가 소인이 보기에 유 황숙은 황실 종친인데다 인과 덕을 고루 갖췄으며 온 백성도 알고 있는 바이니 한낱 형주만을 다스리는 게 아니라 황실 정통을 이어받아 제위에 오른다 한들 아무도 비난하지 못합니다.”

현덕은 그 말을 듣고도 그저 손을 모은 채로 온화하게 고개를 옆으로 저었다.

“선생께서 과찬한 듯싶소. 어떻게 이 현덕에게 그런 자질과 덕망이 있겠소이까?”

현덕은 웃기만 했다.

장송은 사흘 동안 성안에서 후한 대접을 받았으며 한 번도 불쾌함을 느낀 적이 없었다.

나흘째 되는 날 장송은 작별을 고하고 촉나라로 떠났다.

현덕은 못내 아쉬워하며 십리정(十里亭)까지 몸소 배웅했다.

그곳에서 잠시 쉬면서 자그마한 연회를 열어 함께 잔을 들며 앞으로 무사함을 빌었다. 현덕은 눈물을 머금으며 이별을 누구보다 아쉬워했다.

"이번에는 선생과 불과 사흘밖에 어울리지 못했으나 언젠가 다시 배움을 청할 날도 오겠지요. 촉나라에 돌아가시고 나면 바쁘시겠지만 가끔이나마 형주에 현덕이 있음을 떠올려주시오. 기러기가 서쪽으로 날아가는 모습을 볼 때마다 본인도 서촉에 선생이 있음을 상기하겠소."

장송은 이때 현덕을 촉나라에 맞이해야겠다고 마음을 정했다. 촉나라에서 신천지를 창조해낼 인재는 현덕밖에 없었다.

"이번에는 사흘 동안 아침저녁으로 깊은 은혜를 입었는데 아무런 보답도 해드리지 못한 채로 떠나려니 부끄럽기 그지없습니다. 다만 황숙을 위해 여기서 한 말씀 올리자면, 형주 땅은 결코 황숙께서 계속 기거할 만한 영토가 아닙니다. 남쪽에서는 손권이 항상 형주를 병합하려 획책하고, 북쪽에서는 조조가 범처럼 버티는 상황입니다."

"선생, 본인도 모르는 바가 아니나 달리 기거할 만한 땅이 없소이다."

"부디 눈을 돌려 서촉 땅을 바라보십시오. 그곳은 사방이 험준한긴 하나, 골짜기를 넘으면 기름진 땅이 끝없이 펼쳐지고 백성은 강인하며 나라는 부유합니다. 만약 지금 형주에서 군사를 일으켜 촉나라를 점령하면 능히 대업을 이룰 수 있습니다."

"선생, 그런 말씀 마시오. 본인도 그런 생각이 없지는 않으나 촉나라 유장 또한 한실 종친이며 나와 한 핏줄이오. 그런데 어찌 내가 그 나라를 칠 수 있겠소이까?"

"아닙니다. 소의만 알고 대의를 모르는 생각입니다. 유장은 어리석고 유약한 태수며 선량하나 무능한 인물이니, 어찌 시대의 커다란 변화 속에서 살아남을 수 있겠습니까? 이대로 가다간 내일이라도 한중에서 장로가 쳐들어와 오두미교라는 사교 군세가 촉나라를 짓밟을지도 모릅니다. 해서 위나라 조조에게 촉나라를 넘겨서 장로의 침략을 막고 백성을 지키려 노력했습니다. 이것이 제가 도읍에 다녀온 이유입니다. 말하자면 조조를 찾아가 촉나라를 바치려 한 셈입니다."

"…."

"하지만 허도 부중에 들어서자마자 눈살을 찌푸렸습니다. 그곳은 문화가 지나치게 빨리 발달하여 사람들은 오만하고 관리는 뇌물을 좋아하며 물질만능주의가 팽배합니다. 조조 역시 인물 됨됨이와 군사를 교련하는 모습을 살펴보니 사대적이며 위협하기를 좋아하여 만날 때마다 반감이 커지기만 했습니다. 아마도 머지않아 조조는 한조에 커다란 위해를 끼칠 것입니다. 황숙, 결코 아부하거나 아첨하려는 뜻이 아닙니다. 부디 자중하심과 동시에 큰 뜻을 품고 천하 백성을 위해 소의에 얽매이지 마십시오."

장송은 시종을 불렀다.

그러고는 말에 실은 등짐 속에서 상자를 하나 꺼내 왔다.

뚜껑을 열어서 펼치니 촉나라의 천산만수(千山萬水), 험준한 산길, 비옥한 토지, 도시와 촌락 등을 한눈에 살펴볼 수 있었다. 바로 장송이 촉나라를 떠날 때부터 가지고 다녔던 '서촉 41주 지도'다.

4

"보십시오. 촉나라 지도입니다."

"아니, 이토록 정교할 수가! 거리의 멀고 가까움, 지형의 높낮이, 산천의 험준함, 창고, 식량, 집 수효까지···. 마치 이곳에서 촉나라를 구석구석 살피는 듯하오."

현덕은 그 지도에서 눈을 뗄 수 없었다.

"황숙, 서둘러 마음을 정하십시오."

장송은 곁에서 열심히 현덕을 격려했다.

"제게는 대단히 친한 벗이 둘 있습니다. 한 사람은 법정(法正), 자는 효직(孝直)이라는 자입니다. 또 한 사람은 맹달(孟達), 자는 자경(子慶)이라 합니다. 그 두 사람은 믿을 만한 인물이니 반드시 기억하셨다가 훗날 촉나라를 찾아왔을 때 알아봐 주셨으면 합니다."

"산은 늙지 않고 푸른 물은 영원히 흐른다 하오. 언젠가 선생이 한 배려에 보답할 날이 꼭 오리라 믿소."

"이 서촉 41주 지도는 훗날 촉나라로 오실 때 유용할 것입니다. 베풀어주신 은혜에 보답하는 뜻에서 헌상하겠습니다. 받아주십시오."

그러면서 장송은 촉나라로 돌아갔다.

현덕은 십리정에서 형주로 돌아갔으나 관우와 조운 등은 수십 리 더 장송을 배웅했다.

익주(益州), 파촉 지방을 총칭하는 말이다. 한나라 시대에 촉나라는 널리 익주 또는 파촉이라 불렸다.

먼 길을 여행했다. 장송은 여러 날이 걸려 겨우 고국 익주로 돌아왔다.

수도 성도(사천성 성도) 근처까지 왔을 때다.

"잘 돌아왔네."

"무사해서 다행이군."

길가에서 기다리던 두 친구가 장송을 알아보고 다가왔다.

"오, 맹달이군. 법정도 왔는가?"

장송은 말에서 내려 번갈아 손을 맞잡았다.

"오랫동안 촉나라 차를 맛보지 못했겠지. 그럴 줄 알고 저쪽 소나무 아래에 작은 화로를 두어 차를 끓이고 있었다네. 조금 쉬다 가게나."

친구들은 장송을 데리고 소나무 아래로 발걸음을 옮겼다. 차를 대접하고 이야기꽃을 피우다가 문득 장송이 두 사람에게 물었다.

"자네들도 이대로 가다간 촉나라가 멸망할 운명임은 알겠지. 그리된다면 누구를 주군으로 삼아서 촉나라를 기사회생시키겠나?"

법정은 의아하다는 표정으로 되물었다.

"그 문제로 자네는 먼 길을 떠나 위나라 조조와 만나고 온 게 아닌가. 조조와 협상할 때 좋지 않은 일이라도 있었나?"

"그렇다네. 결과가 아주 안 좋았지. 자네들이니 밝히지만 나는 도중에 마음이 바뀌었다네. 촉나라에 조조를 들이는 일은 곧 촉나라 멸망을 의미할 뿐이고 결코 백성을 위한 일이 아니네."

"그렇다면 누구를 맞이한단 말인가?"

"해서 지금 자네들 의중을 물어봤다네. 거리낄 것 없이 생각을 말해보게나."

"그 말은 사실인가?"

"내가 왜 자네들을 속이겠나."

"흠…."

법정은 잠시 생각하다 답했다.

"나라면 형주의 유현덕을 택하겠네."

맹달도 눈을 반짝이며 말했다.

"그래. 조조에게 촉나라를 바치느니 차라리 현덕을 주군으로 삼는 편이 좋겠네. 애초에 조조가 아니라 현덕에게 발걸음 해야 했어."

그 말을 듣자 장송은 빙그레 웃었다.

"사실은…."

뭐라 속닥이며 주변을 힐끔 살폈다. 그러고는 두 사람에게 가까이 다가가 작은 목소리로 허도를 떠난 후에 형주를 들린 사정과 현덕과 모종의 묵약을 맺은 사실 등을 낱낱이 밝혔다.

"그런가. 우리 세 사람 생각이 일치한 셈이로군. 좋아, 의욕이 샘솟네. 장형, 실수하지 말게나."

"만사는 내 가슴속에 있네. 이 일로 유장이 자네들을 부르거든 잘 대처하게나."

"알겠네."

세 사람은 피로 맹세한 다음 헤어졌다.

다음 날 장송은 성도로 들어가 유장을 알현하여 허도에 다녀온 결과를 상세히 보고했다.

물론 조조에 관해서는 되도록 나쁘게 보고했다. 조조는 일찍이 촉나라를 빼앗을 심산이므로 자기 말에 전혀 귀 기울이지 않았을 뿐만 아니라 도리어 장로보다 먼저 촉나라로 쳐들어올 기미까지 보였다고 전했다.

촉나라로 진군하다

1

유장은 당황하는 기색이 역력했다.

"조조에게 그런 야심이 있으면 소용이 없잖은가. 장로는 촉나라를 노리는 늑대고 조조는 촉나라를 노리는 범이다. 대체 어찌한단 말이냐?"

유장은 마음이 약하고 대책이 없었다. 그저 표정에 불안을 드러낼 뿐이다.

"걱정하지 마십시오."

장송은 힘주어 말했다.

"이리된 이상 형주를 다스리는 현덕에게 의지하십시오. 주군과 마찬가지로 한조 종친이니 한집안이나 마찬가지입니다. 게다가 이번에 여행하는 도중에 여러 지방에서 들어보니 현덕은 인자하며 관용이 넘치는 선군이라고 소문이 났으며 널리 인망도 두터웠습니다."

"유현덕과는 이제까지 아무런 교류도 하지 않았네. 현덕도 한나라 경제(景帝) 후손이라는 말은 들어본 적은 있지만…."

"그러니 이번 기회에 정중한 서간을 보내면 현덕도 우호국으로서 동맹을 맺을지도 모릅니다."

"누구를 사신으로 보내면 되겠나?"

"맹달과 법정보다 나은 이는 없겠습니다."

이때 장막 뒤에서 고함을 지르는 자가 있었다.

"주군! 귀를 막으십시오. 장송이 하는 말을 들었다간 서촉 41주는 다른 사람 것이 됩니다."

놀라며 뒤돌아보니 황권(黃権), 자는 공형(公衡)이라는 자다. 황권은 이마에 땀을 삐질삐질 흘리며 들어왔다.

유장은 눈썹을 찌푸리며 일갈했다.

"왜 그런 소리를 하느냐? 말을 삼가라."

황권은 굴하지 않고 고개를 들며 거듭 강조했다.

"아시다시피 현덕은 조조도 두려워하는 인물입니다. 너그럽고 인자하여 사람을 끌어들이는 힘이 상당합니다. 좌우에는 봉룡(鳳龍) 두 군사가 있으며 휘하에는 관우, 장비, 조운 등이 버티고 보좌합니다. 만약 이자를 촉나라에 들였다간 민심은 모조리 현덕을 향할 것입니다. 한 나라에 주인이 둘일 수는 없습니다. 주군께 위기가 닥칠 게 불을 보듯 뻔합니다. 장송은 위나라로 갔다가 돌아오는 길에 형주를 들렀다고 합니다. 부디 현찰해주시옵소서."

그러자 장송도 가만히 있을 수는 없었다.

"촉나라는 먼 미래가 아니라 이미 위기에 처한 상태다. 만약 한중 장로와 위나라 조조가 결탁하여 당장에라도 촉나라에 쳐들어오면 어찌할 것인가! 그저 허세를 부리는 일만이 애국은 아니다. 다른 계책이 있다면 한번 말해봐라.”

장송은 날카롭게 따지고 들었다.

그러자 또다시 장막 뒤에서 다른 목소리가 들려왔다.

“어림 반 푼어치 없는 소리. 주군, 장송이 놀려대는 혓바닥에 놀아나서는 아니 됩니다.”

큰 걸음으로 앞으로 나온 사람이 있었다.

종사관(從事官) 왕루(王累)다.

왕루는 유장에게 절하고 나서 간언했다.

“설사 한중 장로가 촉나라를 치는 걸 병에 빗댄다면 피부병에 지나지 않습니다. 허나 현덕을 끌어들이면 가슴과 배에 큰 병이 나는 것과 같습니다. 스스로 불치병에 걸리는 일이나 마찬가지입니다. 결코, 장송 말에 따라서는 아니 되옵니다.”

유장 머리에는 이미 아까 장송이 한 말이 선입관으로 단단히 박혀버렸다. 장송은 실제로 여러 지방 정세를 보고 온 사람인 데 반해 왕루나 황권은 바깥 실정에 어둡다. 이런 식으로 단순하게 구별했는지 언짢다는 듯이 화를 냈다.

“시끄럽다. 현덕이 인망도 실력도 없다면 군이 협력을 청할 이유가 있겠느냐? 게다가 우리 집안과 한 핏줄이기도 하고 조조마저 한 수 위로 본다 하니 나도 의지할 만하다 생각하여 현덕의 힘을 기꺼이 빌리려 한다. 너희야말로 다시는 쓸데없이 혀를 놀리지 마라.”

결국, 유장은 장송이 내민 제안을 받아들이고 말았다. 유장은 법정을 사신으로 삼았다. 법정은 이미 예전에 장송과 합의

한 바 있으므로 유장이 쓴 서간을 받아들고 서둘러 형주로 떠났다.

"뭐라, 촉나라 법정?"

현덕은 사신 이름을 듣자 장송과 헤어진 날에 들은 말을 바로 떠올렸다.

즉시 법정과 만나서 서간을 건네받고 그 자리에서 읽어보았다. 서간 첫머리에는 이렇게 쓰여 있었다.

족제(族弟) 유장이
종형(宗兄) 장군 휘하에 편지를 올립니다.

2

그날 밤 현덕은 방에서 혼자 생각에 잠겼다.

방통이 와서 말을 걸었다.

"공명은 어디 갔습니까?"

"촉나라 사자 법정을 객관까지 배웅하러 갔소."

"그렇습니까. 주군께서는 법정에게 이미 답변하셨습니까?"

"아직 생각 중이오."

"장송이 떠날 때 말하고 갔는데도 아직 의심하십니까?"

"의심하는 건 아니오."

"그렇다면 어째서 그토록 쓸데없이 고민하십니까?"

"생각해보시오. 지금 저와 물과 불의 관계인 자는 누구요?"

"바로 조조입니다."

"조조와 싸우기 위해서 나는 여태까지 조조와는 정반대로 나아갔소. 조조가 급히 가면 나는 천천히 갔고, 조조가 포악하게 다스리면 나는 인자하게 다스렸으며, 조조가 거짓으로 행하면 나는 진심으로 행했소. 이 방침을 스스로 깨려 하니 괴롭구려."

"무슨 말씀인지 모르겠습니다."

"장송, 법정, 맹달이 권하는 대로 촉나라를 앗으면 당연히 유장은 폐해야 할 터. 늘 얘기했듯이 유장은 내 족제요. 현덕이 집안 동생을 속이고 촉나라를 취했다고 세간에 알려지면 내가 그동안 지켜왔던 인의를 잃게 되오. 소탐대실(小貪大失)하다니 괴로운 일이 아닐 수 없소."

방통은 빙그레 웃으며 대화를 이어 나갔다.

"불이 난 자리에서 평소처럼 예법을 지키다간 몇 걸음도 떼지 못할 것입니다. 주군께서 하시는 말씀은 천륜과 인륜에 비추어 옳기는 하나, 지금은 난세니 천지는 불이 난 곳이나 다름없습니다. 어두운 곳을 치고 약한 곳을 병합하며 혼란을 가라앉히고 거꾸로 가는 자는 똑바로 가도록 이끄는 게 바로 병가가 맡은 임무입니다. 바로 백성의 안식을 지키는 일입니다. 촉나라 상태는 이에 정확히 들어맞습니다. 하늘을 대신하여 일을 정하고, 일이 정해지면 의로써 보답하면 됩니다. 오늘 주군께서 촉나라를 포기하면 내일 다른 이가 빼앗을지도 모릅니다. 족제라는 관계에 얽매어 마음고생이 심하실 테지만, 유장에게는 지금 말씀드린 것처럼 인애(仁愛)를 보이면 굳이 신의를 배신하지 않을 것입니다. 되레 그런 소의에 얽매이는 일이야말로 병가로서 비굴한 태도입니다."

방통은 거침없이 의견을 털어놓았다. 거사를 이루기 전에는 반드시 나아갈 방향을 분명하게 정해야 했다.

현덕도 겨우 수긍했다. 현덕도 절실하게 촉나라를 원했다. 아무래도 형주는 여러 번 치른 전쟁 탓에 피폐한 상태다. 지리적으로는 동남에 손권이 있고 북쪽에 조조가 버티니 끊임없이 수비에 신경 써야 했다. 오로지 서쪽에 있는 촉나라만이 문을 활짝 연 형국이다. 게다가 장송이 놓고 간 지도를 보고 그 나라가 얼마나 부강하며 자연 요새에 둘러싸여 있는지를 알아보니 형주와는 비교되지 않았다.

"잘 알겠소이다. 선생께서 해주시는 말씀은 금쪽같은 가르침이오. 장송이 손을 써서 나를 맞이하려 하는 일 또한 하늘의 뜻일 터."

"결심하셨습니까?"

"공명이 돌아오면 바로 회의를 열어 상의해야겠소."

곧 공명이 돌아와 세 사람은 머리를 맞대고 의논하기 시작했다.

다음 날 현덕은 법정에게 자기 뜻을 전하고 동시에 출진 명령을 내려 촉나라로 입국할 군세를 편성했다.

현덕은 물론 중군에 자리 잡았다.

방통을 참모로 삼고 관평과 유봉을 중군에 두었으며 황충과 위연을 전방과 후방에 각각 배치하여 원정군 총 5만을 치밀하게 편성했다.

무엇보다도 형주 수비가 관건이다. 만에 하나라도 이 원정이 실패했을 때, 혹은 남쪽에서 손권이 움직이거나 북쪽에서 조조가 빈틈을 노리는 등 곤란한 사태가 벌어졌을 때를 충분히 대비해야 했다. 그러지 않으면 먼 길을 떠나는 현덕도 안심하고 촉나라로 향할 수 없었다.

해서 형주에는 공명이 남기로 결정했다.

각 지역을 담당하는 장수는 어떻게 편성했을까?

양양 경계에 관우.

강릉성에 조자룡.

강변 4군에 장비.

이름난 무장을 요소요소에 두고 공명이 중앙 형주에 자리 잡은 철벽같은 태세다.

홍문지회가 아니다

1

건안 16년 12월 겨울이 돼서야 현덕은 촉나라에 들어갔다.

"주군이 내리신 명에 따라 마중 나왔습니다."

국경 근처 길가에서 4000여 기가 마중 나와 기다렸다.

현덕이 이름을 묻자 선봉에 선 장수가 짧게 대답했다.

"맹달입니다."

현덕은 싱긋 웃으며 맹달 눈을 바라봤다. 맹달도 눈빛으로 인사했다.

사전에 법정이 가져간 답장을 통해 현덕이 아군이 되었음을 안 유장은 무척 기뻐했던 모양이다. 각지 수령과 관리에게 명하여 갖은 방법으로 현덕을 환대했다.

게다가 몸소 성도를 나서서 부성(涪城, 사천성 중경重慶 동쪽)까지 마중을 나와서 거마, 무구, 천막 등을 화려하게 준비했다.

"위험합니다. 듣도 보도 못한 나라에서 온 5만 군사 앞에 몸소 나서시다니!"

황권이 거듭 간언했다.

곁에 있던 장송은 유장이 입을 열기도 전에 힐난했다.

"황권, 그대는 어찌 함부로 동맹국 군사를 의심하고 주군과 종친 사이를 이간질하려는가?"

유장도 함께 꾸짖었다.

"장송 말이 맞다. 현덕은 내 종친이다. 지금 촉나라 위기를 돕기 위해 먼 길을 달려오지 않았더냐. 허튼소리 말아라!"

황권은 슬퍼하며 읊조렸다.

"평소에 나라 녹을 먹으면서 오늘 주군이 베푼 은혜에 보답하지 못하다니 어찌 된 일인가…."

황권은 머리를 땅에 부딪고 얼굴에 피를 철철 흘리면서도 계속 간언했다.

"시끄럽다!"

유장은 소매를 홱 뿌리쳤다. 황권은 놓아주지 않겠다며 주군 소맷자락을 깨물어 버텨서 앞니가 2개나 부러졌다.

성문을 나서려 할 때 또다시 소리를 지르며 유장이 탄 수레에 매달리는 가신이 있었다. 이회(李恢)라는 자로 눈물을 흘리며 간절히 유장을 말렸다.

"예부터 천자에게 간언하는 충신 일곱이 있으면 천하를 잃지 않으며, 제후에게 간언하는 가신 다섯이 있으면 난세에도 나라를 잃지 않으며, 대장부에게 간언하는 충복 셋이 있으면 주인이 도리에서 벗어나더라도 집을 잃지 않는다고 합니다. 지금 황권이 올리는 간언을 듣지 않고 현덕을 촉나라에 들이면 자살이나 다름없습니다."

유장은 급기야 귀를 꽁꽁 틀어막았다.

"수레를 멈추지 마라. 바퀴를 잡고 늘어진다면 수레로 치어 죽여라."

이때 누군가의 하인이 와서 애절하게 하소연했다. 울부짖는 소리를 들어보니 이런 내용이다.

"제 주인 왕루가 어떻게든 주군 마음을 돌리기 위해 스스로 몸을 밧줄로 묶어 유교문(楡橋門) 위에서 거꾸로 매달렸습니다. 부탁드립니다. 주인을 살려주시옵소서!"

장송은 수레를 지키는 병사들을 엄하게 질타했다.

"머뭇거릴 것 없다. 수레를 끌어라."

그러고는 수레 곁으로 다가가 유장에게 속닥였다.

"저들은 하나같이 충신인 척하거나 미친 척하여 주군을 협박하려 합니다만, 한마디로 한중과 벌일 싸움을 피하여 하루빨리 안전해지려는 속셈입니다. 주군이 아니라 처자식이나 애첩 걱정이나 할 위인입니다."

그사이에 유교문에 다다랐다. 올려다보니 정말 한 신하가 놀라운 결의를 보였다. 아까 하인이 울부짖으며 하소연하던 대로 왕루가 거꾸로 매달려 있는 게 아닌가. 분명 왕루다.

오른손에는 검을 들고 왼손에는 간언하는 글을 쥔 모습이다. 밧줄에 묶여서 양발은 하늘을 향했고 머리를 땅으로 향한 채 노려보는 길이다.

다들 놀라는 바람에 수레가 갑자기 멈추자 왕루는 크게 입을 열어 소리쳤다.

"주군, 기다려주십시오."

그러더니 간언하는 글을 마치 곡하듯이, 하소연하듯이, 화를 내듯이 읽어 내려갔다. 만약 받아들이지 않으면 검으로 밧줄을 잘라 스스로 땅에 머리를 부딪쳐 죽겠다고 고함쳤다.

유장은 아까 장송이 말한 대로 비겁한 가신들이 자신을 협박한다고 여기며 일갈했다.

"시끄럽다! 그대 말은 듣지 않겠다."

그러자 왕루는 비통하게 외쳤다.

"안타깝구나, 촉나라여!"

그리고는 오른손에 든 검을 휘둘러 스스로 밧줄을 잘라 수레 앞에 떨어져서, 머리뼈가 우지끈 하고 깨지는 소리가 유교문 앞에 울려 퍼졌다.

2

수행원 3만과 금은과 군량을 실은 수레 1000여 승이 성도에서 360리 떨어진 부성으로 마중 나왔다.

한편, 현덕은 도중에 여러 차례 관민들이 보내는 열렬한 환영을 받으며 이미 100리 떨어진 곳까지 다다랐다.

현덕을 안내하던 법정은 이때 장송이 보낸 밀서를 은밀히 받았다. 법정은 밀서를 조용히 방통에게 보여주며 의논했다.

"장송이 이 기회를 놓쳐서는 안 된다고 전갈을 보냈습니다. 확실하게 처리해야 합니다."

방통도 이번이 거사 기회라 여기며 법정에게 주의를 주었다.

"그대도 부하들이 눈치채지 않도록 조심하게."

이윽고 부성에서 유장과 현덕이 대면하는 날이 왔다.

두 사람은 화기애애한 분위기 속에서 대화를 나누었다.

"세월은 흘러도 서로 종친 혈통을 세상에 남겨 다시 만나니 참으로 기쁜 일이오. 다시 한조에서 누린 영광을 보기 위해 형제끼리 힘을 합치지 않겠소이까?"

정다운 말을 건네며 현덕이 눈물을 흘리자 유장도 힘을 얻었는지 현덕의 손을 맞잡으며 기뻐했다.

"이제 촉나라는 외세 침략을 걱정하지 않아도 되는구나."

몇 시간 동안 연회를 즐기다 현덕은 선선히 돌아갔다. 현덕이 데려온 5만 군세를 성 밖 부강 강변에 두고 와서다.

현덕이 돌아가자 유장은 좌우에 있는 신하에게 의기양양하게 말했다.

"어떠냐? 풍문처럼 훌륭한 인물이 아니더냐. 왕루나 황권 등은 사람 보는 눈이 없고 세상에 떠다니는 험담을 믿고 나를 말렸다. 자결했으니 다행이지, 살아 있었다면 무슨 낯으로 날 보았겠느냐?"

촉나라 신하들은 이 말을 듣고 걱정이 더 커졌다. 등현(鄧賢), 장임(張任), 냉포(冷苞) 등이 번갈아 나와서 넌지시 진언했다.

"사람을 겉모습만 보고 판단해서는 아니 됩니다. 외유내강이라는 말도 있습니다. 만에 하나라도 일이 틀어지면 돌이킬 수 없습니다."

신하들이 조심하라고 당부했으나 유장은 껄껄 웃으면서 흘려 넘겼다.

"일일이 사람을 의심하면서 어찌 세상을 살아가겠느냐?"

유장은 자신이 말하는 것처럼 호인이다. 만약 서민으로 태어났으면 끊임없이 다른 사람에게 속고 지내며 재산을 탕진했겠지만, 대신 좋은 사람이라 불리며 사랑 받았을 것이다.

하지만 촉나라 주권자며 백성을 살피는 태수로서는 부적합한 인물이다.

"유장과 만나보니 어떻습니까?"

현덕이 돌아오자 방통이 자못 궁금했는지 물어왔다. 현덕은 짧게 답했다.

"진실한 사람이오."

방통은 그 속뜻을 헤아렸다.

"바꿔 말하면 우둔한 사람이겠지요."

현덕은 말없이 눈을 깜박였다. 유장을 불쌍히 여기는 눈치다.

"아아, 마음이 약해지셨구나."

방통은 현덕의 생각을 바로 간파했다.

"주군, 무엇을 위해 험준한 산천을 넘어 머나먼 이곳까지 군사를 데리고 오셨습니까?"

방통은 직언하며 간절히 말했다.

"내일 답례 뜻으로 주연을 열어 유장을 초청하십시오. 이제는 결단하셔야 합니다. 사사로운 정에 얽매일 때가 아닙니다."

법정도 와서 거들었다.

"성도에 있는 장송에게 서간이 왔습니다. 이번 기회를 놓치지 말고 일을 처리하라는 말과 함께 내부에서 호응할 계획이 적혀 있었습니다. 지금 귀공께서 촉나라를 취하지 않으면 결국 한중의 장로나 위나라 조조가 빼앗을 것입니다. 이제 와 머뭇거릴 게 무에 있겠습니까?"

온갖 말을 다해 격려하느라 입이 아플 지경이다.

원래 그것이 촉나라에 온 목적이다. 현덕도 망설이지는 않았다. 그저 마음속에 생겨난 정념과 싸울 뿐이다. 건안 17년 정월 봄, 이번에는 현덕이 유장을 초대했다.

3

'장야지연(長夜之宴, 길고 긴 밤 동안 벌이는 연회 – 옮긴이)'이나 '주국장춘(酒国長春, 술을 마시고 봄을 오래 만끽한다 – 옮긴이)' 등은 중국에서 유래한 말이다. 중국 역사는 잔치로 시작하여 잔치로 끝난다 해도 과언이 아니다. 평시는 물론 전쟁 중에도 끊임없이 연회를 벌였다. 이별과 환영, 제사와 의식, 계략과 책략, 생활과 병법까지 연회실과 잔칫상에서 벌어졌다.

임진년 이른 봄, 지난번 답례로 이번에는 현덕이 자리를 마련하여 태수 유장을 초청했다. 서촉이 생긴 이래로 최고로 성대한 연회였다.

멀리 형주 땅에서 가져온 남호주(南壺酒)와 양양에서 난 맛좋은 술안주에다 촉나라에서 나는 진미를 마련했고 깃발과 번이 즐비한 가운데 자리 잡았다. 이윽고 자리에 앉은 유장을 비롯한 촉나라 장군과 문관들은 극진한 접대를 받았다.

이윽고 분위기가 한창 무르익자 방통은 법정에게 눈짓을 하더니 슬그머니 밖으로 나왔다.

사람이 없는 곳까지 오자 둘이서 속삭였다.

"일이 잘 풀렸소. 이미 유장은 손바닥 위에 있소. 굳이 귀찮은 방법 쓰지 말고 그냥 술자리에서 단칼에 목을 벱시다."

"미리 계획한 건 위연에게 잘 말해두었소. 분명 잘해낼 터."

"장내에서 피를 봄과 동시에 유장 휘하 병사가 밖에서 난리를 피울 때 이 또한 잘 처리해야 하오."

"당연하오."

밀담을 나눈 두 사람은 아무 일도 없었다는 듯이 원래 자리로 돌아와 앉았다.

연석은 즐거운 대화와 웃음소리로 꽉 찼고 주빈 유장도 만족스러운 듯 얼굴에 취기가 알근하게 올랐다.

이때 형주 대장들 자리에서 위연이 벌떡 일어나 취한 발걸음으로 연석 한가운데로 약간 비틀거리며 걸어 나왔다.

"기나긴 싸움을 앞두고 태수를 모신 이 연회에 아쉽게도 여흥이 부족하오. 허니 제가 태수께 검무를 선보이겠소."

말을 마치자마자 허리에 맨 장검을 쑤욱 뽑아서 춤추기 시작했다.

"이런, 위험하다."

예삿일이 아니라는 판단에 유장 좌우에 있던 문무백관은 낯빛을 바꾸었으나 제지할 도리가 없었다.

그러자 촉나라 종사관 장임도 즉시 검을 뽑아 위연 앞으로 걸어 나왔다.

"예부터 검무는 쌍으로 추는 법. 비록 본인은 투박하고 풍류를 모르지만, 귀공의 춤 상대를 맡겠소이다."

장임도 어느덧 위연과 함께 검무를 추면서 어우러졌다. 검이 번득이며 서로 하얀 무지개를 그렸고 칼날이 부딪치며 서로 날밑을 울렸다. 위연이 유장을 향해 걸음을 한발 옮기면 장임 손에 든 칼끝은 살기등등하게 유비를 향했다.

'만약 네놈이 우리 주군께 위해를 끼치면 나도 즉시 네 주군 현덕을 베겠다.'

장임은 말없이 검무를 추며 위연을 견제했다.

"쳇!"

방통은 혀를 차며 생각지도 못한 훼방꾼을 바라보더니 가까이 있던 유봉에게 눈짓을 보냈다.

방통의 의도를 알아차린 유봉은 바로 자리에서 일어나 검을 뽑아 들고 두 사람 사이로 끼어들어 검무를 추기 시작했다.

"아, 재밌구나."

그러자 유장 주변에서 여러 사람이 일제히 일어났다. 냉포, 유괴(劉璝), 등현 등 장수들이 각자 검을 뽑으며 앞으로 나섰다.

"나도 춤춰보지."

"한번 춰보자."

"춤춰보세."

"자, 가자."

이러다가 연회 자리가 검으로 가득 찰 것만 같았다.

현덕은 깜짝 놀라며 몸소 칼을 뽑아 높이 들어 올리며 호되게 꾸짖었다.

"위연과 유봉, 무엄하구나. 이곳은 홍문지회(鴻門之會, 홍문에서 한고조 유방과 초왕楚王 항우가 베푼 잔치로, 항우가 범증의 권유로 유방을 죽이고자 하였으나 장량이 계책을 잘 써서 유방이 번쾌를 데리고 무사히 도망친, 역사적으로 유명한 회합 – 옮긴이)가 아니다. 우리 종친이 모인 자리에서 이토록 살벌한 분위기를 풍기다니. 물러가라. 썩 물러가!"

유장도 가신들이 보인 무례함을 꾸짖으며 현덕과 자신은 같은 집안 혈육이니 의심하는 일은 형제 사이를 이간질하는 것과 같다고 나무랐다.

이날 밤 연회는 언뜻 보기에는 실패 같았으나 도리어 성공이었다. 유장이 유비를 신뢰하는 마음이 깊어졌다.

주옥같은 분

1

그 후에도 촉나라 문무백관은 줄기차게 유장에게 충고했다.

"설사 현덕이 딴마음을 품지 않더라도 그 부하들은 다릅니다. 호시탐탐 기회를 노립니다. 어떻게든 핑계를 대어 형주 군을 쫓아 보낼 방법을 강구해야 합니다."

유장은 여전히 고개를 끄덕이지 않았다.

"의심할 것 없다. 우리 종친 사이에 굳이 파란을 일으키려는 셈이냐?"

신하들도 더는 진언할 말이 없었다. 그저 똘똘 뭉쳐서 형주 군 움직임에 경계 가득한 눈길을 보낼 뿐이다.

그러는 중에 국경 가맹관(葭萌關)에서 급보가 날아왔다.

"한중의 장로가 드디어 대군을 일으켜 쳐들어옵니다!"

"것 봐라. 이런 게 바로 재난이다."

유장은 도리어 득의양양해진 모양이다. 즉시 이 사실을 현덕에게 알려 협력을 요청했다. 현덕은 조금도 망설이는 기색 없이 즉시 병사를 이끌고 국경을 향해 떠났다.

촉나라 장수들은 그제야 안심하고 유장에게 여러 번 되풀이하며 청했다.

"이 틈에 나라의 방비를 철벽같이 만들어야 합니다. 안팎으로 만전을 기해 준비하십시오."

유장도 여러 신하가 자꾸 청하니 마지못해 그 뜻을 따라 촉나라 명장 백수지도독(白水之都督) 양회(楊懷)와 고패(高沛) 두 사람에게 부수관(涪水關)을 지키도록 명하고는 성도로 돌아갔다.

촉나라 경계에서 일어난 전란 소식은 이윽고 남쪽 오나라에도 전해졌다.

"현덕이 드디어 야심을 드러냈구나. 그대들은 현덕의 출정을 어찌 생각하는가?"

손권은 오나라 중신들을 한자리에 모아 언짢은 표정으로 물었다.

먼저 고옹이 답했다.

"현덕은 지금 남을 위해 굳이 위험을 무릅쓰니 적잖은 피해를 볼 것입니다. 아직 자세한 정보는 없으나 형주 병력을 둘로 나누어 그중 하나를 이끌고 촉나라로 간 모양입니다. 오랜 여정에 지친 병사들을 데리고 국경에 접한 험난한 곳으로 나아가 한중의 장로와 혈전을 벌이는 듯합니다. 지금 오나라에 있는 온전한 군사로 형주를 치면 단번에 현덕의 지반은 뒤집어질 것입니다."

"나도 그리 생각하던 참이다. 각자 출진 준비를 시작하라."

그러자 병풍 뒤에서 누가 걸어 나오더니 날카롭게 소리 질렀다.

"대체 누가 우리 딸에게 위해를 끼치려 하느냐!"

놀라서 누구인지 돌아보니 손권의 모공 오 부인이다.

모공은 흥분하며 끼어들었다.

"너희는 부조(父祖)가 해놓은 은혜 덕에 강동 81주를 거저 얻고 풍요롭게 사는데, 이에 그치지 않고 형주를 바라다니 대체 무슨 꿍꿍이냐? 형주에는 내 귀여운 딸이 시집가 있다. 현덕은 이 노모의 사위가 아닌가!"

손권이 말없이 그저 노모가 해대는 꾸지람을 듣기만 하니 회의는 아무것도 정하지 못한 채 끝나고 말았다.

지금 형주를 치지 않으면 언제 또 기회가 올까? 손권은 방에 틀어박혀 손톱을 깨물며 끙끙댔다.

그 마음을 눈치챘는지 장소가 속닥였다.

"따로 계책을 세우면 됩니다. 모공께서 화를 내신 이유는 오로지 먼 나라에 있는 매군을 총애하시는 탓입니다."

"어떻게 어머니를 달래야 하오?"

"대장 한 사람에게 500기 정도를 맡겨 형주로 급파하십시오. 동시에 현덕의 부인인 매군께 모공의 병환이 위독하여 내일을 기약할 수 없으니 급히 돌아오라는 밀서를 보내는 게 어떻겠습니까?"

"흐음….."

"매군께서 현덕의 아들 아두를 데리고 돌아오면 금상첨화입니다. 아두를 인질로 삼아 형주를 내놓으라 주장하면 됩니다."

"묘안이로다. 누구를 보내면 좋겠소?"

"주선(周善)이라면 실수 없이 잘 해낼 것입니다. 힘은 장사고 성격이 대담한데다 충심이 뛰어난 대장입니다."

"당장 부르시오."

손권은 그 자리에서 붓을 들어 누이동생에게 보낼 밀서를 쓰기 시작했다.

2

그날 손권과 장소는 주선을 불러 상세하게 계획을 일러주었다. 주선은 그날 밤 힘차게 양자강에서 출범했다.

병사 500명은 상인 차림으로 변장하여 상류로 교역하러 가는 상선으로 위장했다. 배 밑바닥에는 당연히 무기를 감춰두었다.

이윽고 목적지 형주에 도착했다.

주선은 솜씨 좋게 형주성 안에 있는 손 부인 거처로 잠입했다. 그러고는 막대한 뇌물을 써서 가까스로 손 부인과 만날 수 있었다.

부인은 청천벽력 같은 소식에 적잖이 놀랐다.

"뭐라! 모공께서 내일을 기약하기 어려울 만큼 위독하시다?"

오라버니 손권의 편지를 읽어 내려가는데 아름다운 얼굴에 눈물이 가득 흘러내렸고 손이 와들와들 떨렸으며 낯빛이 상아 조각처럼 새하얘졌다.

"한시라도 빨리 오나라로 돌아가시지요. 살아 있는 동안에 한번이라도 더 보고 싶다시며 괴롭게 숨을 내쉬며 밤낮으로 부인 이름을 부르십니다."

주선이 전하는 얘기를 듣자 부인은 애를 태우며 하염없이 눈물을 흘렸다.

"보고 싶구나. 가고 싶고. 주선, 어찌해야 좋겠소…."

주선은 이때다 싶어 말을 꺼냈다.

"날개라도 있다면 금방 대면하실 수 있겠으나 아무리 장강 물이 빠르다 한들 뱃길로는 며칠이나 걸립니다. 바로 채비하여 떠나지 않으면 모공의 임종을 지키지 못할 수도 있습니다."

"음…, 지금 부군은 촉나라에 가 있어 부재중이오."

"나중에 주군 손권께서 사과하면 될 일입니다. 부모에게 효도하기 위한 일이니 설마 화를 내겠습니까?"

"공명이 뭐라 할지 모르겠소. 부군이 없는 동안 성을 출입하는 자는 공명이 엄하게 감시하오."

"그자가 오나라로 가는 일을 허락할 리가 만무합니다. 자기 책임만 중요하게 여기겠지요."

"차라리 날아가고 싶구나…. 뭔가 좋은 방도는 없는가?"

"어차피 보통 수단으로는 힘들 것이라 예상해, 장소 장군이 내린 지시에 따라 빠른 배를 강변에 대놓았습니다. 결심하셨다면 바로 안내하겠습니다."

오로지 모공 생각에 사로잡힌 손 부인은 떠날 채비를 정신없이 서둘렀다.

주선은 주변을 힐끔힐끔 살피면서 말을 빠르게 토해냈다.

"아 참, 도련님도 함께 데려가십시오. 모공께서는 유 황숙 댁에 귀여운 아들이 있다는 소문을 듣고 날마다 입버릇처럼 한번 보고 싶다고 하셨습니다. 도련님은 품에 안고 가시면 되겠지요. 도련님도 괜찮으시겠습니까?"

손 부인의 마음은 이미 오나라 하늘로 날아가 있었다. 무슨 말이든 좋다고 수긍하며 그대로 따랐다. 용모는 아름다우나 기질은 남자 못지않아 '오 매군'이라 불리며 정숙하면서도 무예를 좋아하기로 유명한 부인이었지만, 고국에서 멀리 떨어진 곳으로 시집와서 어머니가 위독하다는 말을 들으니 역시 연약한 여자일 뿐이다.

해 질 무렵.

손 부인은 올해로 5살 된 아두를 품에 안은 채 수레 속에 몸을 숨겨 성을 빠져나왔다.

오나라에 있을 때부터 항상 곁에 두던 시녀 30여 명은 작은 검을 허리에 차고 활을 맨 채 서둘러 밤길을 뚫었다.

사두진(沙頭鎭) 부두에 수레가 우뚝 멈췄다. 배에서 피우는 불빛이 어두운 파도 사이로 잠깐 흔들렸다.

갈대와 물억새가 너울거리는 가운데 배가 막 떠나려던 참이다. 돛이 활짝 펴졌다. 괴조(怪鳥)의 날개처럼 돛이 바람을 품은 찰나.

"기다려라! 게 있는 배는 멈춰라!"

강기슭 으슥한 곳에서 말이 힘차게 우는 소리와 검과 창이 울리는 소리가 들려왔다.

주선은 고물에 서서 선원들을 재촉했다.

"서둘러라! 뒤돌아보지 마라."

강나루에 점점 많은 사람이 몰려들어 떠들썩했다. 그중에서도 눈에 띄는 이는 상산의 조자룡으로 강변 일대를 맡은 수비 대장이다.

3

"어이! 게 서라."

배 그림자를 쫓으며 조운은 강변을 따라 말을 내달렸다.

"저 배를 놓치지 마라."

부하 병사들도 저마다 외치며 10리나 뛰어갔다.

그러던 중 한 어촌에 들어섰다.

조운은 말을 버리고 어선 1척에 잽싸게 올라탔다.

"저 배를 향해 저어라."

뱃머리에 서서 명했다.

오나라 배는 돛을 펄럭이며 강을 내려갔다. 조운이 탄 작은 배가 다가오자 선상에 서 있던 주선은 긴 모를 들고 필사적으로 외쳤다.

"활로 쏴라. 찔러 죽여라!"

뱃전에 늘어선 오나라 병사들은 활시위를 당기고 극을 내지르며 작은 배가 다가오지 못하게 막았고, 배는 여전히 장강 물을 가르며 빠르게 나아갔다.

"어찌 그냥 보내겠느냐?"

조운은 창을 냅다 던져버렸다.

그러고는 허리에 찬 청강검을 휘둘러 비처럼 쏟아지는 화살을 쳐냈다. 이윽고 조운이 탄 배의 뱃머리가 적선에 닿았다.

"네 이놈들!"

조운은 우렁차게 소리를 지르며 뱃전으로 뛰어오른 다음 일사불란하게 기어올라 마침내 배 위에 올라탔다.

오나라 병사는 조운을 보더니 겁을 집어먹고 도망쳐 숨느라 바빴다. 조운은 주위를 노려보며 큰 걸음으로 선실 안으로 들어갔다.

"손 부인, 어디 계시오!"

얼음 같은 눈에 노기를 띠며 책망했다.

그 소리를 듣고 손 부인 품속에서 자고 있던 아두가 울음을 터트렸다. 시녀들은 두려운 나머지 한쪽 구석에서 벌벌 떨었다. 손 부인은 역시 기풍이 당당했다.

"조운, 낯빛이 무례하지 않소."

"주군이 없는 동안 형주를 지키는 공명에게 아무런 상의 없이 성에서 나왔을 뿐만 아니라 오나라 배를 타고 강을 내려가다니, 부인이야말로 유 황숙의 정실로서 적절치 못한 행실이 아니오?"

"오나라에 계신 모공이 언제 돌아가실지 모를 중태라는 소식을 듣고 미처 군사와 상의할 여유도 없이 급히 배편을 구했을 뿐이오. 위독한 어머님을 뵈러 가는 일을 두고 어찌 적절치 못하다 하시오?"

"그렇다면 도련님은 왜 데려가시오? 황숙께도 우리 형주에도 단 하나뿐인 주옥같은 분이시오. 일전에 당양에서 싸울 때 제가 목숨을 걸고 장판에 몰려드는 적군 사이에서 도련님을 구한 일을 잊으셨소? 자, 도련님을 돌려주시오."

"말을 삼가시오."

손 부인은 난 같은 눈꼬리를 올리며 다그쳤다.

"그대는 일개 무사에 지나지 않은데 어찌 주제넘게 주군 집안일에 참견하려 하시오."

"손 부인께서 오나라로 돌아가는 걸 막지는 않겠소. 허나 누가 뭐라든 도련님을 국외로 내보낼 순 없소."

"국외라니 무슨 소리요. 오나라와 형주 사이에 경계는 있으나 나와 황숙이 부부가 되었으니 이제 한 나라나 다름없잖소?"

"무슨 말을 하시든 도련님을 맡길 순 없소. 넘기시오."

"앗, 무슨 짓이오?"

손 부인은 비명을 지르며 시녀들을 둘러보더니 외쳤다.

"이 무례한 자를 당장 쫓아내라."

하지만 조운은 어렵지 않게 손 부인에게서 아두를 되찾아 품 속에 안았다.

그러고는 재빨리 갑판을 내달려 고물에 이르렀지만 이미 타고 온 작은 배는 떠내려가는 중이고, 뒤에서는 손 부인과 시녀들이 다른 병사를 부르며 쫓아오는 게 아닌가.

이 동안에도 배는 돛을 한껏 부풀리며 바람과 속력을 겨뤘다.

"다가오는 자는 단칼에 목을 베겠다. 목숨 아까운 줄 모르는 자만 덤벼라."

조운은 한 손으로 청강검을 휘두르고 다른 한 손으로는 아두를 끌어안은 채 그 자리에 마냥 버티고 섰다.

활과 창 등 온갖 무기가 조운을 멀찍이 둘러쌌다. 조운이 풍기는 무시무시한 기운에 넋을 잃는 바람에 아무도 함부로 가까이 다가가지 못했다.

어느새 가까워진 한 시골 마을 항구에서 쾌속선 수십 척이 부채를 펼친 진형으로 다가오는 게 아닌가.

4

쾌속선 무리가 가까이 다가오니 북소리와 함성이 들려왔다.

"설마 오나라 수군인가?"

조운은 아연실색했다.

이제 조운은 아두를 품에 안은 채로 물속에 몸을 던질지, 아니면 끝까지 검을 들고 싸울지 마지막 선택을 하려던 참이다.

그때, 쾌속선에서 누군가 외쳤다.

"오나라 배는 당장 멈춰라. 우리 주군이 자리를 비운 사이를 틈타 도련님을 어디로 데려가느냐? 연인 장비가 여기 있도다. 당장 배를 멈추지 못할까!"

마치 용신이 울부짖는 듯한 함성이다.

"오, 장비 아닌가."

조운이 반가워하며 이름을 부르자 장비가 대답했다.

"조운, 게 있었군."

장비를 비롯한 형주 병사들은 사방에서 갈고랑이를 던져 오나라 배를 둘러쌌다.

장비가 배 위로 올라서는 순간 주선이 극을 들고 덤볐지만, 사마귀가 거대한 수레를 상대로 덤벼드는 일이나 다름없었다.

"얍!"

장비가 기합을 지르며 장팔사모를 휘두르는 순간 주선은 목을 잃고 말았다.

"벌레 같은 놈."

장비 눈에 띈 자는 살아남지 못한다. 오나라 병사는 메뚜기 떼처럼 갑판을 정신없이 도망 다녔다.

"한 놈도 살려 보내지 마라."

장비는 살벌하고 가차 없이 가는 곳마다 붉디붉은 핏자국을 남기며 선실을 활보했다.

선실 한구석을 보니 손 부인이 시녀들에게 둘러싸인 채 우두커니 서 있는 게 아닌가.

"…"

"…"

손 부인은 힘껏 기품을 유지하며 어떻게든 장비를 내려다보려 노력했다.

장비는 눈빛을 활활 불태우며 결코 손 부인이 쳐다보는 눈길을 회피하지 않았다.

이윽고 장비가 먼저 운을 뗐다.

"부인은 집에서 남편을 기다리는 게 도리거늘 지금 형주를 떠나다니 어찌 된 일이오. 그것이 오나라 아녀자 도리인가?"

"가신이 주인에게 그런 말을 지껄이다니. 그것이 신하 된 자의 도리인가?"

"주군 집안을 지키는 일은 신하의 도리요. 하지만 주군의 부인이라 할지라도 할 말은 해야겠소. 형주로 돌아가시오. 듣지 않으면 끌고 가겠소."

손 부인은 얼굴이 하얗게 질려 몸을 벌벌 떨었다.

"요…, 용서해주시오. 까닭 없이 성을 떠난 건 아니오. 모공이 위독하다는 소식에 다급히 찾아뵙는 길이었소. 만약 그대가 억지로 나를 형주로 끌고 가겠다면 차라리 장강에 몸을 던져 이 슬픔에서 벗어나야겠소."

"뭐라, 강에 투신한다?"

이 말을 듣자 장비도 머뭇거릴 수밖에 없었다.

"이보게, 조운. 잠깐 와보게."

"뭔가?"

"지금 사정이 이러이러한데, 어찌해야 좋겠나. 손 부인이 목숨을 끊게 내버려 두면 신하 된 도리가 아니잖겠나?"

"당연하네. 주군의 부인이신데다가 황숙께서 슬퍼하실 걸 생각하면 더욱 아니 되지."

"도련님만 되찾고 손 부인은 이대로 보내드리면 되겠나?"

"그리할 수밖에 없겠네그려."

"알겠네. 손 부인께 한마디 더 함세."

장비는 손 부인 앞으로 다가가 단호하게 선을 그었다.

"그대 부군은 대한의 황숙이오. 이에 우리는 신하 된 자의 도리로서 부인 뜻을 존중하여 이곳에서 작별 인사를 올리겠소이다. 용무를 마치면 즉시 형주로 돌아오시오."

장비는 말을 마치자마자 쾌속선으로 옮겨 탔다.

"이보게, 조운. 떠나지."

조운도 아두를 안은 채 다른 배로 옮겨 탔다.

이들은 쾌속선 수십 척을 유강구로 재빨리 몰고 갔다. 그곳에 상륙한 뒤 말을 걸터타고 바람같이 형주 땅을 밟았다.

"아, 다행이오. 정말 다행이오. 아두 도련님이 무사함은 다 두 사람 덕분이오."

공명은 상세하게 이 일을 글로 적어서 촉나라 가맹관에 있는 유비에게 파발을 띄워 보고했다.